Barbara Mettbach
Die Diät-Queen

Zu diesem Buch

Seit siebzehn Jahren hält Ina König in dem feinen Haus am Stadtrand ihrem geschniegelten Bankiers-Gatten und der Tochter den Rücken frei. Ein anstrengender Job, bei dem sie immer dicker wird. Als die Waage schließlich hundert Kilo anzeigt, fasst Ina einen folgenschweren Entschluss: Sie hört ein für alle Mal mit den Diäten auf und tritt *Feel Well* bei, einer Gruppe, die mit Schlemmen statt mit Fasten dem Speck zu Leibe rückt. Ihre Lieben daheim lehnen zu ihrer Verwunderung diese Methode radikal ab. Und während sie Kilo für Kilo erfolgreich abnimmt, muss sie gleichzeitig feststellen, dass ihre Familienidylle Fassade war: Ihr Gatte entpuppt sich als notorischer Fremdgänger und hat sich ohne ihr Wissen ein beachtliches Vermögen in Form von hübschen Anwesen auf der ganzen Welt aufgebaut, und auch ihre eigene Mutter meint es nicht nur gut mit ihr … Mit Raffinesse und ohne falsche Bescheidenheit bereitet Ina heimlich die Trennung vor und überrascht ihren Mann mit einem grandiosen Abgang – um es sich in einer großzügigen Altbauwohnung gemütlich zu machen und endlich auf eigenen Füßen zu stehen.

Barbara Mettbach, geboren 1959, ist Diplom-Oecotrophologin, Journalistin und Verkaufstrainerin. Sie lebt bei Nürnberg, arbeitet als freie Ernährungs- und Verkaufsberaterin und schreibt leidenschaftlich gern und gut.

Barbara Mettbach

Die Diät-Queen

Roman

Piper München Zürich

Kontakt zur Autorin: Barbara.Mettbach@t-online.de

Originalausgabe
1. Auflage Juli 2004
2. Auflage Februar 2005

Umschlag: ZERO, München
Foto Umschlagvorderseite: Britt Erlanson/Getty Images
Gesamtherstellung: Clausen & Bosse, Leck
Printed in Germany ISBN 3-492-26112-4

www.piper.de

Prolog

Als Kind habe ich immer heimlich genascht, abends, unter der Bettdecke. Es war der sicherste Ort. Sobald ich Schritte vor meiner Zimmertür hörte, schob ich die Süßigkeiten einfach unters Kopfkissen und stellte mich schlafend.

Am liebsten aß ich Schokolade. Einmal fielen beim Zerbrechen einer Tafel einige Krümel aufs Laken. Ich erschrak und beeilte mich, sie mit den Fingern abzutupfen, doch sie zerliefen vor meinen Augen auf dem warmen Stoff zu braunen Punkten. Als ich versuchte sie herauszureiben, wurden sie noch größer. In dieser Nacht schlief ich nicht. Ich saß am Schreibtisch und erfand Ausreden, die meine Mutter gnädig stimmen sollten. Vergeblich. Ohne zu zögern vollzog sie die Höchststrafe: Eine Woche lang sprach sie kein Wort mit mir.

Ab da war ich vorsichtiger. Ich zerbrach die Schokolade in der noch geschlossenen Packung und öffnete diese anschließend auf dem Fußboden. Jedes Mal hämmerte mein Herz hart und wild, und ich zitterte am ganzen Leib. Aber wenn dann das erste Stück langsam zwischen Zunge und Gaumen schmolz, wenn sich die warme, süße Flüssigkeit in der ganzen Mundhöhle verteilte, entspannte sich jeder Muskel meines Körpers. Die Neonlampe unter der Zimmerdecke verwandelte sich in eine Sonne, deren Strahlen den ganzen Raum vergoldeten. Ich fühlte mich glücklich und geborgen.

Bald wurden die Folgen der nächtlichen Ausflüge ins Schlaraffenland sichtbar: Die Fettschicht auf meinen kindlichen Hüften wuchs, der Bauch wölbte sich unter meinen T-Shirts. Meine superschlanke, attraktive Mutter sprach von einer Katastrophe und leitete kurzerhand die Rettungsmaßnahmen ein. Im Alter von dreizehn Jahren verordnete sie mir die erste Diät.

Seit damals waren nun zweiundzwanzig Jahre vergangen. Ich saß im Stadtpark-Café in einer sichtgeschützten Ecke, mit dem Rücken zu den anderen Gästen, und stopfte Eierlikörtorte und Bienenstich in mich hinein. Mein dicker Po quoll rechts und links über die kleine runde Sitzfläche des mit Schnitzereien verzierten Holzstuhles; seine dünnen, fein geschwungenen Beine wackelten und knarrten bei jeder Bewegung. Doch im Moment interessierten mich weder der Zustand des Möbelstücks noch die arroganten Blicke der jungen Kellnerin, die gerade lustlos einen Teller mit zwei sahneverzierten Nusstörtchen vor mir abstellte. Heute interessierte mich nur eins: Ich, Ina König, hatte die magische Hundert überschritten; das erste Mal in meinem Leben wog ich mehr als einen Doppelzentner.

Die Schweißperlen auf meiner Stirn juckten wie Mückenstiche, jeder Atemzug glich dem Keuchen eines Walrosses. Wieder einmal versagt, wieder eine Chance aufs Abnehmen verspielt. Zwei Kilo pro Woche hätten laut den Berechnungen meiner Mutter verschwinden sollen; sage und schreibe rund zwanzig Kilo in drei Monaten. Jetzt wog ich zehn mehr als vorher. Ich kramte in meiner Handtasche nach einem Tempo, um Stirn und Nacken trocken zu wischen.

Warum hatte ich diesmal nicht durchgehalten?

Warum halte ich nie durch?

Nachdenklich sah ich auf das kleine Schulheft, das aufgeschlagen neben dem leeren Kuchenteller lag. Lauter weiße Seiten, Platz genug, um meine endgültig letzte Diät aufzuschreiben. Fettpanzer, ade! Kampf dem Speck! Ich griff zum Kugelschreiber. Diätpläne ratterten durch meinen Kopf. Welches war die richtige Diät für mich? Von A wie Artischocken- bis Z wie Zitronensaft-Kur, hatte ich nicht in den letzten zwei Jahrzehnten alles ausprobiert? Seit Monaten trug ich sogar Ohrringe mit Appetit hemmender Wirkung. Ohne Erfolg. Ich massierte meine pochenden Schläfen, hinter denen sich das Chaos vermehrte. »Wenn ich Klarheit brauche, schreibe ich mir selbst einen Brief«, hörte ich die Stimme meiner Freundin Julia. Schon glitt die Spitze des Kugelschreibers über das weiße Papier. »Liebe Ina!«

Liebe Ina? Ich stutzte, drehte brutal den Stift herum, bis er in Einzelteile zerfiel. Nein, ich war nicht lieb, sonst wäre ich nicht fett. Fette Ina? Wie verächtlich diese Wahrheit klang! Vielleicht sollte ich auf eine Anrede verzichten? Aber dann wäre es kein richtiger Brief. Nach einigem Hin und Her entschied ich mich:

»Hallo Ina!

Mehr als die Hälfte deines Lebens hast du damit verbracht, abzunehmen. Jetzt bist du dicker als je zuvor. Na, wie fühlst du dich, du kleine Qualle? Hast du wenigstens einmal in den ganzen letzten Wochen, in denen du heimlich gefressen hast, an deine Mutter gedacht? Deinetwegen hat sie darauf verzichtet, den Winter auf Teneriffa zu verbringen. Jeden Tag hat sie dich besucht, Kalorien und Fett gerechnet, eingekauft, gekocht und dir ihre selbstkreierten Magermenüs serviert. Von morgens bis abends beschäftigte sie sich mit deinen Kilos. Und was war dein Dank? Unter dem Vorwand Gesundheitsvorträge zu besuchen, hast du dich aus dem Haus gestohlen. An keiner Pizza- oder Döner-Bude bist du vorbeigegangen, ohne zuzuschlagen. Hast erst aufgehört zu essen, wenn dir schon schlecht war.

Den Gipfel der Hinterhältigkeit aber hast du erklommen, als du eine Kiste mit deiner Lieblingsschokolade, Trüffel-Sahne, unter dem Ersatzrad im Kofferraum verstecktest. Für Notfälle! Ha, gerne wüsste ich, welche das in deinen Augen sind! Weißt du eigentlich, wie viele Dicke sich Unterstützung beim Abnehmen wünschen?

Nein, Ina, dir ist nicht zu helfen. Du hast es verdient, noch fetter zu werden, ja, an deinem Fett zu ersticken.

Dass sich Yvonne von dir abwendet, ist dir anscheinend auch egal. Wie die meisten Sechzehnjährigen hasst dein bildhübsches Töchterchen fette Menschen und schämt sich für die Körperfülle ihrer Mutter. Längst spricht sie es nicht mehr offen aus. Zu oft hast du sie und ihre Wünsche ignoriert. Du musst doch die Blicke voller Ekel und Unverständnis bemerken, mit denen sie dich so oft beobachtet. Beunruhigt es dich gar nicht, dass sie keine Freunde mehr mit nach Hause bringt, und dass sie dir verboten hat, sie von der Schule oder dem Sport abzuholen? Was muss denn noch alles passieren, damit du dich endlich zusammenreißt?

Und was ist mit Jens? Ist es dir wirklich gleichgültig, ob du deinem Mann gefällst oder nicht? Was? Du weißt gar nicht mehr, wie du aussiehst, weil du dich nie im Spiegel betrachtest? Ja, dann schau endlich hinein! Sieh doch an dir herunter, wenn du nackt unter der Dusche stehst! Jens hat in sechzehn Jahren Ehe nichts von seiner Attraktivität eingebüßt hat, er treibt Sport und pflegt seinen Körper. Jedes Mal, wenn sich Frauen auf der Straße nach ihm umdrehen, glaubst du, ein Pfeil durchbohrt deine Brust. Du jammerst und zeterst, aber du veränderst nichts. Richtig, bis vor einigen Jahren hat er beteuert, er liebe jedes Pfund an dir – damals waren es noch nicht so viele. Inzwischen unterstützt er alle deine Diäten und macht kein Hehl aus seiner Enttäuschung, wenn es wieder einmal nicht klappt. Du setzt deine Ehe aufs Spiel. Wirf deinen Fettpanzer weg, bevor es zu spät ist.«

Ich blickte auf. Schluss mit den Café–Besuchen! Energisch winkte ich der Kellnerin und bestellte ein Stück Schwarzwälder Kirsch. Nur noch eins, zum Abschied.

Dann schrieb ich weiter: »Tja, Ina, du brauchst eine gute Diät, eine, die zu dir passt. Vielleicht solltest du noch einmal in Ruhe mit deiner Mutter reden, sie bitten, die Portionen wieder zu vergrößern. Du hättest es nicht zulassen dürfen, dass sie die Kalorien auf fünfhundert pro Tag halbiert, nur weil du ihrer Meinung nach in der ersten Woche nicht schnell genug abgenommen hast. Du hättest protestieren müssen, statt heimlich zu essen, als dir die Beine wackelten und du Angst bekamst, bei einem der vielen Schwindelanfälle umzufallen. Warum hast du geschwiegen, als deine Mutter Jens bat, die Vorratskammer abzuschließen, damit du sie nicht plünderst?

Gib es ruhig zu, dass es dir manchmal Spaß macht, sie alle auszutricksen, sich ihrer Ess-Diktatur zu entziehen. Niemand ist dir bisher auf die Schliche gekommen, du hast gewonnen, doch Siegerin bist du nicht.«

Das Geräusch von klimpernden Münzen riss mich aus meinen Gedanken. Erst jetzt nahm ich die Stille in dem Raum wahr.

»Wir wollen schließen«, schnauzte die Kellnerin und pfefferte die Rechnung auf den Tisch. Sie trug keine Schürze mehr, hatte ihre vollen Lippen tiefviolett geschminkt und kaute einen Kaugummi. Ungeduldig trat sie von einem Bein auf das andere, verdrehte ihre schwarz umwimperten Augen, positionierte beide Pupillen in die inneren Augenwinkel und sah auf ihre Nase herab. Im Zeitlupentempo blies sie ihren Kaugummi zu einem rosa Ballon auf, immer größer, immer runder. Er hatte die Größe eines kleinen Luftballons, als er mit lautem Knall zerplatzte. Ich starrte sie an. Rosa Fetzen hingen von Nase, Wangen und Kinn der jungen Frau herab; fluchend kratzte sie sie mit ihren schwarz lackierten Fingernägeln ab, um sie sich schließlich in den Mund zu stecken.

Einen Moment saß ich wie versteinert da, dann begannen meine Knie unter dem Tisch zu zittern. Mit den Worten »stimmt so« hielt ich ihr einen viel zu großen Geldschein hin, den sie sich schnappte wie eine Beute. Ich atmete tief ein, ignorierte die Kellnerin und griff erneut zum Kugelschreiber: »Dein Traum vom schlanken Leben wird nicht zerplatzen wie ein Luftballon. Zukünftig wirst du, Ina König, das Ruder selbst in die Hand nehmen, statt andere über dich bestimmen zu lassen.«

Den letzten Abschnitt umrahmte ich dick; aus der Anrede strich ich das Wort »Hallo« und ersetzte es durch »Liebe«.

Kapitel 1

Jens kam kurz nach mir zu Hause an. Gewöhnlich arbeitete er bis in den späten Abend, manchmal sogar bis Mitternacht. Er tauschte seinen Boss-Anzug gegen Baumwollhose und Pullover von Joop, machte den Fernseher aus, legte eine CD ein und setzte sich zu mir aufs Sofa. Ich spürte seinen Atem auf meiner Wange, und der Duft seines teuren Rasierwassers stieg mir in die Nase. Ein schwerer Duft, süßlich, wie immer leicht überdosiert. Sanft legte er seine Hand auf meine Schulter und ließ seinen Blick langsam über meinen Körper gleiten, vom Hals über das Dekolleté zum Busen, weiter zum Bauch und zu den Schenkeln. Hier verharrte er. »Can't get enough of your love, Babe«, röhrte Barry White aus den Boxen. Im Kamin fraßen sich orange-rote Flammen gierig und laut knisternd durch dicke Holzscheite.

Regungslos saß ich da, die Knie fest aneinander gedrückt, wagte kaum zu atmen. Meine Gedanken überschlugen sich. Seit wann gehörten romantische Stunden zum Repertoire meines Angetrauten? Jens war ein Mann der Tat, kam immer schnell zur Sache. Das hier passte ganz und gar nicht zu ihm. Plötzlich lag der Kuchen vom Nachmittag wie Wackersteine in meinem Magen und mein Puls begann zu hämmern, Warnsignale, die mich noch nie getäuscht hatten. Ich betrachtete sein schmales ebenmäßiges Gesicht mit den feinen Zügen, der feinporigen, leicht gebräunten Haut, sah in die klaren grauen Augen und auf die feinen Lippen, hinter denen sich makellose weiße Zähne verbargen. Ich kannte jede seiner Bewegungen, jede Mimik seines schönen Gesichtes, doch war es in diesem Moment als säße ein Fremder neben mir.

Wir verbringen zu wenig Zeit miteinander, schoss es mir durch den Kopf. Was wäre, wenn er …? Ach, Unsinn, dafür arbeitete er viel zu viel. Er räusperte sich und trank einen Schluck Wasser.

»Ina«, begann er mit rauer Stimme, hüstelte hinter vorgehaltener Hand, »Ina, ich dachte, es ist Zeit, dass wir uns wieder einmal unterhalten.« Er machte eine Pause, schien auf meine Zustimmung zu warten, aber ich schwieg.

»Ina, gestern bin ich zum stellvertretenden Bankdirektor befördert worden.«

Mein Puls beruhigte sich sofort. »Gratuliere«, spöttelte ich, um meine Erleichterung zu verbergen.

»Gratuliere?«, brauste er auf. »Freust du dich denn gar nicht? Jetzt ist es nur noch eine Frage von ein oder zwei Jahren, bis ich die Bank leite.«

Zukünftig würde mein Mann also noch seltener zu Hause sein, noch mehr Anzüge in den Kleiderschrank stopfen, noch mehr gebügelte Hemden brauchen und noch mehr Geld für Kosmetik ausgeben. Nein, ich freute mich nicht. Seine Karriere würde mein Leben nicht verbessern. Ich kannte meinen Gatten gut genug um zu wissen, dass er auch als Bankdirektor in spe nicht im Traum daran dachte, eine Putzfrau einzustellen und mir ein neues Auto zu kaufen. Seine Hand drückte schwer auf meiner Schulter. Schon drang seine Stimme wieder an mein Ohr, jetzt so fest und klar, dass ich zusammenzuckte:

»Wie du weißt, lege ich selbst nicht viel Wert auf Äußerlichkeiten. Für mich ist es unwichtig, ob du dick oder dünn bist, aber die Gesellschaft verlangt etwas anderes von der Frau eines zukünftigen Direktors.« Er trank sein Wasserglas in einem Zug leer und holte tief Luft: »Ina, ich will, dass du abnimmst. Ich will, dass du wieder in den Diät-Club gehst, und ich denke, das ist nicht zu viel verlangt. Schließlich rackere ich mich jeden Tag ab, um dir ein angenehmes Leben zu finanzieren.«

Angenehmes Leben? Du Ignorant. Wütend zerknitterte ich den Polyesterstoff meines zeltartigen Blümchenkleides zwischen den feuchten Fingern, den Blick fest auf meine Füße gerichtet, die in Wollsocken und Gesundheits-Latschen steckten. Egal, wie fett ich war, er hatte kein Recht von mir zu verlangen, noch einmal in den Club zu gehen. Er konnte nicht nachempfinden, wie ich vor einem Jahr gelitten hatte. Einundzwanzig Kilo in fünfzehn Wochen, eine Qual, eine Meisterleistung, die mir den Titel »Diät-Queen« einbrachte. Zugegeben, dieser Tag zählte zu den Höhepunkten meines Lebens. Reizvoll wäre es schon, ihn noch einmal zu erleben. Aber was war mit dem Schulheft in meiner Tasche? Schlagartig wurde ich wieder nüchtern. Nein, mein Lieber, du kommst zu spät. Ab sofort bin ich immun gegen deine Befehle. Ich mache nur noch eine Diät: die richtige. Noch weiß ich nicht, welche es sein wird, aber dass ich sie finden werde, ist klar. Endlich nahm er die Hand von meiner Schulter.

»Den Diät-Club betrete ich nie wieder«, stieß ich hervor.

»Und wie bitte willst du es dann schaffen? Die Diäten deiner Mutter sind ja auch für die Katz.«

Sein Ton war scharf wie eine Rasierklinge. Ich schluckte und sah ihn an. Die grauen Augen ruhten auf meinem Mondgesicht, kalt und hart wie Granit. Sie harmonierten perfekt mit dem auf seinen Lippen festgefrorenen Lächeln. Unwillkürlich zog ich meine flauschige Strickjacke fester über die Schultern und schloss mit verkrampften Fingern die Knopfleiste.

»Was schlägst du vor?« Ich sah ihm direkt in die Augen.

»Ich hab doch gewusst, dass du vernünftig bist.«

Augenblicklich kam Leben in sein Gesicht. Als Belohnung für meine geniale Frage gönnte er mir einen kurzen Blick auf sein perfektes Gebiss. Seine rechte manikürte Hand tätschelte meinen linken weichen Oberarm.

»Ich spreche mit deiner Mutter. Ihr fällt bestimmt was ein. Und geh zum Friseur, lass dir eine flotte Frisur machen, ein bisschen Make-up schadet auch nicht.«

Seine Mundwinkel zuckten, wie immer, wenn er mit sich zufrieden war. Er entkorkte eine Flasche Chianti, schenkte sich ein Glas ein, trank es wie ein Verdurstender in einem Zug leer, füllte es erneut auf und ging damit, ohne mich noch eines Blickes zu würdigen, beschwingt in seine heiligen Hallen. So nannte ich sein Arbeitszimmer, weil er es stets verschlossen hielt. Selbst putzen durfte ich es nur in seiner Anwesenheit.

Ich wartete, bis die Tür hinter ihm ins Schloss gefallen war. Dann trabte ich zu meinem Auto, nahm zwei Tafeln Trüffel-Sahne aus dem Kofferraum, schloss mich im Badezimmer ein und gönnte mir ein duftendes Schaumbad.

Als sei nichts geschehen, versuchten Jens und ich zur Tagesordnung überzugehen, doch die Spannung zwischen uns entfachte immer neue winzige Brände, die sich zu einer glühenden Zündschnur zusammenfügten, an dessen Ende eine Bombe auf den großen Moment wartete. Eine unerträgliche Unruhe ergriff mich, raubte mir nachts den Schlaf und hinderte mich tagsüber daran, nachzudenken.

Und dann war es vorbei, plötzlich und ohne Vorwarnung sprang der Funke über. An einem ganz normalen, fast friedlichen Nachmittag detonierte die Bombe mit einer Wucht, über die ich noch Jahre später staunte, und löste eine Kettenreaktion aus, die ich nie für möglich gehalten hatte.

Es begann damit, dass meine Mutter auf dem Sofa saß und in einer ihrer Lieblingszeitschriften blätterte, die medizinischen Laien das Gefühl vermittelten, blind einen chirurgischen Eingriff durchführen zu können, ohne jemals vorher ein Skalpell in der Hand gehalten zu haben.

»Sieh dir das an, Regina.« Sie war die Einzige, die sich weigerte, mich Ina zu nennen. Widerwillig blickte ich auf das Bild, das eine junge Frau zeigte, die fast doppelt so fett aussah wie ich. »Hundertdreiundachtzig Kilo und vier Monate später«, sie blätterte so hektisch um, dass die Seite einriss, »zweiundneunzig Kilo.«

Dass sie immer wieder so naiv war zu glauben, es handele sich um ein und dieselbe Person.

»Und? Welche Diät hat dieses Wunder bewirkt?«, fragte ich gelangweilt.

»Keine Diät! Sie hat sich den Magen verkleinern lassen. Durch den oberen Teil des Magens wird ein Band gezogen, dadurch entsteht praktisch ein zweiter, kleinerer Magen. Du kannst nur noch ganz wenig essen und nimmst ab. Das hilft bei jedem, steht hier.«

Entgeistert starrte ich sie an, was sie völlig falsch interpretierte und mir gleich ihre Überraschung entgegen schmetterte: »Ich habe es schon mit Jens besprochen. Er hält die Operation auch für die ideale Lösung. Er zahlt dir das Band. Ach Regina, du hast Glück, mit einem so großzügigen Mann verheiratet zu sein.« Wie ein verliebter Teenager verdrehte sie die Augen.

Alle Versuche, die Explosion in meinem Innern zu stoppen, scheiterten. Was ich erst vor wenigen Tagen in Gedanken gefasst hatte, sprudelte nun aus mir heraus: »Wenn ihr glaubt, ich lasse mich verstümmeln, um euren Ehrgeiz zu befriedigen, dann habt ihr euch getäuscht! Schluss mit Diäten, Bevormundungen und Einmischungen in mein Leben. Es reicht. Ab jetzt mache ich nur noch, was ich will. Und wage es nicht, mir in die Quere zu kommen. Wenn ich nachher zurückkomme, will ich, dass du samt Schürze, Zeitschriften und Lippenstiften verschwunden bist. Falls du dich bei Jens ausheulen willst, tu das bitte in deiner eigenen Wohnung.«

Noch während ich den letzten Satz herausschrie, schnappte sie fassungslos nach Luft und ich nach meiner Jacke. An der Tür drehte ich mich noch einmal um: »Ach ja, und denk dran, den Hausschlüssel auf den Küchentisch zu legen.«

So schnell meine Beine es erlaubten, rannte ich die Straße entlang. Opfern wollten sie mich, meine eigene Mutter und mein sauberer Ehemann, der sich eine Vorzeigefrau wünschte. Eine Operation, um abzunehmen. Statt mich einmal zu fragen, was ich wollte, verlangten sie von mir, mich unters Messer zu legen, mit riskanter Narkose, Krankenhausaufenthalt, Kunstfehlerrisiko. Schade, dass man nicht einfach die ganze Speckschicht abschneiden konnte, einmal bandagieren, vier Wochen bewegungslos liegen lassen und schon war der Fettklops dünn. Das wär's doch. Wahrscheinlich hätte mein holder Gatte dafür auch eine halbe Million locker gemacht – vorausgesetzt er bekäme dafür eine garantiert repräsentative Ehefrau.

Das leere Haus war wie eine Befreiung. Ich ging ins Schlafzimmer und betrachtete mich im Spiegel. Was ich sah, war mir fremd: eine dicke, aufgedunsene Frau mit hängenden Schultern. Gesicht, Hals, Nacken zeigten nur noch schwache Konturen, alles wuchs zusammen. Sie sah aus, als hätte sie das ganze Leid dieser Welt inhaliert und drohte nun, daran zu ersticken.

Kapitel 2

»Also wirklich Ina, ich versteh dich nicht. Quälst dich jahrelang von einer Diät zu nächsten, gehst dabei auf wie ein Hefekuchen und jetzt, wo du die einmalige Chance bekommst, dein Problem ein für allemal aus der Welt zu schaffen, kneifst du. Wenn Herbert mir ein Magenband bezahlen wollte, müsste ich nicht lange überlegen.« Beate schlug ihre wabbeligen Oberschenkel, die, genau wie meine, in Leggins steckten, übereinander und griff zum letzten Cappuccinotörtchen.

»Aber Herbert ist eben nicht Jens«, stöhnte sie.

»Wohl schon wieder Ehekrach, was?« Luise sah Beate schadenfroh an. Wie jeder in der Nachbarschaft wusste auch sie, dass Beates und Herberts Ehe sinuskurvenförmig verlief.

»Du musst auch an deinen Mann denken, Ina. Der will eben eine schlanke Frau. Und so wie ich Jens kenne, zahlt er dir anschließend noch die Bauch- und Oberschenkelstraffung. Was meinst du, wie toll du aussehen wirst. Ich beneide dich jetzt schon.«

»Ja sicher, Elfi, und wenn unten alles straff ist, brauche ich nur noch einen größeren Busen, ein Facelifting und einen guten Therapeuten, der mich regelmäßig daran erinnert, wer ich bin. Vergesst es, ich mach nicht mit.«

Elfi, Beate und Luise kannte ich schon so lange, wie ich hier in der Gegend lebte, sechzehn Jahre. Unsere Kinder hatten den gleichen Kindergarten besucht, waren auf dieselbe Schule gegangen. Irgendwann hatten wir begonnen, uns jeden Monat gegenseitig zur Tortenschlacht einzuladen. Später kam Julia dazu. Sie zog in das Haus gegenüber, und wir freundeten uns an. Warum musste sie gerade jetzt, wo ich ihre Unterstützung so dringend brauchte, ihre Schwester in Sydney besuchen? Julia hätte es garantiert geschafft, Elfi, Beate und Luise zu stoppen, die ohne Unterbrechung auf mich einredeten. In ihren Augen mutierte ich zur Feindin meines ach so großzügigen Ehemannes und meiner selbstlosen Mutter. Schweigend begann ich an einer Nussecke zu knabbern und bereute zutiefst, Elfis Einladung angenommen zu haben.

»Dir ist es wohl egal, wenn du weiter zunimmst, was?«, stichelte Luise.

Am liebsten hätte ich ihr eine geklebt, sollte sie doch erst einmal selbst mit dem Abnehmen anfangen. Bei jeder Bewegung schwabbelte ihre Fettschürze am Bauch, die Brüste hingen schwer darüber. Schätzungsweise einhundertdreißig Kilo verteilten sich auf einen Meter sechzig Länge. Bei jeder Gelegenheit versicherte sie uns, sie habe ihr Wohlfühlgewicht längst erreicht. Die drei mal zwei Heilfastenwochen im Jahr mache sie lediglich, um ihre Kräfte neu zu mobilisieren. Was besonders nervte: Luises Besserwisserei. Nicht nur über den vorbildlichen Haushalt und wie der Nachwuchs die perfekte Kinderstube erhielt, wusste sie Bescheid. Sie konnte uns auch Nachhilfe in Sachen Männer geben. Während sich meine Kenntnisse über das starke Geschlecht nach all den Ehejahren auf meinen Göttergatten beschränkten und das Sexleben gegen null strebte, hatte Luise seit siebenundzwanzig Jahren den tollsten Lover überhaupt. Sie erlebte mindestens fünf heiße Nächte pro Woche, verführte ihren Alfons mit Spitzen und Strapsen. Sogar die aktuellen Methoden der männlichen Heranwachsenden, sich eine reife Frau zu angeln, kannte sie aus eigener Erfahrung. Angeblich brauchte sie nur drei Schritte vor die Haustür zu gehen, und es brach ein Krieg unter den blutjungen Adonis-Typen aus, die ihr allesamt tagtäglich auflauerten und nur das *Eine* von ihr wollten.

Ja was denn überhaupt?, fragte ich mich immer wieder. Eine warme Mahlzeit, die sie bei ihrer Mutter nicht mehr bekamen?

Wie ihr heißblütiger Alfons die wilden Nächte im Ehebett überstand, blieb mir ein ewiges Rätsel. Er war noch dicker als Luise, aber kaum größer als sie. Wenn er nur die paar Meter von der Terrasse zum Blumenbeet gerobbt war, japste er nach Luft.

Lügen, alles Lügen!

»Keine Sorge Luise, ich werde die beste Diät machen, die es gibt.«

»Welche denn?«, fragten Elfi und Beate sofort.

Tja, wenn ich das nur wüsste, ihr Lieben. »Ich möchte noch nicht darüber sprechen. Beim nächsten Treffen, o.k.?«

»Ich will so bleiben wie ich bin«, summte Luise leise, aber für alle hörbar.

Wütend starrte ich auf ihren rot gemalten dünnen Mund mit den nach unten hängenden Winkeln. Ihre halblangen dauergewellten Haare färbte sie neuerdings karottenrot. Mit dem pinkfarbenen, knielangen Trägerhänger und den weißen zierlichen Pumps, aus denen rundherum weiche, blauädrige Haut quoll, erinnerte sie mich heute enorm an Miss Piggy.

»Es reicht, Luise.«

Luise unterbrach das Wortgefecht und kämpfte jetzt konzentriert mit einer frischen Donauwelle.

»Sei doch nicht so empfindlich«, keuchte sie mir entgegen. »Immerhin hast du die Hundert erreicht.«

Sie tat geradezu so, als sei es mein Ziel gewesen. »Was willst du damit sagen?«

»Na ja, eigentlich wollte ich dir anbieten, bei uns mitzumachen.«

»Bei euch? Was meinst du damit?«

»Genau am ersten April habe ich zusammen mit drei Frauen den Verein ›Pralle Kurven‹ gegründet, eine Interessengemeinschaft für dicke Frauen. Die einzige Voraussetzung für die Mitgliedschaft ist ein Gewicht von mindestens hundert Kilo. Die erfüllst du ja nun. Und weil du meine Freundin bist, erlassen wir dir die Aufnahmegebühr von hundertdreißig Euro.«

Wenn Luise sich als meine Freundin bezeichnete, wie verhielt sie sich dann ihren Feindinnen gegenüber?

»Ein Aprilscherz«, prustete Beate zweideutig los, wobei sie sich an einer Nuss verschluckte und sich mit ganzer Kraft einem Hustenanfall hingab.

»Welche Ziele habt ihr?«, fragte Elfi, die am weitesten von der magischen Grenze entfernt war und sich als Erste wieder gefangen hatte.

»Wir verlangen die vollständige Integration dicker Frauen in den Berufsalltag. Keine darf wegen ihres Gewichtes bei der Beförderung benachteiligt werden. Bei der Einstellung sollen Dicke die gleichen Chancen haben wie Dünne.«

»Hört sich gut an, aber du arbeitest doch gar nicht und ich auch nicht«, unterbrach ich sie. »Wer sagt dir denn, wie der Berufsalltag von Dicken ist?«

»Alle dicken Frauen sagen das. Frag doch mal deinen Herrn Gemahl, ob er auch Dicke einstellt. So wie der aussieht, ist dem eine rassige Rothaarige mit langen Beinen wesentlich lieber als ein grauer Pummel.« Luise grinste mich perfide an. Sie lief heute zur Höchstform auf. Ich war drauf und dran zu gehen.

Elfi spürte meine Wut. »Welche Ziele habt ihr noch?«, griff sie schnell ihre Frage wieder auf.

»Wir wollen gleiche Rechte im Schwimmbad, mehr Boutiquen und Dessous-Läden für Dicke, eigene Zeiten im Lady-Fitness-Center und vor allem wollen wir durchsetzen, dass abfällige Bemerkungen über die Körperfülle als Beleidigung geahndet werden. Es kann ja wohl nicht sein, dass ein Autofahrer, der einen anderen Volltrottel nennt, bestraft wird, aber jeder X-Beliebige ungestraft öffentlich dicke Frauen beleidigen darf. Außerdem wollen wir ein Werbeverbot für Diäten erreichen.«

»Wie viel wiegen die anderen?«, wollte ich wissen.

»Wir vier bringen zusammen fünfhundertsechsundneunzig Kilo auf die Waage. Du wärst bei uns mit Abstand die Dünnste, aber weil du das Mindestgewicht mitbringst, nehmen wir dich auf. Rutschst du wieder unter die Hundert, musst du den Verein wieder verlassen. So steht es in der Satzung. Also, was ist?«

»Danke Luise, ich glaube nicht, dass es für mich in Frage kommt.«

»Überleg es dir, Ina. Zum Diät-Feuer am Maifeiertag seid ihr natürlich alle herzlich eingeladen. Wir verbrennen unsere ganzen Diätbücher, -zeitschriften, -artikel und -prospekte. Es gibt Maibowle, Würstchen und Kartoffelsalat.«

Als ich in die Straße einbog, sah ich Muttis Auto vor unserem Haus parken. Zwei Wochen war sie nicht hier gewesen, den Hausschlüssel hatte sie mitgenommen. Ich fühlte die alte Wut in mir hochkriechen und meine Entschlossenheit wuchs, sie wieder vor die Tür zu setzen, falls sie das Thema Abnehmen anschnitt.

Ich schloss auf und stieß mit dem Fußknöchel gegen unseren großen Familien-Hartschalenkoffer. Ein zweiter und dritter Koffer standen unmittelbar daneben. Von oben hörte ich Stimmen, verstehen konnte ich nichts.

Also ging ich rauf in Yvonnes Zimmer. Sie stand mit Mutti vor dem Kleiderschrank, im Gespräch vertieft und bemerkte mich zunächst gar nicht.

»Mein Beauty-Case brauch ich auch noch. Meinst du, ich darf so viel Gepäck mitnehmen, Oma?«

»Aber sicher, meine Kleine. Du brauchst die Sachen doch in den drei Wochen.«

»Wofür braucht Yvonne das ganze Gepäck?« Meine Stimme klang hoch und schrill, was mir gar nicht gefiel.

Die beiden drehten sich um.

»Frau von Lusky hat uns nach Teneriffa eingeladen, für mindestens drei Wochen«, ließ sich mein Töchterchen zu einer Erklärung herab, während sie mich widerwillig von oben bis unten musterte.

»Wen hat sie eingeladen?«

»Wen schon? Papa, Oma und mich«, schnauzte Yvonne mich an. »Papa packt auch gerade, morgen früh geht's los.«

»Wenn du willst, darfst du selbstverständlich auch mitkommen, Regina.«

Sonne, Palmen, mit Jens am Meer spazieren gehen, bummeln, in Strandcafés sitzen, Zeit für uns und die Liebe, Zeit, unsere Ehe aus der Sackgasse zu retten. Verlockend. Yvonne beobachtete mich aus weit aufgerissenen Augen. Nur einen Moment überlegte ich noch.

»Danke, ich bleibe lieber hier«, erklärte ich laut.

Frau von Lusky, Muttis stinkreiche Busenfreundin, verschaffte mir mindestens drei freie Wochen. Das kam ja wie gerufen. Ich hätte die alte schrille Schachtel knutschen können. Nur eine Frage lag mir noch auf der Zunge: »Wann habt ihr denn die Einladung bekommen?«

»Heute morgen«, so die einstimmige Antwort.

Ich betrat das eheliche Schlafgemach, in dem es ähnlich

chaotisch aussah wie bei Yvonne, lehnte mich an den Türrahmen und verschränkte die Arme vor der Brust.

»Ich hoffe, du hast nichts dagegen, wenn ich hier bleibe?«

Jens zuckte zusammen. »Schleich dich nicht so an Ina, du weißt, ich mag das nicht.« Meine Frage überging er ganz einfach und fuhr unbeirrt fort, seine edlen Freizeitklamotten ordentlich in den Koffer zu stapeln. Erstaunlicherweise hatte er umgehend eine Urlaubsgenehmigung von seinem Chef bekommen, die er sonst immer mindestens ein halbes Jahr im Voraus beantragen musste.

Als ich im Morgenrot die mit Gepäck und Familie beladene Luxuslimousine meines erholungsbedürftigen Göttergatten zum Flughafen chauffierte – mein Zweitwagen war *leider* zu klein –, spürte ich eine unbändige Erleichterung in mir.

»Ina, du musst nicht warten, bis die Maschine fliegt.«

»Jens hat Recht, Regina.«

»Das hätte ich jetzt nicht gedacht, dass ihr ohne mich zurechtkommt.«

»Spar dir deinen Sarkasmus. Geh lieber frühstücken, sonst fällst du noch vom Fleisch«, befahl der Herr Gemahl spöttisch.

Sie hatten es verdammt eilig mich loszuwerden. Merkwürdig, aber bitte, von mir aus gerne. Nur frühstücken würde ich in den nächsten Wochen garantiert nicht.

»Na dann, schönen Urlaub.« Den Kuss, den ich meinem Gatten auf den Mund drückte, erwiderte er, als sei er gezwungen worden, einen Frosch zu beatmen, was mich eher amüsierte als ärgerte. Weh tat mir dagegen Yvonnes Verhalten. Als ich mich zu meiner Kleinen, die inzwischen so groß war wie ich, herüberdrehte, um sie auf die

Wange zu küssen, wich sie zurück und wendete sich mit verzerrtem Gesicht ab.

»Und dass du *meinen* Wagen sofort wieder in die Garage stellst«, brüllte Jens hinter mir her.

Was machte er sich nur für unnötige Sorgen!

Entspannt drückte ich mich in den ergonomisch geformten Ledersitz und lenkte die schwarze Nobelkarosse einhändig über die noch kaum befahrenen Straßen zum Parkplatz am Bahnhof.

Schnurstracks lief ich in den Zeitschriftenladen, wo ich die Ecke mit den Frauenmagazinen anpeilte. Das Angebot war überwältigend: unzählige Sonderausgaben mit Diäten, jede Menge Hefte mit Rezepten für Magermenüs und Bücher, die so viele Tipps zum Abnehmen enthielten, dass sie für ein ganzes Leben reichten. Kurzentschlossen packte ich alles ein, was mir zwischen die Finger fiel und schleppte die monströse Plastiktüte zum Kofferraum. Drei Wochen für mich, drei Wochen für eine Top-Diät – und drei Wochen mit deinem Auto, lieber Jens. Ich streichelte mit den Fingerspitzen über das polierte Armaturenbrett aus feinstem Wurzelholz, sogar die Blende des Radios. Sanft berührte ich den flachen Schalter.

»Zaubern können wir natürlich nicht«, hörte ich eine sympathische Stimme aus den Boxen, »aber die meisten Frauen erreichen bei uns ihr Wunschgewicht. Und nicht nur das: Sie verlieren die Angst vor dem Essen, vor den Kalorien, vor dem Dickwerden. Sie entdecken, wie viel Spaß es macht, richtig zu schlemmen.«

»Essen, um abzunehmen, ein interessanter Aspekt. Ich bin sicher, Ihr Telefon wird heute nicht mehr stillstehen. Vielen Dank für das Gespräch, Frau Meinert. Ich wünsche Ihnen und Ihren Kolleginnen vom *Feel Well* weiterhin viel Erfolg.«

Kapitel 3

Sonnenschein, strahlend blauer Himmel und ein Horoskop, das mir einen Tag voller Überraschungen versprach. Natürlich nur positive. Immerhin war es mir gelungen, innerhalb weniger Tage einen Termin im *Feel Well* zu bekommen. Die übliche Wartezeit betrug zwischen zwei und drei Wochen. Ich seufzte. Dann wäre es zu spät gewesen. Schließlich wollte ich meine Familie bei ihrer Rückkehr überraschen.

Ich griff zu einer Zeitschrift. »Suppen-Diät: In sieben Tagen sieben Kilo weniger« so der viel versprechende Titel. Suppe. Auch nicht schlecht. Ein fast dürres Titelmädchen in der spätpubertären Phase stand strahlend auf einer Waage. Die Waage. Meine Hände begannen zu schwitzen. Wenn ich gleich unter Zeugen auf ein solches Monstrum steigen musste, dann zählte jedes Gramm. Ob die Waage im *Feel Well* auch so ein großes Display hatte wie im Diät-Club? Dort nahm es fast die komplette Wand ein und die digitalen Zahlen erleuchteten den ganzen Raum. Jedes Mal, wenn ich nicht genug abgenommen hatte, empfand ich sie als besonders grell.

Ablenkung. Suppen-Diät. Auf dem Laufenden zu sein war nie verkehrt, und so lernte ich schnell noch ein paar Rezepte auswendig und prägte mir die Weisheit ein, dass warmes Essen länger sättigt als kaltes. Dann hüllte ich mich in mein rotes Walle-Kleid, föhnte maximales Volumen in meine Frisur und machte mich mit der teuren Limousine meines Gatten auf den Weg.

Jede Ampel sprang grundsätzlich auf rot, überall staute sich der Verkehr. Nach über einer halben Stunde Fahrt, die mir wie drei Stunden vorkam und meinen Adrenalinspiegel fast zum Überlaufen brachte, erreichte ich die älteste Villengegend der Stadt.

Das *Feel Well* selbst befand sich in einem schlossähnlichen Fachwerkhaus, umgeben von einer Steinmauer. Eine hohe, kräftige, voll erblühte Kastanie im Vorgarten verdeckte stellenweise die Sicht von der Straße auf das denkmalgeschützte Gebäude. Etwas zittrig, aber fest entschlossen parkte ich am Straßenrand und lief über den gepflasterten, von Tulpen und Narzissen umsäumten Weg zum Eingang des Hauses. An der Tür prangte ein großes Messingschild:

Feel Well – Center für Frauen
Dr. Karin Schuster, Psychologin
Jutta Meinert, Diplom-Oecotrophologin
Ulla Klein, Diplom-Sportlehrerin

Statt eines Klingelzeichens ertönte eine Melodie. Sofort sprang die Tür auf, und ich betrat einen schmalen Flur, an den sich ein quadratischer Raum mit offenem Kamin anschloss. Stuck zierte die hohe Decke, und unter meinen Füßen knarrte der Holzfußboden. Drei lange Sprossenfenster ließen viel Licht hinein und vergrößerten den Raum optisch. Mein Blick fiel auf den mindestens zwei Meter hohen Ficus benjamini im Messingtopf neben dem Kamin. Daneben standen drei etwa zwei Meter lange beige Ledersofas, hufeisenförmig zu einer gemütlichen Sitzecke angeordnet, deren Mitte ein ovaler Tisch aus gelaugtem Kiefernholz ausfüllte. Am Schreibtisch gegenüber arbeitete Frau Kast.

»Sie sind Frau König, nicht wahr?« Ihre Stimme klang warm und ruhig.

»Ina König, guten Morgen.« Meine plötzliche Sicherheit erstaunte mich.

»Herzlich willkommen. Ich sage gleich Frau Meinert

Bescheid, dass Sie da sind. Bitte nehmen Sie doch noch einen Augenblick Platz.«

Ich ließ mich in das weiche Leder fallen, schloss die Augen, sog tief den Duft von Holz und Bienenwachs ein und genoss die Ruhe. Warm strahlte die Sonne durch das Fenster. Mit jeder Sekunde wünschte ich mir mehr, noch Stunden hier sitzen zu dürfen. Ein Gedanke, der mir im Diät-Club nie gekommen wäre. Ganz schnell hatte ich nach den Treffen die mit Chrom, viel Glas und den Hausfarben schwarz, blau und grau eingerichteten Räume wieder verlassen. Den anderen ging es ähnlich. »Die Flucht der Dicken«, schrie eine Teilnehmerin jedes Mal und zwängte sich als Letzte in den ohnehin schon überfüllten Aufzug. Ich lächelte.

»Guten Morgen, Frau König. Ich bin Jutta Meinert«, riss mich die Stimme einer sportlichen Frau, etwa in meinem Alter, aus den Gedanken. Freundlich streckte sie mir ihre Hand entgegen. Mir fiel Anne aus dem Club ein, die immer perfekt gekleidet und geschminkt gewesen war. Frau Meinert hingegen trug Bluejeans, weißes Rippen-T-Shirt, roten Blazer und schwarze flache Pumps. Keinen Schmuck außer Ohrringen und Uhr. Ihr Make-up, so vermutete ich, bestand aus etwas Rouge, Wimperntusche und Lippenstift. In ihren dunkelbraunen, schulterlangen, glatten Haare schimmerten rötliche Strähnen. Gespannt folgte ich ihr ins Büro, wo sie mir Platz in einem bequemen Freischwinger anbot.

»Schön, dass Sie hier sind, Frau König. Haben Sie uns gleich gefunden?«

Ich nickte. Dann wollte sie wissen, woher ich das *Feel Well* kenne, wer mich geschickt hatte und was mein Anliegen sei.

»Ich möchte unbedingt abnehmen.«

Sie fragte nach meiner Größe und dem aktuellen Gewicht, was ich zwar schwer schluckend, aber wahrheitsgemäß beantwortete: »Einsachtundsechzig, hundertzwei Kilo.« Hoffentlich stimmte meine Waage. Hoffentlich wog ich auf ihrer nicht noch mehr.

Frau Meinert verzog keine Miene. »Wie viel Kilo haben Sie sich denn vorgenommen?«

»Mindestens vierzig«, antwortete ich fest.

»Ein hohes Ziel, Frau König. Was ist denn der Grund für diesen Schritt?«

Machte sie Witze? Ich passte kaum in den Stuhl, und sie fragte so was.

»Schauen Sie mich doch einmal an, wie ich aussehe, schrecklich.«

»Sie finden sich zu dick und glauben, Sie seien deswegen nicht attraktiv?«

Ich nickte wieder.

»Meinen Sie das, oder die anderen?«

»Meinem Mann gefallen schlanke Frauen besser, meine Tochter wünscht sich eine schlanke Mutter und meine Mutter eine schlanke Tochter«, antwortete ich genervt.

»Ich möchte Sie nicht quälen, aber Abnehmen ist ein schwieriger und langwieriger Prozess, der viel Kraft kostet. Wenn Sie es nicht selbst wollen, haben Sie diese Kraft vielleicht nicht. Bitte denken Sie bis nächste Woche darüber nach.«

Sie schwieg, wirkte nachdenklich und einen Moment lang befürchtete ich schon, sie würde mich wieder nach Hause schicken, weil meine Motivation sie nicht überzeugte, doch dann stellte sie die sehnlich erwartete Frage:

»Was haben Sie denn bisher bereits unternommen, um Ihr Wunschgewicht zu erreichen?«

Mein Thema, hier kannte ich mich aus. Ausschweifend erzählte ich von meinen zahlreichen Diätversuchen, dem Diät-Club und der Krönung zur Diät-Queen.

»Ich erinnere ich mich sehr gut an die Reportagen.« Sie machte eine Pause. »Was war das für ein Gefühl, als Sie den Titel bekamen?«

»Ich war unendlich stolz. Endlich hatte ich es geschafft. Na ja, beinahe, bis auf zehn Kilo.«

»Sie haben sehr hart für diesen Erfolg gearbeitet und sicher viele Erwartungen daran geknüpft. Lassen Sie doch bitte einmal das letzte Jahr Revue passieren. Was hat sich durch den Titel in Ihrem Leben verändert?«

Ha, dachte ich, ich bin jetzt noch fetter als vorher, und es ist mir noch peinlicher! Aber zu Anfang, da war es klasse. Verlegen räusperte ich mich. »Es war das einzige Mal in meiner Ehe, dass ich fast schlank war.« Sie sah mich auffordernd an. Das Blut schoss mir ins Gesicht. »Alles lief besser, in der Ehe meine ich.« Jetzt schweig Ina, es ist genug. Sie spürte meine Hemmungen und ging nicht näher auf meine Aussage ein.

»Bitte verstehen Sie mich nicht falsch, aber warum sind Sie später nicht noch einmal in den Club gegangen, wo Sie dort solche Erfolge verbucht hatten?«

»Die Zeit war verdammt hart, den ganzen Tag nur Diätmenüs, Drinks, Cremes. Ich habe nur durchgehalten, weil ich fest daran glaubte, zu den fünfundsiebzig Prozent zu gehören, die später ihr Gewicht halten. Falsch. Ich durfte mich zu dem restlichen Viertel zählen. Also kann es für mich doch nicht die richtige Methode sein.«

Frau Meinert blickte skeptisch. »Wissen Sie, was aus den anderen geworden ist?«

Ich überlegte. Nur einmal hatte ich Helga getroffen, meine stärkste Konkurrentin und zweite Gruppensiegerin. Sie hatte weiter abgenommen. Ihre Traumfigur ließ mich noch heute grün werden vor Neid. Von den anderen hatte ich nie wieder etwas gehört. »Was glauben Sie denn, warum Sie wieder zugenommen haben?»

Ich fühlte einen Stich in der Magengrube. Mein Herz pochte laut. »Ich war schon immer dick«, wich ich ihrem Blick aus, indem ich aus dem Fenster sah. Das ging zu weit. Was machte ich hier? Ich ließ mich ausfragen wie ein dummes Kind und redete über Dinge, die niemanden etwas angingen.

»An Ihrer Ernährung oder an fehlender Bewegung lag es Ihrer Meinung nach nicht?«

Erwischt. Eiskalt erwischt. Ich schluckte. Natürlich hatte ich zugeschlagen, hemmungslos, bis zur Übelkeit. Aber das war vorbei. Warum jetzt noch darüber diskutieren? Warum mich hier mit Gewalt blamieren? Schluss, ich war ohnehin schon zu weit gegangen. Schließlich wollte ich nur die Anleitung für eine vernünftige Diät, von einem Plauderstündchen war nie die Rede gewesen. Ich schaltete meine Ohren auf Durchzug und ließ sie reden. Nach ungefähr einer Stunde war ich erlöst – und enttäuscht. Mit dem Abnehmen sollte es frühestens in einer Woche losgehen, wenn ich ein Ernährungstagebuch geführt hatte. Keine Waage, keine Verbote, kein Diätplan.

»Sie dürfen, nein Sie sollen alles essen, was Sie wollen und so viel Sie mögen. Nächste Woche besprechen wir dann Ihr Tagebuch.«

Mal sehen, ob du den nächsten Termin überhaupt noch brauchst, Ina. Sicher findest du in den Zeitschriften eine gute Diät und hast solche Peinlichkeiten nicht länger nötig.

Viel gab es nicht aufzuschreiben. Etwas Obst, Salat hier und da einen Magerjoghurt, das war's. Im Hungern war ich schließlich Profi. Stolz schleppte ich meine um zwei Kilo reduzierten Massen eine Woche später in Frau Meinerts Büro. Doch anstatt mich zu loben, fragte sie, wer oder was mich zu dieser asketischen Meisterleitung getrieben hatte.

»Ich will abnehmen, und zwar so schnell wie möglich.« Die letzten drei Wörter betonte ich laut.

»Ihre Disziplin in allen Ehren, Frau König, aber wie lange wollen Sie denn das durchhalten?«

»So lange es geht.«

Sie sah mich ernst an. »Letzte Woche haben Sie über ihre unzähligen Abnehmversuche und über die harte Zeit im Diät-Club berichtet. Worin unterscheidet sich Ihre jetzige Radikaldiät von den früheren Methoden?«

Schweigen. Grübeln. Sie ließ mich nicht aus den Augen. Ich zuckte die Achseln.

»Stellen Sie sich vor, Sie wären nicht Ina König, sondern eine Hellseherin, die für Ina König in die Zukunft sieht. Wie wird es in einigen Wochen um ihre Diät stehen, dann wenn das Hungern an den Nerven zerrt, wenn sie leer, kraftlos und müde ist?«

Sackgasse. Provokant versuchte ich den Ball zurückzuschießen.

»Ich dachte, Sie sagen mir, wie ich abnehmen kann und was ich tun muss, um danach schlank zu bleiben. Deswegen bin ich doch hier. Ein Diätplan, ja, der würde mir helfen.«

»Wie ich Ihnen schon sagte, bei mir bekommen Sie keinen Plan, Frau König. Pläne haben Sie zur Genüge im Kopf und vermutlich auch in Ihren Schränken. Sie brauchen wirklich keinen weiteren für Ihre Ablage.«

»Aber wie soll ich dann lernen, richtig zu essen?«

»Was ist denn Ihrer Meinung nach *richtig*?«

»Viel Vollkorn, Gemüse, Obst, Joghurt«, antwortete ich wie aus der Pistole geschossen.

»Warum essen Sie es dann nicht?«

Unruhig wippte ich mit dem Stuhl auf und ab. Wäre

ich bloß zu Hause geblieben. »Manchmal hat man eben Heißhunger auf Süßes oder Verbotenes«, brummte ich lustlos in den Raum.

Frau Meinert verzog keine Miene, während ich schluckte und Halt am Stuhl suchte, nachdem ich mich soeben tollkühn auf viel zu dünnes, rissiges Eis begeben hatte.

»Und wie geht es Ihnen, wenn Sie Verbotenes gegessen haben?«

»Ich ärgere mich fürchterlich. Meist esse ich einfach weiter, dann ist doch sowieso alles egal.«

»Sie essen weiter, obwohl Sie satt sind?«

»Manchmal bin ich gar nicht richtig satt, und manchmal beruhigt es mich eben zu essen.«

»Das Verbotene?«

»Ja, meist Schokolade, Kuchen, Pommes, Sahnepudding.«

Meine Stimme wurde brüchig, der Kloß im Hals wuchs, das Eis begann unter meiner schweren Last zu bersten und ich hatte Angst, einzubrechen.

Frau Meinert schien es nicht zu bemerken, sie machte einfach weiter. »Gibt es Situationen, in denen Sie besonders gerne Verbotenes essen?«

Das Eis unter mir gab nach, ich drohte in Rotz und Tränen zu ersticken. Frau Meinert hielt meine Hand und reichte mir ein Kleenex nach dem anderen, das ich laut durchschnäuzte.

»Wenn ich Ärger mit meiner Familie habe. In der letzten Zeit auch nur, um nicht nach den Diätplänen meiner Mutter zu leben.«

»Was würde Ihnen also ein neuer Plan bringen, wenn Sie in den vergangenen Wochen so viele Energien darauf verschwendet haben, Ihre Mutter auszutricksen?«

»Diesmal wäre es anders, ganz bestimmt«, bettelte ich.

»Ja, Sie würden mich austricksen, Frau König. Niemand hier im *Feel Well* wird Ihnen je etwas vorschreiben. Was, wann und wie viel Sie essen, entscheiden immer Sie selbst. Wir sehen unsere Aufgabe darin, Ihnen zu helfen, die für Sie besten Entscheidungen zu treffen. Und die besten sind die, bei denen Sie, nur Sie, sich am wohlsten fühlen. Wann Sie sich wohlfühlen, ich meine damit wirklich fit, aktiv, mit sich zufrieden, das wissen Sie allein. Helfen können wir Ihnen nur dann, wenn Sie offen und ehrlich sind, wenn Sie uns vertrauen und bereit sind, sich auf neue, unbequeme und manchmal schmerzhafte Dinge einzulassen. Abnehmen, Frau König, steht hier nicht an erster Stelle, sondern ergibt sich, quasi als Nebenprodukt aus einer größeren Rücksichtnahme auf Ihre Bedürfnisse, auch beim Essen. Preise und Titel erwerben Sie nicht, dafür aber persönliche Erfolge.«

Mit offenem Mund starrte ich die fremde Vertraute an. Zu allem war ich bereit gewesen, Hauptsache die Pfunde purzeln. Aber mich öffnen, mein Innerstes nach Außen kehren, das war etwas anderes. Durfte ich es überhaupt zulassen, dass mein fetter Panzer Risse bekam? Hinter welchem Schutzwall sollte ich mich zukünftig verstecken, wenn ich verletzbar würde? Fest stieß ich meine Fingernägel ins weiche Leder des Stuhles. Ein letzter, verzweifelter Versuch.

»Wie oft kontrollieren Sie mein Gewicht?«

»Sie wiegen sich doch zu Hause, nicht wahr?«, stellte sie fest.

»Und Sie glauben mir einfach?«

»Frau König, Sie sind freiwillig hier, weil Sie abnehmen möchten. Inwiefern würde es Ihnen also helfen, wenn Sie mir Märchen erzählen?«

Ihre Geduld schien unendlich zu sein. Langsam lösten sich meine verkrampften Finger aus dem Leder. Die Frühlingssonne schien durch das große, geöffnete Fenster, streichelte meinen Nacken, wärmte den Rücken. Der Duft der blühenden Kirschbäume drängte sich in den Raum, zwei Spatzen stritten sich um die letzten Sonnenblumenkerne in einem Futterring, der an einem Vogelhäuschen hing. Ich richtete mich auf. Es gab nur einen Weg, nur einen einzigen ...

Eine Woche später hatte ich die abgehungerten Pfunde wieder drauf, und noch zwei Kilo mehr, was mir zwar nicht gefiel, aber verständlich war. Süßigkeiten, Pizza, Braten, Pommes, gebrannte Mandeln, Erdnüsse und tausend andere Sachen, die ich mir seit Jahren verkniffen hatte, stopfte ich kiloweise in mich hinein. Zwei Fressanfälle überfielen mich nach den Telefonaten mit Mutti, in denen sie mich mit gut gemeinten Ratschlägen zuschüttete. Sorgfältig vermerkte ich dies im Tagebuch, genau wie die Tatsache, dass ich mehr fraß als aß, egal ob ich stand, lief oder lag. Nein, wohl fühlte ich mich weiß Gott nicht. Wenn das so weiterging, waren die Hundertzehn näher als die Hundert. Gut, dass ich mich für einen Kurs im *Feel Well* angemeldet hatte. Schlecht, dass er erst in zwei Wochen begann. Nachts, wenn ich nicht schlafen konnte, weil mir schlecht war, versetzte mich der Gedanke, ich könnte die Erste sein, bei der Frau Meinerts Konzept versagte, in Panik. Alles essen und trotzdem abnehmen, so ganz glaubte ich nicht daran.

Julia dafür um so mehr. »Wenn du alles essen darfst, was du willst, geht es dir bald wie mir und vielen anderen Frauen: Das Essen verliert seinen Reiz. Du kannst aufhören, wenn du satt bist, weil du weißt, du kannst es morgen wieder essen, wenn du Appetit darauf hast.«

Julia war begeistert vom *Feel Well* und von der Methode absolut überzeugt. Sie kannte das Institut durch ihren Mann Felix. Als Gynäkologe empfahl er es regelmäßig übergewichtigen Patientinnen. Julia machte mir Mut, ohne mich zu bedrängen.

»Ich finde es mutig von dir, Ina, dass du den Schritt gehst. Du hast meine volle Unterstützung und ich spreche jeder Zeit gerne mit dir darüber. Aber ich möchte, dass du den Zeitpunkt bestimmst. Sonst nehme ich vielleicht den Platz deiner Mutter ein und das will ich auf keinen Fall. Ich bin auch froh, dass du mit Frau Schuster, der Psychologin, sprichst. Sie ist eine tolle Frau.«

Nicht nur meine wachsende Körperfülle bereitete mir Kummer, sondern auch die Tatsache, dass es nur noch eine Woche dauerte, bis meine Lieben frisch gestärkt aus dem Urlaub zurückkommen und hypermotiviert versuchen würden, mich zu neuen Diäten zu drängen. Und dann das Auto. Der Benz wuchs mir langsam ans Herz, beheizte Sitze, Bordcomputer, CD-Player, Klimaanlage, Airbag, auf diese Spielereien und technischen Sicherheiten konnte und wollte ich als Gattin eines zukünftigen Bankdirektors auf keinen Fall wieder verzichten. Mal ganz davon abgesehen, dass eine Frau – egal mit welchen Maßen –, die einem solchen Luxusgefährt entstieg, auf die Mitmenschen eine Wirkung ausübt, von der eine Rostlaubenfahrerin nur träumt. Der Haken daran war nur, dass mein Angetrauter sein umfangreich ausgestattetes Prestigeobjekt nicht freiwillig hergeben würde. Vermutlich würde er sich sogar umgehend in den nächsten Flieger setzen, um mir höchstpersönlich den Schlüssel zu entreißen, wenn er wüsste, dass ich unsere Abmachung, sein Baby nur für Personentransporte zum und vom Flughafen zu benutzen, total vergessen hatte.

Gegen Abend fuhr ich in die Stadt, bummelte einige Zeit durch die Fußgängerzone, sah mir die Sommerkollektion in den Schaufenstern an und träumte davon, bald alles tragen zu können. Weiter denn je von meinem Ziel entfernt, gönnte ich mir in einem Fischrestaurant ein Drei-Gänge-Menü, bevor ich mich dem Highlight des Tages widmete: dem Benz. Lange hatte ich überlegt und nun beschlossen, es zu riskieren. Es musste klappen, immerhin kannte ich meinen Mann lange genug um zu wissen, wie er in bestimmten Lebenslagen reagierte. Und so lenkte ich sein Luxusgefährt nicht auf direktem Weg nach Hause, sondern machte einen Umweg durch ein Industriegebiet. Langsam fuhr ich durch die dunklen Straßen, beobachtete die Gebäude und fand nach langem Suchen das Objekt meiner Begierde: *die* Straßenlaterne auf festem Betonpfeiler am Ende eines Weges, der wie ausgestorben wirkte. Einen Moment lang verharrte ich in der Dunkelheit, nur das leise Geräusch des Motors war zu hören. Entschlossen löschte ich das Abblendlicht, holte tief Luft, schaltete lässig in den Rückwärtsgang und gab Gas, nicht viel, aber genug. Aufdringlich ertönten die Sensoren in der Stoßstange – bis es krachte. Gefühlvoll drückte ich noch etwas nach. So, genug, und jetzt nichts wie weg. Zu Hause betrachtete ich kritisch mein Werk. Die Stoßstange war hin, das Heck und der Kofferraumdeckel ganz leicht aber sichtbar eingedrückt. Hervorragend, genau so hatte ich es mir vorgestellt. Meine Fahrkünste ließen sich sehen, keine Frage. Vielleicht sollte ich einen Beruf daraus machen?

Ich schätzte Frau Schuster auf gut vierzig. Sie war klein, schlank, hatte kurze schwarze Haare und ein blasses, feingeschnittenes Gesicht mit einem nicht zu kleinen, zartgeschwungenen Mund, der kräftig rot leuchtete. Ihre braunen Augen gaben dem Gesicht einen gutmütigen, etwas mütterlichen Ausdruck. Sie trug schwarze Jeans, flache schwarze Schuhe, ein langes, handbemaltes Seidenhemd, bunt, mit abstraktem Muster, darüber eine ärmellose knallrote Weste. Sie bat mich, meinen Tagesablauf zu schildern, fragte nach meiner Familie, meinen Aufgaben, Wünschen und nach meinen Essgewohnheiten.

Alle Scheu begraben redete ich mir den Frust von der Seele, schüttete mich aus, lachte und heulte. Frau Schuster notierte hin und wieder etwas oder fragte nach. Mit der Aufgabe, Situationen, die mich zum Essen verleiten, zusammenzutragen, verließ ich nach einer Stunde das Center. Inzwischen erkannte ich mit jedem Besuch des *Feel Wells* deutlicher, dass mich beim Abnehmen weder Schnellschüsse noch Hektik weiterbrachten. Ich redete mir konsequent ein, alle Zeit der Welt zu haben, was gar nicht so einfach war, denn inzwischen zeigte die Waage hundertsechs Kilo an. Noch immer aß ich alles, worauf ich Lust hatte. Die einzige Bedingung: Ich musste mich immer, selbst mit einem winzigen Keks, an einen gedeckten Tisch setzen und ganz langsam essen, so als sollte ich jede einzelne Zutat herausschmecken. Es gehörte viel Disziplin dazu, die ich nicht immer, aber immer öfter aufbrachte. Gestern hatte ich von Puddingschnecken gelebt, zwölf Stück, über den Tag verteilt. Tags zuvor gab es Fischstäbchen und Kartoffelsalat, davor Biskuitplätzchen und Erdnüsse.

Als mein erholter, braun gebrannter Supermann das Auto sah, tobte er, noch bevor er mich begrüßt hatte: »Mist! Wie konnte das passieren? Wer die Sensoren nicht hört, der sollte den Führerschein abgeben. Jetzt sieh dir das an, mein schönes Auto.«

Auf die Idee, mir hätte etwas zustoßen können, kam er erst gar nicht. Völlig emotionslos beobachtete ich ihn. Na ja, vielleicht nicht völlig, etwas Schadenfreude war schon dabei.

»Für Montag habe ich einen Termin bei Auto Kowalski vereinbart, so lange darfst du gerne mein Auto benutzen«, bot ich großzügig an.

»Dein Auto? Lieber fahr ich mit dem Taxi.«

Mutti war völlig aus dem Häuschen wegen meines gewachsenen Umfangs. »Schäm dich, Regina, lässt man dich mal drei Wochen alleine, hast du nichts anderes zu tun, als von morgens bis abends zu essen.«

»Wirklich Ma, du siehst unmöglich aus, ekelig. Hast du die ganze Zeit nur gefressen?« Yvonne verzog den Mund, als sollte sie einen rohen Fisch verschlingen.

»Tja, Frau König, die Reparatur dauert mindestens zwei Wochen, vielleicht sogar drei. Die Ersatzteile muss ich erst bestellen und dann die Lackierarbeiten …«

»Sie sind doch sonst immer so flott«, versuchte ich den Mechaniker zu motivieren.

»Sind wir, sind wir, aber hier handelt es sich um eine Sonderausstattung«, erklärte er mir freundlich.

Erst häppchenweise begriff ich, welchen Luxusschlitten sich mein Göttergatte vor einem Jahr gegönnt hatte, und mietete, ausschließlich zum Wohle desselben versteht sich, im Autohaus einen Ersatzwagen. Die Wahl zwischen einem Kombi, einem elchgetesteten Kleinwagen und einem königsblauen Cabrio mit grauen Ledersitzen fiel mir nicht schwer. Kurzerhand entschied ich mich für Letzteres und zu einer Spritztour aufs Land. Das sonnige Frühlingswetter lud einfach dazu ein. Bauern arbeiteten auf den Feldern. Ich genoss die bequeme Fahrt auf der freien Landstraße, nur ab und zu drosselte ich die kaum spürbare, aber dennoch hohe Geschwindigkeit, um eine Ortschaft zu durchfahren oder bei Überholverbot im Schatten eines Traktors dahinzurollen.

Auf einem Parkplatz am Waldrand hielt ich an,

lauschte dem Rauschen der Bäume und dem Gesang der Vögel. Sie spürten den Frühling genau wie ich. Frühling, meine Lieblingsjahreszeit. Er war wie eine immer wieder kehrende Chance das Leben neu zu ordnen, etwas zu verändern, zu verbessern. Nur im Frühling war meine innere Kraft so groß, dass ich es wagte, einen neuen, unbekannten Weg einzuschlagen. Beschwingt entstieg ich dem gemieteten Luxusgefährt und lief leichtfüßig den Waldweg entlang, breitete die Arme mal zur Seite, mal ließ ich sie hin- und herpendeln. Ich atmete tief ein. Wie die würzige Landluft erfrischte, wie wohl ich mich fühlte, so frei, wie noch nie. Frei? Konnten Dicke überhaupt frei sein?

Etwas verschwitzt parkte ich pünktlich um eins vor dem *Feel Well*, um mit Frau Schuster die bevorstehenden Dauerbesuche meiner Mutter zu besprechen. Als hätte sie nie etwas anderes getan, schlüpfte sie für einige Minuten in Muttis Rolle – ich kuschte, wie gewohnt. Tief erschrocken erkannte ich, wie mich die Gegenwart meiner Mutter verunsicherte, mich immer wieder zum Kind werden ließ. »Was kann ich tun?« Es war wie ein Hilfeschrei.

»Ihre Mutter hat nur so viel Macht über Sie, wie Sie ihr geben. Nicht Ihre Mutter muss sich ändern, sondern Sie.«

Wir spielten einige Situationen durch und analysierten sie.

Als ich am Nachmittag zu Hause eintraf, wirbelte meine Mutter in meiner Küche herum, knallte die Töpfe aufs Ceranfeld, schepperte mit Tellern und Besteck.

»Das ganze Essen musste ich alleine kochen«, warf sie mir vor. Ihre Stimme klang noch schriller als sonst.

Innerlich gestärkt sah ich ihr fest ins Gesicht: »Es ist lieb von dir, dass du mir helfen willst. Doch wann habe ich dich darum gebeten, heute für Jens und Yvonne zu kochen?« Ich platzte beinahe vor Stolz, dass es mir gelang, diese Frage so klar zu formulieren und so sicher auszusprechen.

Sie starrte mich an wie ein Marsmännchen. Stumm band sie ihre Schürze ab, faltete sie fein säuberlich und legte sie in den Schrank. Mit beleidigter Miene verließ sie das Haus. Ihre Reaktion überraschte mich genauso wenig wie die Tatsache, dass sie am nächsten Tag wiederkam.

Misstrauisch beobachtete sie mich beim Schminken, bevor ich mich mit einem Einkaufskorb bewaffnete und in bester Laune verabschiedete. »Es kann Nachmittag werden, bis ich wieder zurück bin«, teilte ich ihr mit.

»Und was soll ich kochen?«

»Dir fällt schon was ein. Ihr könnt auch eine Pizza bestellen, Geld liegt im Küchenschrank.« Lachend stieg ich in meinen maroden Kleinwagen, das Cabrio hatte Jens so selbstverständlich hingenommen wie meine eheliche Treue trotz seiner Dauerabwesenheit.

Auf direktem Weg steuerte ich ein Parkhaus in der Innenstadt an, von dem aus ich zu Fuß das Multiplex-Kino erreichte, um *Die Brücken am Fluss* anzusehen – in aller Ruhe, ohne die altklugen Bemerkungen aus dem Munde eines weiblichen, allwissenden Teenagers. Selbst die Aussicht, neben fremden Menschen ein Taschentuch nach dem anderen durchzuheulen, hielt mich nicht zurück. Gerade mal zwanzig Personen verteilten sich in dem großen Kino, alles Frauen in meinem und höherem Alter, alle darauf bedacht, einen möglichst großen Abstand voneinander zu halten. Totenstille herrschte bei der Szene, in der Francesca gemeinsam mit ihrem Mann hinter Robert Kincaid herfährt und damit die letzte Chance bekommt, doch noch mit ihm zu gehen, ihren Mann zu verlassen. Als Robert schließlich den Blinker setzte und abbog, um auf Nimmerwiedersehen aus Francescas Leben zu verschwinden, schluchzte eine Frau so laut, dass sich mindestens zehn andere, mich eingeschlossen, trauten, ihren Gefühlen ebenso freien Lauf zu lassen. Vermutlich fragten sich alle das Gleiche: Warum hat sie diesen Mann sausen lassen? Und ich wünschte mir heiß und innig, nur einmal im Leben in eine solche Situation zu geraten, um dann diesen Fehler nicht zu begehen. Kein Mann war es wert – auch nicht meiner, oder sollte ich sagen, gerade meiner nicht? –, dass eine Frau auf ihre große Liebe verzichtet.

Mit verheulten, aufgequollenen Augen trat ich auf die Straße, lief schnell durch eine ruhige Gasse, den Blick fest auf die Schaufenster geheftet, zum Parkhaus. Es war früher Nachmittag, noch Zeit genug, mich wieder zu regenerieren. Weil die Gefahr bestand, dass mein Wagen bei längeren Touren streikte, fuhr ich nur an den einige Kilometer entfernten Kanal, wo ich parkte und spazieren ging. Francesca war verrückt, auf der abgelegenen Farm zu bleiben und zu schuften wie eine Hausangestellte. Liebe, Leidenschaft, Abwechslung, all das hatte der welterfahrene Fotograf ihr geboten, und sie? Ich setzte mich auf eine Bank, streckte die Beine weit von mir und lehnte mich zurück. Die Bäume spiegelten sich im Wasser, ab und zu tuckerte ein Binnenschiff vorbei, dessen schwere Ladung den Rumpf tief ins Wasser drückte. Manchmal hob jemand von der Besatzung zum Gruß die Hand, gedankenverloren winkte ich zurück.

Wer war mein Robert Kincaid? Jens? Es musste Jens sein, auch wenn es im Moment anders wirkte. Jens war meine erste große Liebe, mein erster Mann. Als ich mit achtzehn schwanger wurde, hat er nicht lange überlegt, sondern mir gegen den Willen seiner Eltern einen Heiratsantrag gemacht. Königs gehörten zu den wohlhabendsten Familien der Stadt und hatten andere Vorstellungen von der zukünftigen Frau ihres Jüngsten. Doch sie nahmen seine Entscheidung hin, zähneknirschend. In ihre Familie haben sie mich jedoch nie aufgenommen. Meine Mutter konnte es kaum fassen. Wie ich später erfuhr, war sie als Mädchen in Jens' Vater verliebt gewesen, der sich dann aber für eine Konkurrentin aus besserem Hause entschieden hatte. Was ihr nicht gelungen war, hatte nun die Tochter erreicht, und sie durfte den Sohn ihres Traummannes verwöhnen. Eine Aufgabe, der sich meine Mutter noch heute hingebungsvoll widmete.

Wie lange das her war. Drei Tage nach meinem neunzehnten Geburtstag wurde Yvonne geboren. Jens war überglücklich, unsere Familie schien perfekt. Ab da nahm ich ständig zu. Nie hatte Jens sich beschwert, bis vor knapp zwei Jahren.

Die glücklichsten Wochen unserer Ehe erlebten wir vor einem Jahr, als ich fast schlank war. Für mich der Beweis dafür, dass meine Fettleibigkeit unsere Ehe zerstörte wie ein Tumor einen Körper. Wenn ich erst abgenommen hatte, würde alles wieder so sein wie im letzten Jahr, ganz sicher. Damals kam Jens abends früher nach Hause, hatte plötzlich Zeit für mich. Er überraschte mich sogar mit einer Reise nach Paris. Verspätete Flitterwochen. Nach all den Ehejahren war mein Mann verrückter nach mir als je zuvor. Noch nie hatte ich ihn so erlebt. Noch nie haben wir so oft miteinander geschlafen, wie vor einem Jahr, wie in Paris. So oft, dass es mir manchmal zu viel war. Noch jetzt erinnerte ich mich an jedes einzelne Mal. Ich roch dieses furchtbare Parfüm, oder war es Rasierwasser? *Tiger*, ein ekeliges Wasser, das ich irgendwann in den Ausguss schüttete.

Kapitel 4

Nervös kaute ich auf meinem Vollkornbrötchen mit Käse herum und verbrannte mich zu allem Überfluss noch am heißen Kaffee. »Wenn du keine Zeit zum Essen hast, lass es bleiben«, ermahnte ich mich laut, räumte konsequent den Frühstückstisch ab und wartete auf Julia, die mich beim Klamottenkauf beraten wollte. Meine zeltartigen Gewänder konnte ich langsam nicht mehr sehen, die ausgeleierten Leggins empfand ich als Zumutung für meine Mitmenschen. Anziehen wollte ich mich, nicht mehr einhüllen.

Zielstrebig steuerten wir die *Pfundsboutique* an, die Adresse für tolle Klamotten in großen Größen. Die Ladenbesitzerin Eva Groß, eine alte Schulfreundin von Julia, hatte etwa meine Maße und sah richtig klasse aus in ihrer lässig weiten Hose im kräftigen Orange, eine lange, locker geschnittene Blusenjacke mit V-Ausschnitt im gleichen Farbton mit weißen dünnen Längsstreifen kaschierte ihre üppigen Hüften und kräftigen Oberschenkel. Das blütenweiße Shirt unter der Jacke gab einen tollen Kontrast zu ihrer gebräunten Haut. Die ganze Frau strahlte, trotz ihrer Fülle fand ich sie unglaublich attraktiv.

»Diese Outfits schrumpfen locker zwei bis drei Kleidergrößen mit«, versicherte sie und drückte mir eine Kombination, ähnlich der ihren, in einem warmen Rot in die Hand.

Gab es ein durchschlagenderes Argument dafür, gleich noch eine goldfarbene Hose mit braunem Top und beigefarbener Bluse sowie eine orangefarbene Hose mit zartgelbem Shirt und einer bunten Bluse in Sonnenfarben zu kaufen? Die rote Kombination behielt ich direkt an. Eva brachte uns noch einen Kaffee, bevor wir, mit Einkaufstüten beladen, die Boutique verließen und Kurs auf ein Schuhgeschäft nahmen. Hier erstand ich goldfarbene Ballerinas und schwarze Sandaletten mit höherem Blockabsatz. Wie schnell sich doch Haushaltsgeld für einen ganzen Monat ausgeben ließ!

Dass meine Aufregung im Laufe des Tages wuchs, hatte wenig damit zu tun, dass ich meinem derzeit so auffällig geizigen Herrn Bankdirektor in spe abends die Ausgaben beichten musste. Es lag vielmehr am Kursbeginn im *Feel Well*. Mein Gewicht war um ein weiteres Kilo gewachsen und Mutti prophezeite nun täglich, selbst mein Walle-Kleid würde im Sommer zu eng sein. Pessimismus pur, ich ignorierte ihn offiziell lässig. Trotzdem konnte ich nicht leugnen, dass ich immer wieder über Luises Angebot, den »Prallen Kurven« beizutreten, nachdachte. Verlockend, immer so weiter essen zu können, nie wieder über das Abnehmen nachzudenken. Aber wie würde ich mich mit noch mehr Speck auf den Hüften fühlen? Schon jetzt keuchte ich beim schnellen Laufen und neuerdings spürte ich meine Knie nach längerem Gehen und Stehen. Immer wieder hatte mein Hausarzt mich gewarnt: »Sie essen sich krank, Frau König.« Nur ungern ging ich zu ihm, um die für den *Feel-Well-Kurs* notwendige Untersuchung über mich ergehen zu lassen: Blut abzapfen, Blutdruck messen, Wiegen, Urinprobe, Belastungs-EKG, nach einer Stunde saß ich fix und fertig vor Doktor Hoffmann. »Tja, liebe Frau König, von medizinischer Seite spricht nichts gegen die Teilnahme an dem Programm. Im Gegenteil. Ich rate Ihnen dringend durchzuhalten. Kommen Sie in zwei, drei Monaten zur Gewichtskontrolle wieder vorbei.« Noch ein Mitwisser, noch jemand, der Druck ausübte, der Erwartungen an mich stellte. Langsam aber sicher wurde der Weg zurück immer steiniger.

Mit einigen Minuten Verspätung traf ich im Center ein, wo alle auf mich warteten. Die Tische im Seminarraum waren an die Fensterseite geschoben, die Stühle, bis auf einen alle besetzt, standen im Kreis. Während Frau Schuster uns begrüßte, zählte ich durch: acht Frauen und die drei Kursleiterinnen. Mein Blick haftete auf Ulla Klein, der Sportlehrerin, eine superschlanke hübsche Rothaarige. Luise hätte sicher wieder eine spitze Bemerkung fallen lassen.

»Ich arbeite hauptsächlich im *Fit & Beauty*, dem großen Fitness-Center in der Innenstadt«, erklärte Frau Klein. »Hier im Hause machen wir nur Wassergymnastik. Für Ausdauertraining, Geräteübungen, Problemzonen- und Jazzgymnastik steht Ihnen das *Fit & Beauty* zur Verfügung. Wie das genau aussieht, werde ich mit jeder von Ihnen persönlich besprechen. Die ersten Termine vereinbaren wir später.«

Mein Magen zog sich zusammen. Also doch Zwangsveranstaltungen, kein Wiegen, keine Diät, sondern Sport.

»Bewegung ist ein wichtiger Bestandteil dieses Wohlfühlprogramms. Wie wollen Sie Ihren Körper spüren, wenn die Muskeln schlaff sind? Wie wollen Sie mit steifen Gelenken beweglich werden? Wir überfordern niemanden. Keine von Ihnen wird gezwungen. Sehen Sie es als Chance«, versuchte Ulla Klein uns zu motivieren.

Im Anschluss an die allgemeine Vorbesprechung besichtigten wir die geräumige Villa. Im verglasten Anbau an der Rückseite des Hauses befanden sich ein riesiger Swimmingpool, ein Whirl-Pool für sechs Personen, Solarium, Umkleidekabinen und Duschen. Den ersten Stock taufte ich spontan Vergnügungsetage. Eine große, modern ausgestattete Lehrküche mit vier Arbeitseinheiten, angrenzendem Esszimmer und Vorratsräumen versprach kurzweilige Kochabenteuer.

Nachdem Frau Meinert Tee und Obst serviert hatte, waren wir gefordert. Aus einer Schale zogen wir Losnummern, je zwei Frauen mit der gleichen Nummer sollten sich eine halbe Stunde lang unterhalten, um später der Gruppe die jeweilige Gesprächspartnerin vorzustellen. So lernte ich Kerstin kennen, fünfundzwanzig, Friseurin, noch dicker als ich. Im letzten Jahr war sie bei ihren Eltern ausgezogen, selbstständig wollte sie werden, fett wurde sie. Sie konnte nicht kochen und hatte auch nicht die größte Lust dazu es zu lernen, wenn sie abends nach Hause kam. Oft kaufte sie unterwegs eine Pizza oder ging schnell in ein Fast-Food-Restaurant. An einsamen Abenden, seit der Trennung von ihrem Freund eher die Regel als die Ausnahme, verschlang sie tütenweise Chips. Kein Wunder, dass sie fast zwanzig Kilo zugenommen hatte.

»So wie ich jetzt aussehe, finde ich keinen Mann, aber ohne Mann will ich nicht leben. Ich hab nicht vor, eine einsame Tante zu werden«, meinte sie. »Und auf One-Night-Stands steh ich nicht.« Verständnisvoll nickend überlegte ich, ob es für mich überhaupt einen Unterschied machte, ob ich einen Mann hatte oder nicht. Meiner war doch sowieso nie da, sogar am Wochenende arbeitete er. Und im Bett? Ich rechnete. Drei oder vier Monate lag es mindestens zurück. Genau genommen spielte sich nichts mehr ab, seit ich so fett war. Zugegeben, ein paar Mal hatte ich ihn zurückgewiesen, weil ich mich vollgestopft und unbeweglich fühlte. Und dann immer dieses Tempo! Noch bevor ich überhaupt auf Touren kam, hatte er sein Pulver verschossen – was ihn aber nicht weiter interessierte. Als ich ihm einmal sagte, ich fände es schöner, wenn wir uns etwas mehr Zeit dafür nähmen, schnauzte er ungehalten: »Woher willst du denn wissen, wie es schöner ist?«

Schnell lenkte ich ab, indem ich Kerstin wegen meines missratenen Haarschnitts um Rat fragte. »Am besten kommst du in den Salon. Dann zeige ich dir ein paar tolle Frisuren, die zu dir passen.«

Weil sie meine Klamotten so schick fand, revanchierte ich mich mit dem Angebot, sie zu Eva Groß zu begleiten.

Die anschließende große Vorstellungsrunde fand ich spannender als einen Krimi. Da war Rita, fast fünfzig Jahre alt und nicht in der Lage, eine einzige Entscheidung am Esstisch allein zu fällen. Ihre Geschichte jagte mir einen Schauer nach dem anderen über den Rücken, oft dachte ich, sie erzählt Phasen meines Lebens. Jahrelang bekam sie ihre Portionen von Mann oder Sohn eingeteilt, ließ sich einreden, sie sei willensschwach und undiszipliniert. Wenn sie nachts vor Hunger nicht schlafen konnte und sich nach langem inneren Kampf vor dem Kühlschrank ihrer Einbauküche wiederfand, schämte sie sich, manchmal hasste sie sich wie schwarze Pocken. Im Laufe der Zeit teilte sie die Meinung ihrer Familie, ein hoffnungsloser, nicht normaler Fall zu sein. Auch sonst tat Rita, was der Mann befahl, stellte ihre eigenen Bedürfnisse zurück und gehorchte, wie sich das für brave Mädchen gehört. »Wenn meine Familie zufrieden ist, bin ich es auch«, flüsterte sie in die Stille.

Ganz andere Kämpfe focht Lili Grün aus. Als aktive Umweltschützerin vom Land war sie es gewohnt, alles Essbare in schädlich und gesund einzuteilen. Schädlich war in ihren Augen Fast Food und Supermarktnahrung, Selbsterzeugtes hingegen gesund. Von ihrer Leibspeise Schmalz- und Speckbrote mit Eiern konnte sie Unmengen verdrücken.

Kerstin war die Einzige, der es nur ums Kochen und Essen ging und die noch keine Diäten ausprobiert hatte. Alle anderen waren, wie ich, lebende Kalorientabellen. Über Jahre und Jahrzehnte hatten wir uns mit Zahlen beschäftigt und nach dem Kalorienkonto entschieden, was wir essen wollten – oder durften. Essen war für die meisten von uns verboten gewesen. Dicke müssen nicht essen. Die sollen sich zusammenreißen, fasten, hungern, abnehmen – aber nicht essen. Zu essen ist Schlanken vorbehalten, auf diese Erfahrung blickten wir alle zurück.

»Wird Übergewichtigen verboten zu essen, tun sie es heimlich«, erklärte Frau Schuster. »Das schlechte Gewissen danach wächst ins Unermessliche. Essen, das normalerweise etwas Schönes, Gutes ist, etwas zur Gesunderhaltung Notwendiges, benutzen Sie, um sich zu bestrafen. Einmal überfressen Sie sich, quälen sich mit Magenschmerzen, können nachts nicht schlafen, mit dem zum Platzen vollen Bauch, ein anderes Mal verbieten Sie sich zu essen, weil Sie dick sind. Selbstverachtung, Angst, gesellschaftliche Diskriminierung, all das sind die Folgen, gegen die Sie ankämpfen. In den nächsten Wochen werden Sie wieder lernen zu essen, wenn Sie hungrig sind und aufzuhören, wenn Sie satt sind.«

Mein Angetrauter weilte in seinen heiligen Hallen, als ich nach Hause kam. Mit aufgemöbeltem Selbstbewusstsein rief ich nach ihm und erntete ein barsches »Gleich«. Rund eine Viertelstunde dauerte es, bis er, bepackt mit Prospekten über verschiedene Cabrio Modelle, mit und ohne Stern, für den Feierabend viel zu elegant gekleidet, die Treppe heruntergeschritten kam. Der personifizierte Kaufrausch oder doch nur ein zukünftiger Bankdirektor auf der Suche nach etwas mehr Luxus als Abwechslung zum tristen Büroalltag? Egal, er sah toll aus in seinem neuen stahlgrauen Sommeranzug.

»Flott, flott«, murmelte er bei meinem Anblick, was ich gleich zum Anlass nahm, ihm meine rot gemalten Lippen zum Kuss hinzuhalten. Er lenkte mit der Frage: »Was gibt's so Dringendes?« von jeglichen Intimitäten unter Eheleuten ab. Seine Frage war wohl mehr rhetorisch gemeint, denn er steuerte geistesabwesend den Zweisitzer im Wohnzimmer an, schmiss mit einem Ruck die Kataloge darauf, ordnete sein durch das Tragen der schweren Last leicht verrutschtes Jackett und teilte mir hektisch mit, er müsse jetzt noch mal weg. Sein ebenfalls beförderter Arbeitskollege veranstalte eine kleine Feier. »Es kann spät werden, du musst nicht warten«, erteilte er mir großzügig die Erlaubnis, schlafen zu gehen, wann es mir passte.

»Es war nichts Wichtiges«, rief ich schnell. »Ich wollte dir nur sagen, dass ich diese und einige andere Klamotten vom Haushaltsgeld bezahlt habe und nun Nachschub brauche.«

Er gaffte mich an, schüttelte den Kopf. »Das ganze Haushaltsgeld für ein paar Fummel? Das ist ja noch nicht einmal Markenkleidung. Wie hast du das denn gemacht?«

»Dass du die Marken nicht kennst, ist dein Problem. Und wie man Klamotten kauft, weißt du doch wohl besser als ich.« Eigentlich wollte ich ihn gar nicht provozieren. Ich hatte eher gehofft, ihm zu gefallen.

»Und wovon willst du den Rest des Monats, der aus achtundzwanzig Tagen besteht, einkaufen?«

»Von dem Geld, das du mir jetzt geben wirst. Ich habe dich eben darum gebeten, oder soll deine Tochter hungern?« Ich spürte, wie der Kloß, der im Hals wuchs, meine Worte zu erdrücken drohte.

»Also wirklich Ina, manchmal glaube ich, du bist nicht bei Trost. Erst das Auto und nun so was. Ich hab doch nicht im Lotto gewonnen.« Für mehr Vortrag reichte seine Zeit wohl nicht. Fluchend stellte er einen Scheck aus, bevor er mit seinem Leih-Cabrio von dannen brauste. Ich fühlte mich wie ausgehöhlt. Warum nahm er mich nicht in den Arm und sagte: »Du siehst toll aus, komm doch einfach mit.« Ich trottete zum Kühlschrank und nahm eine Packung Eiscreme aus dem Gefrierfach.

Der Besuch bei Kerstin war ein voller Erfolg. Sie verpasste mir einen modischen Stufenschnitt mit längeren Konturen und längerem Deckhaar, tönte das Mausbraun um in Kastanienbraun und zog rötliche Strähnen. Sie zupfte Augenbrauen, färbte dieselben braun und die Wimpern schwarz. Nach zwei Stunden erkannte ich mich kaum wieder. Shopping wäre jetzt das Richtige. Aber noch einen Euro extra ausgeben und ich riskierte, dass Jens einen Tobsuchtsanfall bekam, von dem er sich nur schwer wieder erholen würde. Stöhnend begrub ich meine Idee und fuhr ins *Fit & Beauty,* um mit Ulla Klein meinen Fitnessplan zu besprechen.

»Ein Ausdauertraining ist notwendig, um die Fettverbrennung anzukurbeln und das Herz-Kreislaufsystem zu stärken. Dazu kommen individuelle Übungen zur intensiven Bearbeitung der Problemzonen. Welche Zonen möchten Sie trainieren, Frau König?«

»Bisher dachte ich immer, man soll erst nach dem Abnehmen Sport treiben, weil es schöner aussieht und nicht belastet. Außerdem passe ich doch so in keinen Trainingsanzug.«

»Alles Ausreden. Dieses verbreitete Vorurteil ist einer der Hauptgründe dafür, dass Frauen sich beim Abnehmen unnötig quälen, wabbelige Haut bekommen und später wieder zunehmen«, klärte mich Ulla Klein auf.

Wahrheitsgemäß, mit knallrotem Schamteint, berichtete ich also von meinem dicken Bauch, dem puddingweichen Po, der Cellulite und dem Wunsch, nein besser dem Ziel, alles wegzuzaubern. Sie sah sich kritisch die Dellen an den Oberschenkeln an.

»Das geht doch weg, wenn ich Sport treibe?« Wenn nicht, geh ich gleich wieder!

»Dass sich die Dellen vollständig zurückbilden, kann ich Ihnen nicht versprechen. Wenn Sie jedoch abnehmen und sich konsequent bewegen, werden sie auf jeden Fall deutlich kleiner. Die Muskulatur am Po baut sich mit gezieltem Training schnell auf, für mehr Bauchmuskeln gibt es zahlreiche Übungen. Alles in allem sind Ausdauer und Aktivität gefragt, dann haben Sie Erfolg. Zweimal wöchentlich Fitness, einmal Gruppentraining und einmal Schwimmen, empfehle ich Ihnen.«

Abrupt fielen meine Mundwinkel nach unten. Auch wenn es vielleicht der Wahrheit entsprach, so war es garantiert nicht das, was ich hören wollte. Ich hatte gehofft, nach einigen Wochen gut gestrafft durchs Leben zu schreiten. Die Aussicht, meine Cellulite mein Leben lang mit mir herumzuschleppen, baute mich nicht gerade auf. Mental war ich auf so viel Sport überhaupt nicht vorbereitet.

»Und wenn ich außerdem die Oberschenkel massiere und eincreme, ist der Erfolg dann größer?«

»Das pflegt die Haut auf jeden Fall, aber die Cellulite sitzt tiefer. Was wirklich hilft, sind Bewegung und vernünftige Ernährung. Es tut mir Leid, ich wollte Sie nicht enttäuschen. Aber zur *Feel-Well*-Philosophie gehört, die Frauen nicht zu belügen und keine Erwartungen zu wecken, die nicht erfüllt werden. Was halten Sie denn davon, einfach anzufangen und sich auch über kleine Erfolge zu freuen?«

Schwer schluckend stimmte ich zu. Wie tief steckte ich

eigentlich im Sumpf? Hatte ich wirklich gedacht, mit einer Diät allein wird alles gut? Glücklicherweise hatte ich die Zeit für den Sport, im Gegensatz zu Kerstin und den anderen berufstätigen Frauen.

»Bitte warten Sie einen Moment.« Frau Klein verließ den Raum, um kurz darauf mit einer Mappe mit Oberschenkel-Fotos zurückzukommen. »Sehen Sie, in dem Stadium etwa ist Ihre Cellulite jetzt, Grad zwei bis drei.«

Erschrocken sah ich auf die delligen Beine, zugegebenermaßen ähnelten sie meinen wirklich.

»Und so könnten Sie in einigen Monaten aussehen. Die Frau hat das gleiche Programm gemacht, wie ich für Sie zusammenstellen werde.«

»Aber da ist doch alles weg«, schrie ich begeistert. Die Frau hatte herrlich glatte Beine, keine einzige Delle mehr zu sehen.

»Ganz weg ist übertrieben, den Kneiftest besteht sie nicht.«

Was interessierte mich der Test. Im Stehen, Gehen, Laufen war alles glatt.

Kapitel 5

»Stellen Sie sich nackt vor den Spiegel und betrachten Sie sich von allen Seiten, mindestens eine Viertelstunde lang. Beschreiben Sie Ihren Körper so genau, dass ein Fremder Sie erkennen würde.«

Frau Schuster konnte leicht reden, bei ihrer Figur. Mich kostete es Überwindung, überhaupt in den großen Spiegel im Schlafzimmer zu schauen, geschweige denn, mich genau anzusehen. Überflüssig. Nur ein Blick genügte, um das Elend zu erkennen: zu fett, zu wabbelig, zu breithüftig. Meine Laune sank wie das Barometer im Herbst. Blöde Übung, mach ich nicht. Ich griff nach meinem Bademantel, der auf dem Bett lag. Wie lange willst du dich noch vor dir selbst verstecken?, flüsterte mein Über-Ich. Zögernd legte ich den Mantel wieder zurück und zwang mich energisch, in den Spiegel zu sehen, von oben nach unten, von unten nach oben. In einem runden Gesicht glänzten lebhaft zwei olivfarbene runde Augen, Farbkleckse in dem sonst blassen Gesicht. Um die schmale gerade Nase hatte mich meine Schulfreundin früher stets beneidet, denn sie selbst musste mit einer Kartoffelnase zurechtkommen. Mein Mund war weder groß noch klein, Ober- und Unterlippe gleich dick, weder zu voll noch schmal, und schön geschwungen. Die kastanienbraunen Haare glänzten gesund. Ich ließ den Blick auf meinem Oberkörper ruhen: gerade Schultern, kräftige Oberarme, runde Brüste, die leicht nach unten hingen, eigentlich nicht sehr groß, aber bei der gesamten Körpermasse erreichten sie durchaus ein beträchtliches Gewicht. Die Taille war fett, aber gut erkennbar. Ich drehte mich zur Seite. Der Bauch glich einer Kugel. Mein

Gott, wie grausam – und doch ließ es sich steigern: breite Hüften, ein gebärfreudiges Becken, wie Mutti immer sagte, der Po, vom Sitzen eher flach als rund, und stämmige Beine, eigentlich nicht kurz, aber für die Länge viel zu dick. An den Oberschenkeln drückten sich deutlich sichtbar die Fettdellen durch, die Außenseiten der Oberschenkel hatten die Form einer Reiterhose, meine ausgeprägten Waden stellten die des besten Fußballers in den Schatten. Ein Lichtblick dagegen die Füße: schmal und zierlich, Schuhgröße achtunddreißig. Dass so viel Masse von so zarten Füßen getragen wurde, grenzte an ein Wunder. Rubens hätte mich mit Hingabe gemalt, aber der war tot und die heutigen Herren träumten von anderen Maßen.

»Was glauben Sie, wie Sie aussehen werden, wenn Sie Ihr Wunschgewicht erreicht haben?«

Die zweite Aufgabe bewältigte ich mit links. Plötzlich leuchtete mein ganzes Gesicht, der Busen war voll, aber nicht zu sehr, die Taille und Hüften schmal, schlanke Beine ohne Reiterhosen und Cellulite, selbstverständlich. Erleichtert atmete ich durch. »So, Ina, genau so wirst du aussehen.« Aber wie lautete noch die dritte Aufgabe? Nackt lief ich durchs Haus und wühlte den Zettel aus meiner Umhängetasche.

»Blättern Sie Ihr Fotoalbum durch und sehen Sie nach, ob Sie irgendwann schon einmal eine solche Figur hatten, wie Sie sich gerade erträumen.«

Und da saß ich nun vor den Bildern aus meiner Kindheit. Sah meinen Vater, wie er mich, seinen Liebling, stolz auf dem Arm trug, ich mich fest an ihn schmiegte. Viele Bilder zeigten mich mit Sandra, meiner zwei Jahre jüngeren Schwester. Während ich immer etwas jungenhaft und laut war, benahm sich Sandra, Muttis Goldstück, mädchenhaft, lieb und leise. Wie ähnlich Yvonne ihr sah, die gleichen dichten blonden Haare, das fein geschnittene Gesicht, die schlanke, fast zarte Figur und, nicht zu vergessen, der gleiche Charme. Sandra, das brave Mädchen, das Streit aus dem Weg ging und wegen Kleinigkeiten weinte, wickelte jeden um den Finger, während ich mich raufte, um ans Ziel zu gelangen. Sandra und ich, zwei Schwestern so unterschiedlich wie Tag und Nacht. Wir bekamen nie die Chance, ein herzliches Verhältnis aufzubauen, denn nach Vaters Tod, ich war zwölf, begannen wir wie Feindinnen um die Gunst unserer Mutter zu buhlen. Sie zufrieden zu stellen war unser höchstes Ziel, doch für mich kaum erreichbar. Nicht nur ihre Ansprüche an uns wechselten wie die Gezeiten der Nordsee, nein, sie formulierte sie mit aufgesetzter Leidensmiene, scheinbar absichtlich undeutlich. Reagierten wir anders als erwartet, spielte sie leidenschaftlich die Rolle der Enttäuschten und hüllte sich in Schweigen, meist tagelang. Für mich schlimmer als Schimpfen. Das schlechte Gewissen nagte an mir wie ein Hamster an den Gitterstäben seines Käfigs. Ich hatte meine arme Mutter verletzt, was sollte ich tun, wenn sie mich nicht mehr liebte? Ich hatte doch nur noch sie.

Schweren Herzens kündigte ich Mutti zuliebe meinen Spielgefährten Hans und Klaus die Freundschaft und verzichtete auf meine heißgeliebten Streifzüge durch die Wälder, auf das Baden im Fluss, auf Fußballspiele. Stattdessen langweilte ich mich in Mädchenkleidern zu Hause, spielte mit Puppen, las, aß. Ich fühlte mich einsam, einsam mit meiner Trauer, einsam in dieser Familie, die keine mehr war. Mutti dagegen blühte auf. Nach dem Tod meines Vaters verwandelte sie sich binnen kürzester Zeit von einem dicken Hausdrachen zur gertenschlanken kühlen Lady. Sie umgab sich mit der Aura der Unnahbaren. Sie achtete auf perfekte Kleidung. Nie trug sie einen zu engen oder zu kurzen Rock, nie zeigte sie ein großzügiges Dekolleté, und nie zog sie einen dünnen Pulli an, unter dem sich bei Kälte die Brustwarzen abzeichneten.

»Ich werde nie wieder heiraten«, verkündete sie deutlich, als ein wohlsituierter Witwer sie bat, ihn zu heiraten. Ihre Verehrer behandelte sie wie Lumpensäcke. Wenn sie sie endgültig vergrault hatte, beklagte sie sich, dass Männer unzuverlässig und ungeduldig seien. Mit der Zeit schrumpfte die Zahl der Interessenten gewaltig, und irgendwann gab es keine mehr.

Ich blätterte weiter. Die Pubertät hatte bei mir erst mit vierzehn oder fünfzehn begonnen. Spätzünder, aber es war mir egal, dicke Mädchen standen im Abseits. Nach und nach entwickelten sich meine barocken Formen. Mutti hüllte mich in weite, altmodische Klamotten, modische lange Hosen waren tabu. Alles verstecken. Sandra dagegen blieb knabenhaft schlank, mit langen Beinen und einem kleinen runden Busen, eine Schönheit. Neben ihr wirkte ich wie der personifizierte Plumpsack.

»Nimm dir ein Vorbild an Sandra, die nascht nicht so viel. Sandra geht in den Sportverein, das würde dir auch gut tun. Sandra hat so schlanke Beine, die kann kurze Röcke tragen. Wenn du abnimmst, stehen sie dir vielleicht auch.« Die Vorwürfe und Ermahnungen meiner Mutter nahmen kein Ende, bis heute. Erst letzte Woche erzählte sie mir, Sandra habe eine neue Frisur, viel schöner als meine, länger, weiblicher und weizenblond.

Ich schleppte mich zum Spiegel, hinzusehen verbrauchte meine letzte Kraft. Vor meinem geistigen Auge schob sich Sandras schmaler Körper vor meine Massen. Die Hüften wirkten jetzt noch breiter, der Bauch noch runder. 89–60–89, ihre Maße, mein Maßstab. Wenn ich erst wie Sandra … Mühsam richtete ich mich auf, straffte die Schultern. Das fette Spiegelbild blickte mich an, gerade, offen, furchtlos. Und plötzlich begann vor meinem geistigen Auge die Fettschicht zu schmelzen, mehr und mehr, und für einen Augenblick erkannte ich mich, Ina, grober, breiter, stämmiger …

»Erzähl doch Ina, wie hast du dir gefallen?«, quiekte Claudia, die dralle Sekretärin mit weißblonden Locken und riesigem Busen.

Ich sah erst sie, dann die anderen an.

»Du machst es aber spannend«, stöhnte Rita.

»Es ging alles so schnell«, flüsterte ich. »Und ich war so schockiert, als ich erkannte, dass ich über zwanzig Jahre versucht habe, mir die Figur meiner Schwester zu erhungern.«

»Es hört sich an, als trauerten Sie den verlorenen Jahren nach.« Frau Schuster sah mich aus ihren warmen braunen Augen an. »Stimmt. Vielleicht wäre ich schon längst am Ziel, wenn es ein realistisches gewesen wäre.«

»Manches braucht einfach seine Zeit, Frau König. Aber da ist noch etwas anderes, nicht wahr?«

»Mein Bild von mir als schlanke Frau war die ganzen Jahre über so klar und deutlich, doch nun fehlt mir die Fantasie, ein neues zu malen. Außerdem habe ich Angst, dass ich es nicht schön finden könnte«, fügte ich leise hinzu.

»Es gibt viele hübsche Frauen, die alles andere als elfenhaft wirken«, versuchte Kerstin mich zu trösten. »Erinnerst du dich an die Frisurenberatung? Schon da habe ich dir gesagt, dass du ein sportlicher Typ bist. Mach was draus, dann wirst du klasse aussehen.«

»Ich glaube, wie du einmal aussehen wirst, erkennst du schnell, wenn die ersten Kilos schmelzen«, meinte Waltraud, die Krankenschwester, völlig nüchtern. »Ich habe immer von einer Wespentaille geträumt. Vor dem Spiegel sah ich nur einen Bauch, der wie ein wabbeliger Ring nach unten hing und ich dachte mir, es wäre doch schon ein großer Fortschritt, wenn der Ring deutlich kleiner würde.«

»Sie haben also Ihr ursprünglich irreales Ziel in ein reales verwandelt?«

»Genau, Frau Schuster. Immerhin bin ich keine fünfzehn mehr, sondern gehe auf die fünfzig zu. Gesundheit und Wohlbefinden sind mir jetzt wichtiger.«

»Kann ich nur unterstreichen«, nickte Rita. »Ich habe meine Fotos von der Hochzeit bis heute kritisch betrachtet und dabei festgestellt, dass ich noch nie zierlich war. Schon immer hatte ich ein breites Kreuz und relativ dünne Beine. Sicher ist im Laufe der Jahre die Speckschicht gewachsen. Doch dass mein Mann daraus ein solches Drama macht, finde ich nicht richtig. Schließlich ist er auch ganz schön in die Breite gegangen, von seinem Bierbauch will ich hier gar nicht reden.«

»Du meinst, du willst gar nicht abnehmen?«

»Und ob ich will, Claudia. Ungefähr zwanzig Kilo, vielleicht noch mehr, nur mit dem Unterschied, dass ich es jetzt für mich mache, um mich besser zu fühlen und nicht mehr, wie noch vor einigen Wochen, um meinem Mann einen Gefallen zu tun.«

»Apropos abnehmen«, griff ich das Stichwort nur allzu gerne auf und wandte mich an Frau Meinert. »Ich esse nur, worauf ich Appetit habe, bemühe mich langsam zu essen, immer am gedeckten Tisch, und ich platze bald aus allen Nähten. Hundertacht Kilo. Seit ich hierher komme, habe ich sechs Kilo zugenommen.«

Unruhe breitete sich aus. Die anderen stimmten mit mürrischen Gesichtern zu und schleuderten ihre Kilozahlen in den Raum.

»Genau, wir sind hier, um abzunehmen. Statt dass wir

lernen richtig zu kochen, stehen wir stundenlang vor dem Spiegel und zählen unsere weißen Speckrollen. Ich habe meine Zeit nicht gestohlen, Frau Meinert«, brummte Waltraud.

»Sie sind enttäuscht, weil Sie noch immer nicht abgenommen haben«, rief Frau Meinert. »Die Kilos, die sich in vielen Jahre angesammelt haben, auf die Schnelle einfach abzuschütteln, wäre ungeheuer praktisch. Funktioniert nur nicht, wie Sie alle wissen. Auch Diäten führen nicht zum Ziel. Die darin enthaltenen Verbote wecken Ihren Heißhunger. Gierig und heimlich stillen Sie ihn, der Genuss bleibt aus. Diesmal machen Sie es anders. Alles ist erlaubt. Eine Freiheit, die für viele Frauen selbstverständlich ist, für Sie jedoch neu. Logischerweise essen Sie, worauf Sie viele Jahre oder sogar Jahrzehnte verzichtet haben, essen, ohne feste Mahlzeiten zu beachten. Sie nehmen sich Zeit, alles zu genießen. Selbst bekannte Speisen schmecken plötzlich anders, einige besser, andere weniger gut als früher. Keine Kalorientabelle, kein Plan schreibt Ihnen vor, wann Sie satt sind. Sie müssen sich frei entscheiden, sich auf Ihren Bauch verlassen, oder anders gesagt: Sie müssen lernen, sich selbst zu vertrauen. Das alles klappt nicht auf Knopfdruck. Bei der einen dauert die Phase zwei Wochen, bei der anderen zwei Monate oder mehr. Schaffen können Sie es alle«, versicherte sie. »Kleine Erfolge verbuchen Sie bereits jetzt, da bin ich ganz sicher.«

»Welche denn?«, piepste Claudia.

»Wer von Ihnen isst immer noch ständig mit einem schlechten Gewissen?«

Niemand hob die Hand.

»Manchmal?«

Vier Finger schnellten in die Höhe.

»Bei wem hat die Gier auf Essen nachgelassen? Aha,

bei allen acht. Bei wem treten Heißhungeranfälle seltener auf als früher? Wieder acht. Sie sehen, ein gutes Ergebnis, über das Sie sich freuen dürfen.«

»Ich brauche den ganzen Tag kein Essen, aber abends stürze ich mich auf alles. Wie kann das sein?« Carla, die zwanzigjährige Hausfrau, rieb die Innenflächen ihrer fleischigen Hände, wobei sie die reichlich beringten, mit Kunstnägeln verzierten Wurstfinger spreizte.

»Wenn Sie abends stundenlang essen, sind Sie morgens noch satt. Völlig normal. Vermutlich macht sich Ihr Magen erst gegen Nachmittag bemerkbar?«

»Genau. Doch dann bin ich noch mit meinen Kindern und dem Haushalt beschäftigt. Erst wenn die Kleinen schlafen, ich zur Ruhe komme, dann geht es rund.«

»Durchbrechen Sie den Teufelskreis, indem Sie Mahlzeiten einhalten. Essen Sie sich drei Mal am Tag richtig satt.«

»Ich krieg morgens einfach nichts runter«, beharrte Carla.

»Mein Vorschlag ist, zunächst ein komplettes warmes Mittagessen einzuplanen. Das dämpft den Hunger am Abend, wodurch wiederum der Appetit auf Frühstück steigt.«

Guter Tipp, würde ich beherzigen, schließlich empfand ich Mittagessen nicht als Strafe, eher als Luxus, den ich mir immer verkniff. Makkaroni in Gorgonzola-Sahne, Bratwürstchen mit Kartoffelpüree, Käsereis mit Salat, Ideen hatte ich genug, nur wie sollte ich davon abnehmen?

»Ab nächste Woche werden wir uns mit der Zusammenstellung und der Zubereitung des Essens beschäftigen und viele leckere Rezepte ausprobieren. Sie können gar nicht anders, als sie nachzukochen. Bitte geben Sie sich nach den vielen Jahren Diätstress noch etwas Zeit.«

Zeit. Geduld. War das alles? Unruhig rutschte ich auf dem Stuhl herum und rechnete heimlich nach. Mein erster Besuch im *Feel Well* lag nun sechs Wochen zurück. Ohne Frage kam ich gerne hierher, doch bei der wachsenden Entfernung von meinem Ziel, konnte von Zufriedenheit keine Rede sein. Allein gestern war ich drei Mal an Luises Haus vorbeigefahren, stark geneigt, doch den »Prallen Kurven« beizutreten. Eine klare Position, sicher, einfach, offensichtlich, die hätte mir den gestrigen Tag erleichtert, doch jedes Mal hatte ich fast körperlich Luises Bissigkeit gespürt und mich besonnen. Niemals würde ich die Interessen dicker Frauen wirklich vertreten können, so lange mein sehnlichster Wunsch ein schlanker Körper war. Da lag der Diät-Club schon näher. Wäre ich vor sechs Wochen dorthin gegangen, hätte ich heute Morgen höchstens neunzig gewogen – was für den Familienfrieden förderlicher gewesen wäre. Und nun saß ich hier. Fetter denn je, mit einem zerbrochenen Bild von meiner Traumfigur vor Augen und sehnlichst hoffend, dass sich mein Fresstrieb legte, bevor Jens endgültig das Weite suchte. Wie gerne hätte ich ihm vom *Feel Well* erzählt, von der Theorie und von meinen Hoffnungen, doch auf dem Ohr war er taub.

»Die Zeit, die wir heute noch haben, wollen wir für eine kleine Zeichenübung nutzen.« Frau Schuster holte acht riesige Bögen Packpapier aus dem Nebenraum, drückte sie uns zusammen mit einem dicken Faserstift in die Hand und reichte eine Schale mit Losen herum. Meins trug die Nummer drei, genau wie das von Lili Grün. Ich faltete den Papierbogen auseinander, legte ihn glatt auf den Fußboden und mich mit dem Rücken darauf. Die Beine spreizte ich leicht, meine Arme ruhten neben meinem Körper. Lili krabbelte mit dem Faserschreiber um mich herum und zeichnete meine Umrisse nach.

»Du hast eine schöne Taille und lange Beine«, meinte sie plötzlich.

»Danke, nur zu fett und der Abschnitt dazwischen gefällt mir gar nicht.«

»Ich wäre froh, wenn ich deine Figur hätte. Dann würde Paul vielleicht bemerken, dass ich eine Frau bin. So, fertig Ina.«

»Bei deinem Paul wird's schon noch funken, warte ab.«

Jetzt legte sich Lili auf ein frisches Papier und ich setzte den Stift an. Paul, ein verwitweter, braun gebrannter Naturbursche mit Hof und Muskeln war der Grund für Lilis Ehrgeiz im Kurs. Als Nachbarn kannten sie sich schon Jahre. Lili half ihm im Haushalt, er ihr bei Reparaturen. Plötzlich, bei der gemeinsamen Organisation einer Demonstration gegen den Ausbau eines Industriegebietes hatte es bei Lili gefunkt. Doch die Konkurrenz nahte in Gestalt einer blutjungen Dorfschönheit. Auf dem Dorffest tanzte Paul den ganzen Abend mit ihr, ziemlich eng, wie Lili meinte. Irgendwie packte mich die Wut, als sie ihre Geschichte erzählte. Diese gutmütige, hilfsbereite und humorvolle Frau fürs Grobe auszunutzen und dann mit einer anderen die schönen Stunden genießen.

Aber nach dem ersten Entrüsten versuchte ich die Sache objektiver zu betrachten und brachte dem Naturburschen auch Verständnis entgegen, denn Lili war alles andere als erotisch. Sie selbst beschrieb ihre Körpermaße mit Einsfünfzig zum Quadrat. Über diesen Witz aus der eigenen Produktion lachte sie selbst am lautesten, wenn auch mit bitterem Unterton – und es stimmte nicht. Lili war kein Quadrat, sondern eine Birne: oben schmal, mit relativ kleinem Busen, der nach unten hing – auf einen BH verzichtete sie grundsätzlich – taillenabwärts begann das Elend, ein gigantisches Hinterteil, doppelt so breit wie die Schultern, nach vorne wölbte sich ein mächtiger Unterbauch, ähnlich wie während des sechsten oder siebten Schwangerschaftsmonates. Ihre Beine erinnerten an zwei gerade Baumstämme, beim Gehen rieben die Innenseiten der Oberschenkel aneinander und erzeugten, je nach Kleidung, ein mehr oder weniger dumpfes Schleifgeräusch. Sogar ich als Frau konnte verstehen, dass ein potenter Mann lieber ein junges, bewegliches Mädchen über die Tanzfläche führte als diesen Fleischberg mit Herz.

Gerne hätte ich ihr die *Pfundsboutique* gezeigt, aber Lili lehnte mein Angebot ebenso ab, wie das von Kerstin, ihr den fettigen, ergrauten Zopf kostenlos in eine modische Frisur zu verwandeln. Sie trug hartnäckig ihre umweltverträgliche Garderobe, die aus weiten Röcken mit Gummizug, Pluderhosen, Kastenblusen und selbst gestrickten Pullovern, alles in tristen Farben, bestand. Selbst gestrickte Socken waren ihre Leidenschaft, ebenso flache, breite Schuhe in denen Hühneraugen und Hallux valgus keine Chance hatten. Noch nie in meinem Leben hatte ich einen solchen modischen Irrtum gesehen. Daran änderte auch ihr heute ausgewähltes dunkelblaues knittriges Baumwollhängerchen mit den Spaghettiträgern nichts, das bei jeder Bewegung ihrer Arme den Wildwuchs in der Achselhöhle entblößte. Auch bei dreißig Grad im Schatten hatte sie auf ein duftendes Antitranspirant verzichtet und verteilte stattdessen ihre individuelle Duftnote im Raum. Doch diese Äußerlichkeiten hinderten mich nicht daran, Lili sehr zu mögen.

Wir schnitten unsere Umrisse aus und hängten sie an die Wand.

»In einigen Wochen zeichnen Sie Ihre neuen Umrisse hier ein. Sie werden erkennen, dass Sie immer proportional abnehmen«, rief Frau Schuster.

»Guckt euch meine Schultern an, wie ein Catcher«, schrie Rita.

»Meine Beine, so kurz«, meinte Waltraud. »Und der Rettungsring, noch schrecklicher als im Spiegel.«

»Und meine Hüften erst.« Lili hielt ihre Hand vor die Augen.

Ich sah gelassen auf die Wand. Es konnte nur besser werden. Aber wann?

»Ich mache einen Diätkurs.« Mehr Informationen als diese eigentlich falschen war ich nicht bereit, meiner Mutter preiszugeben.

»Seit wann nimmt man dort zu? Du siehst fürchterlich aus. Frau von Lusky war entsetzt, als sie dich letztens sah«, meckerte sie.

Ich grinste hämisch. Wieder einmal schämte sie sich vor ihrer Busenfreundin, eine Tochter mit Makeln geboren und aufgezogen zu haben. »Mutti, ich hatte dich doch gebeten, mich nicht mehr auf mein Aussehen und meine Figur anzusprechen.«

»Immer noch so empfindlich, wohl Ehekrach, was? Kein Wunder, wenn du dich deinem Mann gegenüber auch so aufführst.«

Ich überlegte, ob ich ihr verraten sollte, dass ich meinen Mann kaum noch zu Gesicht bekam – weil der Arme ja so viel arbeitete!

Wie ein Jäger auf dem Hochsitz beobachtete sie jede meiner Bewegungen und lauerte darauf, ihre Munition zu verschießen. Ich beschloss, nicht darauf einzugehen, heute stand anderes als Familienkrach auf dem Programm: Zusammen mit Kerstin Sportklamotten und Badeanzug kaufen, dann mit ihr zu Eva Groß.

Leider war ich dazu verdonnert, alles mit öffentlichen Verkehrsmitteln zu erledigen, denn meine Rostlaube hatte endgültig den Geist aufgegeben – weil ich den Motor nicht zärtlich alle fünfzig Kilometer mit einem Liter Öl getränkt hatte. Wie schlampig von mir, den guten Zweitwagen so zu vernachlässigen! Dabei brauchten Frauen doch wirklich nicht unbedingt eine funktionierende Ölstandsanzeige am Armaturenbrett, es reichte doch, wenn die Limousinen der vielbeschäftigten Ehemänner dergleichen aufwiesen!

Kerstin und ich trafen uns in der Südstadt vor dem neu eröffneten Sportfachgeschäft. Von Badekleidung über Sportschuhe bis hin zu Fitnessgeräten gab es alles. Etwas deplatziert fühlte ich mich schon zwischen all den bunten Stretchklamotten in kleinen Größen. Aber die Verkäuferin benahm sich, als seien zwei fette Kundinnen völlig normal in diesem Laden. Begeistert starrte ich sie an: groß, superschlank mit raspelkurzen hellblonden Haaren erinnerte sie mich an die amerikanische Fitnesskönigin Susan Powter.

Sie gab uns die Hand. »Ich bin Susa, mir gehört der Laden hier. Kommt mit, ich zeige euch die Modelle und Badeanzüge ab Größe zweiundvierzig. Ihr werdet staunen, wie viel Auswahl ihr habt.«

Sie führte uns in eine riesige Abteilung. »Ich empfehle euch etwas weitere Trainingsanzüge und ein paar flotte T-Shirts. Damit seid ihr gut gerüstet und seht super aus. Und natürlich statt Bikini einen knalligen Badeanzug.«

»Und ich hatte schon befürchtet, als Fleischwurst im *Fit & Beauty* zu schwitzen.«

»Es gibt keine falsche Figur für Sport, nur zu kleine Kleidung«, lachte Susa.

Wir probierten unzählige Sachen an, Kerstin nahm gleich zwei Trainings- und Badeanzüge, ich entschied mich für die einfache Ausfertigung. Schließlich musste ich haushalten – so schwer es mir auch fiel. Kerstin lebte ihren Kaufrausch vollständig aus. In der *Pfundsboutique* schlug sie erneut so heftig zu, als habe sie in einer Quiz-Show eine Million gewonnen.

»Für *den* Tipp lad ich dich zum Kaffee ein und anschließend fahr ich dich nach Hause«, versprach sie.

»Was hältst du davon, mich gleich nach Hause zu fahren und wir trinken den Kaffee bei mir?« Ich dachte an die Biskuits mit Orangenfüllung und Schokoüberzug, die in der hintersten Ecke meines Küchenschrankes schlummerten. Eine halbe Tüte war es noch, die andere Hälfte hatte ich schon nach dem Streit mit meiner Mutter verschlungen.

»Einverstanden«, lachte sie und hakte sich unter.

Merkwürdigerweise war Jens schon zu Hause und lümmelte in einem nagelneuen blütenweißen Trainingsanzug mit einer Tüte Schokoladenplätzchen auf dem Sofa herum, den Fernseher voll aufgedreht.

»Na endlich«, schmatzte er mich an, nachdem ich Kerstin, die er keines Blickes würdigte, vorgestellt hatte. In den zuckenden Mundwinkeln klebten kleine Schokoladenreste. »Ich warte schon eine geschlagene Stunde plus zehn Minuten auf dich.«

Typisch Bankmensch, ein Wunder, dass er nicht noch die Sekunden gezählt hatte. Seine plötzliche Sehnsucht nach Gesellschaft weckte die Arroganz in mir: »Hatten wir ein Date?« Hoch erhobenen Hauptes stolzierte ich, mit Kerstin im Schlepptau, an ihm vorbei ins Reich der Frauen.

Den Kiefer so fest aufeinander gedrückt, dass die Wangenknochen hervortraten, bemühte er sich äußerlich um Fassung als er uns folgte. »Ina, könnte ich dich mal fünf Minuten alleine sprechen, sofort?« Es wäre schön gewesen, wenn ich nur annähernd eine Bitte hätte heraushören können. Ohne Zweifel handelte es sich hier aber um einen knallharten Befehl. Seine Zähne schienen selbst beim Sprechen fest aufeinander zu kleben, die Augen funkelten dunkelgrau. Was bildete sich dieser Kerl ein, mich vor Kerstin so runterzuputzen?

»Ich würde mich über einen etwas freundlicheren Umgangston in Gegenwart meiner Freundin freuen«, machte ich ihn betont ruhig auf seinen verbalen Ausrutscher aufmerksam. »Bevor ich irgendetwas erledige, möchte in Ruhe einen Kaffee trinken.« Schweigend verließ er die Küche.

»Und ich war schon fast neidisch auf dein tolles Haus und deinen knackigen Mann«, flüsterte Kerstin.

»Dein Auto ist nicht zu reparieren, der Benz sieht auch nicht mehr aus wie vorher, was muss eigentlich als Nächstes dran glauben? Weißt du, liebe Ina, was der Leihwagen gekostet hat? Ein halbes Vermögen, und die gnädige Frau macht sich ein schönes Leben.«

Ach daher wehte der Wind. Der geizige Hausherr sollte ein paar Euro für seine streunende Gattin locker machen, und das missfiel ihm. Er schrie so laut, dass ich froh war, dieses Gespräch im Schlafzimmer bei geschlossenem Fenster zu führen.

»Hat dir das Cabrio etwa nicht gefallen?« Ich tat leicht naiv, sprach mit zuckersüßer Stimme. Ein Lispeln hätte die gespielte Doofheit perfekt gemacht, aber so dick wollte ich keinesfalls auftragen.

»Darum geht es doch gar nicht.«

»Sondern?« Mit gesenktem Kopf und kindlichem Augenaufschlag sah ich ihn schuldbewusst an. Gleich war's geschafft, dann war er meiner, jetzt nur keinen Fehler machen.

»Begreif doch endlich, wie sieht das denn aus, wenn ich mit dem reparierten Wagen auftauche.«

Ich tat, als zermartere ich mein Hirn. »Du hast Recht. Das geht auf keinen Fall, in deiner Position. Was sollen deine Mitarbeiter denken?»

Angesichts meines übergroßen Verständnisses für seine prekäre Lage beruhigte er sich allmählich.

»Ina, ich kann ihn jetzt nicht verkaufen, der Wertverlust nach dem Unfall ist zu groß, und dann noch das neue Auto für dich«, jammerte er Mitleid erregend.

Ernst und schweigsam beobachtete ich sein zerknirrschtes Gesicht. Die böse Frau hatte sein Spielzeug markiert und nun war der Junge traurig. »Ich hätte vielleicht eine Idee«, die Worte zogen sich wie Kaugummi. »Ach nein, das geht nicht«, warf ich schnell hinterher. Erwartungsvoll sah er mich an.

»Was denn? Sag schon.« Seine Aufforderung lieferte mir den Beweis, ihm in keinster Weise unterlegen zu sein, sondern nur mit anderen Waffen zu kämpfen, Waffen, die er noch nicht kannte, zumindest nicht an mir.

»Wenn es dir helfen würde, könnte ich auf einen Neuwagen verzichten«, gekonnt legte ich eine Pause ein, beobachtete, wie sich seine Miene aufhellte, bevor ich mit dünner, aufopferungsvoller Stimme weitersprach. »Du könntest dir als stellvertretender Bankdirektor ein neues Auto kaufen, eins, das zu dir passt, zum Beispiel das Cabrio, und ich nehm den alten Benz. Er ist eigentlich viel zu groß für eine Frau, aber irgendwie komm ich schon klar.«

Na ja, die letzten Sätze hätte ich nicht unbedingt anfügen müssen, aber sie wirkten gut. Seine Mundwinkel begannen zu zucken. Respekt Ina, an dir ist eine Schauspielerin verloren gegangen. Vielleicht sollte ich einer Hobbytheatergruppe beitreten? Oder doch eher meine hellseherischen, nein psychologischen Fähigkeiten fördern?

Während ich mir noch überlegte, ob ich ab jetzt zu den hinterhältigen Ehefrauen zählte, saß mein eifriger, frisch geduschter Gatte in seinem heute dritten Hemd – ich hatte ja sonst nichts zu tun – bei Auto Kowalski, um sein neues Spielzeug zu leasen oder womöglich zu kaufen. Anschließend wollte er noch ins Büro.

»Kann spät werden, warte nicht auf mich«, hauchte er mir gut gelaunt ins Ohr.

Kapitel 6

Leichtfüßig wie ein Elefant stampfte ich im Spaziertempo auf dem Laufband im *Fit & Beauty* herum; völlig unkoordiniert bewegte ich die dicken Beine, jeder Schritt erschütterte das Gerät. Die Kartoffeln vom Mittagessen rumpelten wie Steine in meinem Magen.

»Sie werden sich schon daran gewöhnen«, tröstete Ulla Klein, »das erste Mal fällt es besonders schwer. Und am besten vorher nichts essen.«

Wie ich Sport hasste. Der Gedanke, nie mehr dieses Studio zu betreten, wälzte sich gefährlich Richtung Entscheidungszentrum. Grundsätzlich quälte ich mich bei allen Übungen: Ich hatte Mühe, die Hanteln festzuhalten, keuchte auf dem Ergometer wie eine alte Frau und verhedderte mich andauernd beim Seilspringen. Blamabel! Mitte dreißig und beweglich wie ein Stahlgerüst. Gut, dass das Studio um diese Uhrzeit nur von wenigen Frauen besucht wurde, die alle genug mit sich zu tun hatten.

Als erriet Ulla Klein meine Gedanken, tröstete sie: »Es dauert einige Zeit bis Sie sich auf die Übungen freuen. Geben Sie sich mindestens einen Monat, bevor Sie das Handtuch werfen. Wenn Sie jetzt aufgeben, bleibt nur das Gefühl, schwach und faul zu sein.«

Wohl fühlte ich mich tatsächlich nicht bei dem Gedanken, vorzeitig abzubrechen. Also, der Weg zum Ja erfordert viele Nein. Auch wenn ich mich noch viele Wochen so steif bewegte, aufgeben kam nicht in Frage. Ich wollte, nein ich musste endlich die Frau werden, die ich schon immer sein wollte.

Nur ein paar Stunden blieben mir, um mich von den unbekannten körperlichen Strapazen zu erholen, schon drängte der Termin im *Feel Well.* Abnehmen als Vollbeschäftigung. Eine Straßensperre zwang mich zu einer Umleitung. Ich folgte den Schildern, fuhr durch Einbahnstraßen, stand mit meinem reparierten Nobelgefährt vor Kreuzungen in scheinbar endlosen Schlangen, bis ich endlich die Von-Cramer-Allee erreichte, die Neubaugebiet und alte Villengegend trennte. Hier gab es beides: modernen Neubau rechts, alte pompöse Häuser links, alte Kastanien rechtfertigten den Begriff Allee. Die gegenüberliegenden nackten Parkstreifen hingegen zeigten deutlich, dass sich die Ansprüche der modernen oberen Zehntausend von denen der alteingesessenen unterschieden. Und genau dies sorgte immer wieder für Sprengstoff, sei es wegen der Beseitigung alter Bäume oder der Planung von Kinderspielplätzen. Bewohner aus allen Stadtteilen fühlten sich regelmäßig aufgerufen, sich vor Ort ein Bild von der konträren Situation zu machen und sich an Bürgerentscheiden zu beteiligen. Komisch, ich war noch nie hier gewesen. Für welche Seite würde ich mich engagieren? Gedankenverloren fuhr ich an den geparkten Luxuskarossen vorbei, Porsche, Mercedes, Geländewagen, oh, sogar ein Chevy – und hier? Abrupt latschte ich auf die Bremse, setzte langsam zurück. Die Farbe stimmte, das Kennzeichen stimmte … Irrtum ausgeschlossen, schließlich hatte ich den Vertrag unterschrieben – und ich wusste doch wofür.

»Stellt euch vor, seit vier Tagen habe ich einen Essrhythmus, ich esse morgens, mittags und abends, wie ein normaler Mensch.« Claudias piepsige Stimme überschlug sich fast, ihre runden Augen leuchteten tiefblau, wie bei einem Kleinkind. Claudia, die Chefsekretärin bangte um ihren Job, seit der Juniorchef das Regiment in der Firma übernommen hatte. Ständig mäkelte er an ihrer Arbeit herum. Sie fühlte sich gemobbt, wollte aber das Feld nicht so einfach räumen. »Gestern als er mich wieder anbrüllte, habe ich mich aufgerichtet, ihm fest in die Augen gesehen und ganz ruhig gesagt: Herr Winter, ich gebe zu, dass ich einen Fehler gemacht habe. Ich werde mich sofort darum kümmern, ihn zu beheben.« Claudias Stimmchen klang plötzlich fest und sicher. »Er hat mich angestarrt wie ein Marsmännchen, sich wortlos umgedreht und ist gegangen. Ich fühlte mich wie die Siegerin eines Marathonlaufes, glücklich erschöpft. Kein Frust, den ich, wie nach seinen früheren Tobsuchtsanfällen, mit einer Tafel Schokolade runterschlucken musste, jetzt reichte ein Glas Wasser.« Sie lachte laut. »Übrigens überschlug er sich später fast vor Freundlichkeit. Tja, und jetzt habe ich mein erstes Kilo runter.«

Als ehemalige Diät-Queen an einzigartige Erfolge gewöhnt, senkte ich das Kinn auf die Brust, damit niemand sah, wie schwer es sich mit einem Riesenkloß im Hals atmete. Dabei verfing sich der Blick in den Beulen meiner Schenkel, die sich durch den Baumwollstoff der orangefarbenen Hose aus der *Pfundsboutique* drückten. Warum nicht ich?

»Ich freu mich für dich, Claudia.« Lili umarmte sie. »Glückwunsch. Endlich macht jemand von uns den Anfang. Wir sind also auf dem richtigen Weg.«

»Bald kann das Leben beginnen«, brüllte ich wie ein falsch programmierter Roboter in die Unruhe, die augenblicklich verstummte.

»Wieso beginnen?«, fragte Frau Meinert. Ich wurde rot.

»Na ja, das ist doch so kein Leben«, erklärte Carla zögernd. »In der Disco werde ich ausgelacht, die Sitze im

Kino sind zu eng, jede Treppenstufe haut mich um und mein Mann schämt sich mit mir.«

»Und mit schmalem Geldbeutel findet man obendrein keine Klamotten«, ergänzte Biggi, die Studentin. »Unter Spaß stelle ich mir wirklich was anderes vor.«

»Heißt das, Sie führen ein Leben in der Warteschleife?« Frau Meinert sah mich auffordernd an.

»In vierzig Kilo ist vieles einfacher: Ich sehe besser aus, bin beliebter, fröhlicher, leistungsfähiger, hab viel Spaß und bin immer gut drauf.«

»Ein völlig neuer Mensch? Attraktiv, mit vielseitigen Interessen, endloser Power, ohne Launen, ohne Makel?«

»Genau.«

»So stelle ich es mir auch vor«, bestätigten Carla und Biggi.

»Sicher bewegen Sie sich leichter, finden mehr Auswahl beim Kleiderkauf und werden auf der Straße weniger angestarrt. Doch befreien Sie sich von dem Gedanken, dass alles völlig anders sein wird. Sie werden nicht von jetzt auf gleich ein neuer Mensch. Sie nehmen langsam ab, wachsen in Ihren Körper hinein, verändern nach und nach einige Interessen, doch längst nicht alle. Ihr Charakter bleibt der gleiche. Sind Sie jetzt ein ernster oder kritischer Typ, werden Sie es nachher auch sein. Wenn Sie jetzt die Hobbys Ihres Mannes nicht teilen, werden Sie es später auch nicht tun. Verschenken Sie nicht Ihre Tage, Wochen, Jahre indem Sie darauf warten, jemand anders zu werden, als Sie sind. Das Leben findet heute statt und nicht erst in vierzig Kilo. Nutzen Sie die Zeit heute und jetzt, die meisten Ihrer Ziele stehen in keinem Zusammenhang mit Ihrem Gewicht.«

Und ob! Mein Ziel, meinen Mann zurückzuerobern, stand in einem unmittelbaren Zusammenhang mit den Kilos. Wenn ich angekommen war, würde ich sie eines

Besseren belehren. Sinnlos, es im Vorfeld auszudiskutieren; auch die anderen schwiegen.

»Heute steht Gemüse auf dem Plan«, wechselte Frau Meinert das Thema. »Täglich brauchen Sie mindestens vierhundert Gramm. Wie viel essen Sie?«

»Wie viel liegt auf einer Pizza Margeritha?«, fragte Kerstin und hatte die Lacher auf ihrer Seite.

»Ich esse jeden Sonntag Rotkohl«, meinte Rita.

»Bei mir gibt es jeden Tag Bio-Gemüse«, rief Lili.

»Prima«, lobte Frau Meinert. »Wie bereiten Sie es zu?«

»Gestern habe ich Blumenkohl mit Hollandaise gekocht, richtig lecker mit Butter und Eigelb. Dazu gab's Kartoffeln.«

»Ich überbacke Blumenkohl manchmal mit Schinken und Käse«, berichtete Waltraud. »Dazu Rösti, hm, lecker.«

»Das will ich Ihnen glauben. Allen Rezepten, die Sie jetzt genannt haben, ist eins gemein: Sie sind fettreich. Butter, Eier, Schinken, Käse, auch Speck und Schmalz machen aus dem fettarmen Gemüse eine Kalorienbombe. Fett ist der kalorienreichste Nährstoff. Schon ein Esslöffel Öl liefert etwa hundert Kalorien, so viel wie vierhundert Gramm Gemüse. Wer viel Fett isst, nimmt meist auch viel Kalorien auf.«

»Aber wenn ich nur Gemüse esse, dann habe ich ganz schnell wieder Hunger«, bemerkte ich.

»Da haben Sie Recht, Frau König. Ausschließlich Gemüse zu essen sättigt nicht lange. Das liegt daran, dass selbst das gesunde Gemüse nicht alle Nährstoffe enthält, die Sie brauchen. So kommen Fette und verdauliche Kohlenhydrate darin weniger vor. Es ist also ratsam, Gemüse mit anderen Lebensmitteln zu ergänzen.«

»Mit welchen?« Ich platzte fast vor Wissensgier

»Die Kohlenhydrate stecken zum Beispiel in Kartoffeln, Reis, Nudeln und Brot. Mit etwas Fleisch, Fisch, Ei oder Käse nehmen Sie hochwertiges tierisches Eiweiß auf, aber auch Mineralstoffe wie Calcium, Eisen, Zink und Jod. Mit diesen Lebensmitteln nur wenig Fett aufzunehmen gelingt Ihnen, indem Sie fettarme Sorten bevorzugen. Zusätzlich planen Sie pro Person rund zwei Teelöffel Öl oder Butter für die warme Mahlzeit ein. Einen verwenden Sie zum Braten, den anderen für das Gemüse oder den Salat.«

»Das klappt doch nie«, rief Waltraud mit rotem Kopf. »Da brennen mir doch die Schnitzel in der Pfanne fest.«

»Es kommt darauf an, wie Sie sie zubereiten.«

»Ganz normal, ich wende sie in Mehl, Ei und Semmelbrösel und brate sie.«

»Dann saugt sich die Panade mit Fett voll und Sie brauchen etwa dreißig Gramm Fett pro Schnitzel. Wenn Sie sie grillen oder unpaniert braten, am besten in einer beschichteten Pfanne, reicht ein Teelöffel.«

»Ich nehme nie Fett, nur Öl.« Lili zog eine krause Stirn.

»Öl ist auch Fett, ein reines sogar. Nur besitzt es eine andere chemische Struktur wie festes Fett. Es ist reich an lebensnotwendigen ungesättigten Fettsäuren und fettlöslichen Vitaminen. Kalorien enthält es ungefähr so viel wie Plattenfett.«

»Auch Olivenöl?« Rita schlug die Hand vor den Mund. »Ich trinke jeden Morgen zwei Schnapsgläschen voll, genau, wie ich es in dem Kreta-Diätbuch bei meinem Arzt gelesen habe. Soll bei fast allen Krankheiten helfen, sogar bei Parodontose und Karies.«

»Zwei Schnapsgläschen voll wiegen rund vierzig Gramm, das machen etwa vierzig Gramm Fett und knapp vierhundert Kalorien. Ein ordentlicher Batzen für nebenher.«

»Wie kann ein Arzt einer dicken Frau nur so einen Tipp geben«, tobte Rita. »Dem werde ich was erzählen, oder am besten wechsle ich den Arzt. Wer weiß, welche Empfehlungen er sonst noch gibt.«

Frau Meinert riet uns, zu jeder warmen Mahlzeit mindestens dreihundert Gramm Gemüse zu essen. »Dazu viel Nudeln, Reis oder Kartoffeln und etwas Fleisch, Fisch, Ei oder Käse. Zur kalten Hauptmahlzeit empfehle ich Ihnen belegtes Vollkornbrot und einen großen, bunten Salatteller. Essen Sie zwischendurch zwei Portionen Obst. Eine Portion ist etwa eine Handvoll.«

»Wenn ich das gegessen habe, bin ich doch satt. Dann schaffe ich gar nichts anderes mehr«, beklagte sich Waltraud.

»Selbstverständlich ist es ein völlig neuer Aspekt daran zu denken, etwas zu essen statt etwas zu meiden. Planen Sie in der nächsten Woche, diese Obst- und Gemüsemengen ein. Sorgen Sie für Abwechslung bei den Sorten. Erst wenn Sie dieses Pflichtprogramm erledigt haben, dann kommt die Kür: Kartoffeln und Fleisch. Und damit Sie sich überzeugen können, wie gut das schmeckt, probieren wir jetzt ein paar Rezepte aus, die alle in einer halben Stunde fertig sind.«

Vier verschiedene Gerichte standen zur Auswahl: Schmorgurken mit Kartoffeln, Schnitzel-Gemüse-Pfanne, italienische Gemüsesuppe und Fenchelgratin mit Schinkennudeln.

»Wenn Sie für sich alleine kochen, verkleinern Sie die Rezepte. Die Gemüsesuppe lässt sich prima einfrieren und zu den Schmorgurken schmeckt auch ein Vollkornbrötchen statt Kartoffeln.«

»Wer hat Lust auf Schnitzelpfanne?«, rief Rita.

Blitzschnell stand ich neben ihr.

»Ich setz schon mal die dreihundert Gramm Naturreis

auf«, entschied sie, »dann können wir uns in Ruhe beim Fleisch- und Gemüseschneiden unterhalten.«

»Einverstanden«, nickte ich und legte Bretter und Messer bereit, bevor ich die Zwiebel schälte und damit begann, drei Paprikaschoten, zwei Porreestangen und ein Pfund Möhren zu waschen und zu putzen.

»Sag mal, wie war es eigentlich im Diät-Club«, fragte sie mich leise, die Augen auf die vier Schnitzel gerichtet, die vor ihr auf dem Brett lagen. Langsam begann sie, eine Fleischscheibe in dünne Streifen zu schneiden.

»Was genau meinst du?«

»Als die Zeitungen damals über dich berichteten, war ich neidisch. Ich schnitt die Artikel aus, las sie immer wieder. Das schaffe ich auch, dachte ich. Voll motiviert bin ich hin. Diese Frau dort ...«

»Du meinst Anne?«

»Ich glaube so hieß sie, eine schmale, elegante Frau, mit blonden Haaren.«

»Ja, das war Anne, ihr gehört der Club. Was ist mit ihr?«

»Na ja, es war alles so ... so ... so perfekt, die Räume, die Möbel, das Geschirr, die Frau. Ich hatte das Gefühl, ich zerstörte mit meiner Anwesenheit ein wertvolles Kunstwerk. Doch zum Nachdenken kam ich nicht groß, die Gier überrollte mich. Anne bot mir den letzten Platz in dem Kurs an, machte mir den Erfolg so schmackhaft, dass ich das Formular, das sie wie nebenbei ausgefüllt hatte, sofort unterschrieb.«

»Und das hast du bereut?«

»Ich war einmal da, habe die Diätnahrung für eine Woche gekauft. Als ich am nächsten Morgen vor der Pampe saß, hätte ich am liebsten reingespuckt. Bei den anderen Mahlzeiten war es nicht besser. Ich hab aufgegeben, ich hab's nicht reingekriegt. Mein Mann hat getobt. ›Wenn andere Frauen das essen können, kannst du es auch. Du willst einfach nicht dünner werden‹, hat er geschrien. Ich fühlte mich wie ein Fisch im Netz, am Ende, aber noch nicht ganz erledigt.«

»Ach Rita, der Club ist eine Erfahrung, die man nicht unbedingt machen muss. Du hast nichts verpasst. Mir hat Anne übrigens auch den letzten Platz vermittelt. Und mich ekelten die Mahlzeiten auch schon am ersten Tag an. Mit der Zeit habe ich Magenschmerzen vor Hunger bekommen. Eine Suppe oder ein Menü hat mich nicht mehr gesättigt. Anne hatte uns geraten, ihren Kräutertee mit Appetit hemmender Wirkung zu kaufen, ihn zu löffeln statt zu trinken und uns vorzustellen, er sei unsere Lieblingssuppe. Das habe ich getan, aber es half nur für wenige Minuten. Bald reichte meine Vorstellungskraft gar nicht mehr aus. Eine Teilnehmerin gab den Tipp, die Suppen und Menüs mit Chilipaste oder Cayennepfeffer zu schärfen. Das mache Durst, die zusätzlichen Getränke zur Mahlzeit füllten den Magen besser. Es funktionierte tatsächlich, war aber leider nicht besonders lecker.«

»Aber *du* hast durchgehalten.«

»Brauchst nicht den Hut vor mir zu ziehen. Hat nichts gebracht, sonst wäre ich nicht hier.«

Lächelnd ergriff sie die Flasche mit dem Olivenöl, ließ vier Teelöffel in die Pfanne tropfen und briet das Fleisch darin an. Ich gab das Gemüse dazu und löschte mit einer halben Tasse Instant-Hühnerbrühe ab und legte den Deckel auf die Pfanne.

Sie blickte auf. »Wie waren die Leute?«

»Bis zum Schluss ein Sammelsurium von Frauen, die abnehmen wollten. Als Gruppe, so wie hier, würde ich es nicht bezeichnen. Aber ich glaube, das war auch nicht gewollt. Durch das öffentliche Wiegen befanden wir uns in einer Konkurrenzsituation. Jeder wollte den Pokal.«

»Wurdet ihr jede Woche gewogen?«

»Jede Woche trabten wir nacheinander mit gesenktem Kopf auf das Gerät. Ein riesiges Display an der Wand zeigte den anderen das Gewicht, noch bevor wir es selbst erkannten. Jedes Gramm weniger wurde beklatscht, jedes Gramm mehr mit Buhrufen bestraft. Kein Wunder, dass vorher auf dem Klo Hochbetrieb herrschte, dass Schmuck und Jacken abgelegt wurden. Zum Schluss befand ich mich in einem Kopf-an-Kopf-Rennen mit Helga.«

»Du hast das Rennen gewonnen!«

»Ja, knapp. Schon eine Woche vorher hatte ich mit Null-Diät begonnen, ich durfte nichts riskieren. Am Tag der Entscheidung ließ ich zusätzlich die Getränke weg, aber das kannte ich schon von den anderen Kurstagen. Etwa ab Kurshalbzeit in der siebten oder achten Woche habe ich ab mittags nichts mehr getrunken. Ich bekam zwar Kopfschmerzen, was ich für ein gutes Wiegeprotokoll aber gern in Kauf nahm.«

»Bist du in den ganzen fünfzehn Wochen nie schwach geworden?«

»Oh doch, einmal. Ich war bei einer Nachbarin zum Kaffee eingeladen, eine Künstlerin am Backofen, sage ich dir. Drei Stücke Kuchen habe ich verdrückt und danach richtig Hunger bekommen. An einer Grillbude kaufte ich Hähnchen, Pommes rot-weiß und Würstchen. Wie bei einem nächtlichen Fressanfall stopfte ich alles in mich hinein. Ich erinnere mich noch genau daran, dass ich beinahe von Jens erwischt worden wäre. Völlig überraschend kam er an diesem Spätnachmittag nach Hause. Im letzten Moment gelang es mir, die Reste im Abfalleimer verschwinden zu lassen. Abends lag ich dann mit Magenschmerzen auf dem Sofa. Als meine Tochter mir eine Portion Nudeln servierte, weil sie glaubte, mir sei schlecht vor Hunger, übergab ich mich. In der Woche hatte ich zweihundert Gramm zugenommen. Die anderen buhten aus voller Kehle, als ich auf der Waage stand. Und ich wünschte mir nur eins: Die Waage möge sich in eine Grube verwandeln, die mich verschluckt. Nie wieder wollte ich das erleben, mich nie wieder so schwach fühlen. Nein Rita, sei froh, dass du nicht da warst.«

»Vermutlich hast du Recht. Diäten stehen mir sowieso bis oben, ob in Clubs oder allein zu Hause. Am Tag vor dem großen Start – du weißt, das ist meist ein Sonntag, weil ja alle Diäten an einem Montag beginnen – stopfte ich mich grundsätzlich so voll, dass ich ganz gerade sitzen musste, um es bei mir zu behalten.« Rita tippte sich an die Stirn. »Das ist doch nicht normal.«

»Ging mir genauso. In mir brach die pure Panik aus bei dem Gedanken, zukünftig auf alles, was schmeckt, verzichten zu müssen. Wie ein Krokodil seine Beute verschlang ich mit gierigen Bissen Fettiges, Süßes, Weiches. Einen Abend bevor ich in den Diät-Club ging, habe ich ein echtes Abschiedsfest zelebriert, mit Kartoffelsalat in reichlich Mayonnaise, unzähligen Würstchen und zum Nachtisch einem Eisbecher, der eher die Bezeichnung Sahnekübel verdient hätte. Doch damit nicht genug, anschließend habe ich eine Pfundpackung Nusspralinen gefressen. Am nächsten Morgen zwängte ich mich in mein einziges und bestes Kostüm. Der Reißverschluss stand unter Hochspannung, der Rockbund mit dem Knopf klaffte drei Zentimeter auseinander. Sicherheitsnadel hieß die Lösung, dabei flach atmen und sich sehr, sehr langsam bewegen. Mensch, war mir schlecht, als ich Anne gegenüber saß und der feste Rockbund den harten Magen einschnürte.« Ich lachte. »Verrückt nicht?«

»Ich bin froh, dass ich jetzt hier bin. Vorher hätte ich

nie geglaubt, dass es anderen auch so geht wie mir. Mal eben ein paar Wochen Diät und alles ist wieder in Ordnung. Ganz einfach, nur ich scheiterte regelmäßig. Weißt du Ina, übers Abnehmen reden die Leute wie übers Einkaufen, sachlich, nüchtern. Dabei ist es eines der verantwortungsvollsten und emotionsgeladensten Abenteuer, die ein Mensch erleben kann.«

»Vergleichbar mit einer einsamen Bergwanderung. Nur in einzelnen Hütten findest du kurzfristig menschliche Unterstützung, kannst dich regenerieren, neue Kraft schöpfen, um dich anschließend erneut allein auf den hürdenreichen Weg zu begeben, den letzten und höchsten Berg, hinter dem dein Ziel liegt, immer fest vor Augen.«

Rita sah mich ernst an. »Den letzten Berg haben wir noch lange nicht erklommen, Ina.«

Ich nickte und dachte an Jens.

Wir mischten den Reis unter die Gemüse-Fleisch-Pfanne, schmeckten mit Curry, Pfeffer und Salz ab, füllten es in eine weiße Porzellanschüssel und streuten viel gehackte Petersilie darüber. Dann trugen wir unser Ergebnis, wie die anderen, ins Esszimmer, wo der Tisch mit weißem Porzellan, Sets, Servietten und Kerzen gedeckt war. Das dampfende Essen verströmte einen Duft, der meine Speichelproduktion auf Hochtouren brachte. Vielleicht sollte ich zu Hause auch für eine solche Atmosphäre sorgen? Und vielleicht lockten neue Rezepte Jens und Yvonne wieder an den heimischen Tisch?

Einhundertsieben Kilo. Die Hosen schienen besser zu passen, mein Bauch fühlte sich beinahe flach an und mein Optimismus kletterte bis ins Unendliche. Schnell zählte ich mein Haushaltsgeld, vergewisserte mich, dass die Lebensmittelvorräte für die restlichen Tage des Monats ausreichten, steckte die Scheinchen in die Tasche und brauste zur *Pfundsboutique*. Eva Groß kochte Kaffee, während ich in den Sommerkleidern stöberte. Was Luftiges brauchte ich, etwas Lockeres mit leichter Taille.

»Willst du wirklich bei Hitze ein Kleid tragen?«, fragte sie zögernd.

»Gerade bei Hitze. Keine Strümpfe, wenig Stoff, schön locker. Ist doch viel praktischer als Hose und Shirt.«

Ihr Blick verunsicherte mich. »Trägst du etwa keine Kleider?«

»Nicht ohne Strümpfe.« Ihre Augen fixierten mich. »Du warst wohl im letzten Sommer schlanker?«

»Ungefähr fünfundsiebzig«, gab ich zu.

»Dann kannst du nicht wissen wie es ist, wenn du in der Hitze schwitzt und die nackten, feuchten Oberschenkel aneinander reiben. Es scheuert, du wirst wund, jeder Schritt verursacht brennende Schmerzen. Wochen dauert es, bis die Haut wieder geheilt ist.«

Entsetzt starrte ich sie an. Dass die Innenseiten der Hosen schneller verschlissen als der Rest, war mir bekannt. Doch über nässende Wunden zwischen nackten Beinen hatte ich noch nie nachgedacht.

»Warum verkaufst du dann überhaupt Sommerkleider?«

»Weil einige Frauen sie gerne tragen, mit Radler- oder Miederhosen darunter, andere mit Strumpfhosen.«

Etwas ernüchtert probierte ich eine weiße Hose mit einem grün-weiß-gestreiften T-Shirt an. Flott und schick, aber eben für Dicke. Eine Investition, die sich realistisch betrachtet noch lohnte. Denn wenn ich ab heute jede Woche ein Kilo abnähme, dann erreichte ich etwa Anfang des kommenden Jahres mein Wunschgewicht. Vierzig Wochen, den ganzen Sommer, den ganzen Herbst, den Winter. Ich stöhnte.

Wie hätte ich ahnen können, dass es bei mir schneller ging? Der Sport, drei regelmäßige Mahlzeiten, die neuen Rezepte, Flüssigkeit literweise, die Appetit hemmende Maihitze, schon drei Wochen später hatte ich die Hundert unterschritten. Mein Aus als Kandidatin für die »Prallen Kurven«.

»Sport bringt gar nichts, wenn du keine Diät machst.« Luise, die in den letzten Monaten, genauer gesagt, seit Gründung ihres Interessenvereins, enorm an Umfang gewonnen hatte, wusste wieder einmal alles besser.

»Aber Diäten machen noch dicker«, ergänzte Herta, eine von Luises Mitstreiterinnen, die heute das erste Mal zum Kaffee eingeladen war.

»Eben, und weil Sport und Diät nichts nutzen, akzeptieren wir uns so, wie wir sind«, bestätigte Luise ihre Freundin und dann brüllten beide gleichzeitig: »Wir fühlen uns wohl und lassen es uns schmecken.« Ein donnerndes Lachen, dann griff Herta als erste zur Sahneschüssel, aus der sie sich so lange bediente, bis ihr fruchtiger Apfelkuchen fast vollständig unter der weißen Haube verschwunden war. Luise folgte ihrem Beispiel.

Angewidert beobachtete ich, wie die beiden alles in Windeseile verschlangen, um sich die Teller erneut voll zu laden. Unfähig zu essen sah ich zu Julia, die mit zusammengepressten Lippen dasaß, die Augenbrauen weit nach oben gezogen, auf ihrer Stirn bildeten sich deutliche Querfalten. Selbst der toleranten Gynäkologengattin verschlug es die Sprache – und den Appetit, wie das unangetastete Stück Kuchen auf ihrem Teller symbolisierte. Einmal öffnete sie leicht den Mund und holte Luft, so als wollte sie etwas sagen, doch dann schloss sie ihn wieder und schüttelte kaum sichtbar den Kopf. Luise und Herta spielten die Alleinunterhalter, ließen keine von uns zu Wort kommen. Ihre Ansichten über Essen, Ehe und Spaß befanden sich schon nach kurzer Zeit weit unter meinem Niveau. Ich besann mich auf meinen festen Vorsatz, für mein Wohlbefinden selbst zu sorgen, vor allem nichts Unangenehmes mehr über mich ergehen zu lassen und verabschiedete mich kurzerhand von der primitiven Gastgeberin. Julia, Elfi und Beate atmeten laut auf und ergriffen ebenfalls die Flucht.

»Kommst du noch mit zu mir, auf eine eiskalte Sangria unter Birken?« Julia hakte sich unter.

»Gute Idee, kann ich gebrauchen«, lachte ich.

»Ich fand dich vorhin total mutig. Einfach aufzustehen, um dem Elend ein Ende zu bereiten, das hätte ich dir nicht zugetraut. Ich finde, du hast dich in den letzten Wochen ganz schön verändert.«

»Denkst du?«

»Die Bewegung tut dir gut, nicht wahr? Du läufst aufrechter, wirkst entschlossener und energischer.«

Mein erstes richtiges Kompliment. Ich freute mich wie ein Kind.

»Sag bloß, das siehst du. Ich hab gedacht, nur ich empfinde es so. Aber Sport kostet mich immer noch Überwindung, besonders das Training im *Fit & Beauty*. Da gefallen mir die Ernährungsabende viel besser. Erstaunlich, mit wie viel Essen am Tag man abnehmen kann, Hungern ist wirklich tabu. Mutti wäre entsetzt, wenn sie mich beobachten würde, aber so weit wird es hoffentlich nie wieder kommen. Morgens zwei Brötchen, Mittagessen, abends einen großen Salatteller, manchmal mit Brot, manchmal mit Obst. Na gut, ich koche fettärmer, mit mehr Gemüse, trinke mehr und belege meine Brote nicht mehr so dick. Im Moment steh ich total auf Tomatenbrote mit Schnittlauch. Hier und da gönne ich mir ein Eis oder Kuchen.«

»Oder Sangria. Prost Ina, auf dich.«

Der Alkohol auf fast leerem Magen entspannte schnell. Ich lehnte mich zurück, streckte die Beine aus und blinzelte in die Sonne.

»Ach Julia, es könnte alles so schön sein, wenn Jens mich mal wieder wahrnähme. Ich habe abgenommen, mein Aussehen verändert, bin fitter, koche vernünftig, nur meinen Mann interessiert das nicht. Er sieht an mir vorbei. Beim Frühstück verschanzt er sich hinter seiner Zeitung, stopft sich wortlos die Brötchen hinein und verschwindet bis zum späten Abend. Oft kommt er erst heim, wenn ich schon schlafe. Ich weiß gar nicht, warum er mit mir verheiratet ist.«

»Macht euch doch mal einen richtig schnuckeligen Abend, mit Essen bei Kerzenschein, Musik, Champagner und dann frag ihn einfach.«

Wie es der Zufall wollte, traf ich Luise einige Tage später im Supermarkt. Unübersehbar stand sie im längsgestreiften bunten Trägerkleid vor dem Joghurt-Regal. Ich glaubte meinen Augen nicht zu trauen, als ich sah, mit welcher Leidenschaft sie im Diät-Sortiment wühlte, ganz offensichtlich suchte sie die kalorienärmste Marke, denn sie verglich die Nährwerte mit Hingabe. Nach einigem Zögern entschied sie sich für die Sorte Extra-Leicht mit Frucht, gleich eine ganze Palette wanderte in den Einkaufswagen.

»So ein Zufall«, raunte ich ihr mit geheuchelter Freude in der Stimme von hinten ins Ohr, und stierte dabei schamlos auf die bunten Becher in ihrem Wagen, dann grinsend in ihr verquollenes Gesicht.

Nach einer kurzen Schrecksekunde packte sie schnell eine ganze Palette Sahnepudding auf ihre magere Errungenschaft, bevor sie mir lautstark mitteilte, sie wolle sich zukünftig von unserer Gruppe distanzieren.

»Weißt du Ina, den ganzen Morgen habe ich wie eine Verrückte gebacken und ihr esst nichts. Meinst du, das macht Spaß? Ständig ist jemand von euch auf Diät oder ist gefrustet, weil's wieder nicht geklappt hat. Humor, Genuss, das sind doch Fremdwörter für euch.«

Sie glotzte mich rachsüchtig an, ihr Gesicht war krebsrot, das Doppelkinn pulsierte im Sekundentakt. Einige Leute blieben stehen und gafften. Wie peinlich, hier zwischen Quark und Götterspeise vor fremden Menschen wegen einer solchen Lappalie derart auszurasten.

»Und bei den aufgesetzten Trauermienen wundert ihr euch, wenn eure Männer die Nase voll haben von Heim, Herd und Ehefrau und sich woanders amüsieren«, schrie sie unbeherrscht.

»Das musst du mir mal etwas genauer erklären.«

»Entschuldige, aber jetzt hab ich keine Zeit mehr.«

Hastig drehte sie sich um und rollte in Richtung Wursttheke. Immer diese Andeutungen. Natürlich war sie neidisch auf Jens. So einen tollen Typen würde sie nie bekommen. Aber Felix, Julias Mann, sah mindestens so gut aus wie meiner, ihr gegenüber wagte sie nicht, so gehässig zu sein.

Kapitel 7

Die Gelegenheit schrie förmlich danach, genutzt zu werden: achtundneunzig Kilo, Yvonne auf Klassenfahrt und Mutti samt Busenfreundin im Schwarzwald.

»Wie lange arbeitest du heute?«, fragte ich meinen Angetrauten beim Frühstück.

»Keine Ahnung«, brummte er hinter der Zeitung.

»Dann kannst du sicher um sieben Uhr zu Hause sein. Ich habe nämlich eine Überraschung für dich.«

»Um sieben? Ausgeschlossen, viel zu früh«, bellte er.

Nanu, warum so cholerisch, holder Gatte? »Also, dann um acht«, entschied ich.

»Meinetwegen.«

Na bitte, klappt doch. Jetzt drängte die Zeit, ich musste ihn loswerden. Schnell verließ ich den Frühstückstisch und begann, laut in der Küche mit Geschirr und Töpfen zu hantieren. So viel Ungemütlichkeit am frühen Morgen traf ins Schwarze. Keine Viertelstunde später war ich allein. Ich packte meine Sportklamotten und raste ins *Fit & Beauty*.

»Frau König«, Ulla Klein sah mich erstaunt an, »ist was passiert?«

»Noch nicht«, grinste ich und begann, gezielt mein Ausdauer-Bauch-Beine-Po-Programm zu trainieren. Auf den Spaß daran wartete ich noch immer, aber ich spürte von Mal zu Mal, wie Kraft und Kondition wuchsen. Außerdem fühlte sich meine Haut schon deutlich straffer an. Nach dem sportlichen Auftakt, einer ausgiebigen Dusche und einem Kaffee konzentrierte ich mich auf den Abend. Zunächst brauchte ich etwas zum Anziehen, natürlich aus der *Pfundsboutique*. Doch statt Eva Groß empfing mich ein Schild an der Tür: »Wegen Seminarbesuch bleibt unser Geschäft heute geschlossen.«

Ausgerechnet heute! Was tun? In Gedanken durchwühlte ich meinen Kleiderschrank. Nein, es gab keinen Ausweg. So ließ ich das Auto stehen und machte mich per pedes auf den Weg in die Kaufmeile.

»Hey Alter, guck dir mal die Dampfwalze an.«

Ich zuckte zusammen, mein vom Sport geröteter Teint färbte sich fünf Nuancen tiefer, schielte nach rechts, von wo die junge männliche Stimme ertönt war. Vor einer Dönerbude lungerte eine ganze Gruppe Jugendlicher herum, rauchend, rülpsend, grölend.

»Pass auf, die ist kurz vorm Explodieren.«

Schon meldete sich eine weitere Stimme, weiblich. »Und die Wuchtbrumme trägt tatsächlich quergestreift.«

»Damit sie noch breiter aussieht, haha.«

Wie Peitschenhiebe trafen mich ihre Worte. Von einer Sekunde auf die nächste stürzte mein in den letzten Wochen mühsam aufgebautes Selbstwertgefühl ein wie ein Kartenhaus im Windhauch. Weg hier. Ich wollte den Schritt beschleunigen, doch die bleischweren Füße und die plötzlich viel zu langen leblos herunterbaumelnden Arme zogen meinen Oberkörper nach unten.

»Für Walrosse Durchgang verboten«, rief ein anderer hinter mir her.

Tausende schienen es zu sein, ihr Kreischen und Klatschen endlos.

Nur mit viel Mühe hielt ich die Tränen zurück. Jede Lust, mir ein dekolletiertes Oberteil zu kaufen war verschwunden. Ich schleppte mich ins erstbeste Kaufhaus, kontrollierte die Blusenständer und T-Shirt-Stapel. Stillos und billig, stellte ich fest. Ob quergestreift wirklich optisch verbreiterte? Eva hätte es gewusst, bestimmt; sie trug es doch selbst. Meinen ganzen restlichen Mut aktiviert betrat ich das neu renovierte Modehaus Holmer, wo sich eine junge dürre Verkäuferin meiner Massen erbarmte, etwas abfällig, aber immerhin hielt sie eine große Auswahl bereit, die ich in der offensichtlich für Frauen ihres Umfangs erschaffenen Blechkabine anprobierte. Der Schweiß strömte aus jeder Pore. Eine fette Sardine in der Minibüchse. Auf jeden meiner unvermeidlichen Stöße gegen das Blech reagierte die moderne Designerkabine mit Donner und Vibrationen. Ich sah schon die Schlagzeilen in der Tageszeitung vor mir: Adipöse Diät-Queen demoliert Umkleidekabine in Modehaus. Selbstverständlich würde ich mich wehren: Modehaus diskriminiert dicke Kundinnen. Unabhängig davon eindeutig ein Fall für die »Prallen Kurven«. Luise und Herta blieben zweifelsohne in einer solchen Blechdose stecken. Befreiung per Metallschneider. Glücklicherweise überstand das einzigartige Designerexemplar meine Angriffe, noch nicht einmal Dellen trug es davon.

Am Ende der Tortur schwankte ich zwischen einer schwarzen kragenlosen Seidenbluse mit tief angesetzter Knopfleiste und einem edlen goldfarbenen Seidenpulli mit großzügigem V-Ausschnitt. Ich entschied mich für Letzteren und trotz der Schweißausbrüche noch für den Kauf neuer Unterwäsche. Da musst du durch Ina! Ergrauten Feinripp und ausgeleierte Zelte zum Nachtisch geht nicht! Farblich abgestimmt schwebte mir vor, mit Spitze, nicht zu teuer, denn schließlich passte es nur eine begrenzte Zeit. Mit gerümpfter Nase schickte die Dürre ihre schwitzende Kundin in den ersten Stock.

»Bitte Ihre Unterwäsche anbehalten, aus hygienischen Gründen«, schleuderte mir die Dessous-Fachfrau vor den Kabinen laut entgegen, als ich mich ihr mit den zwei Objekten meiner Begierde in den Händen näherte. Glücklicherweise gab es hier robuste Holzkammern mit festem

Vorhang. Schnell probierte ich die Sachen an, entschied mich für eine Kombination mit Miederhose und dreifach verstellbarem BH und trat die Flucht nach draußen an. Grausam. Wenn ich schlank war, musste ich in solchen Läden einkaufen, Eva Groß führte nur Mode bis Größe zweiundvierzig. Ich hastete durch Seitengassen Richtung Auto, nur nicht noch einmal an der Dönerbude vorbei. Ein Hauch von Grillfleisch und Knoblauch strömte mir entgegen, an der nächsten Ecke duftete es nach frischem Brot. Mittagszeit. Mein Magen hing mir in den Kniekehlen.

»Ina, was machst du denn hier? Isst du was mit?« Kerstin stürmte aus dem Carlos', einem italienischen Restaurant, direkt auf mich zu, umarmte mich, schleifte mich in den Laden. Ohne zu fragen brachte ein junger Kellner ein Glas Rotwein. Kerstin hob ihr halbvolles Glas.

»Zum Wohl.«

Ich trank einen großen Schluck, lehnte mich zurück und beobachtete Kerstin dabei, wie sie als Vorspeise den Kellner mit Blicken verschlang.

»Das ist Paolo, der Sohn des Besitzers«, klärte sie mich auf.

»Und hier willst du abnehmen?« Sofort ärgerte ich mich über meine anmaßende Bemerkung. Doch Kerstin sah es locker.

»Die gegrillte Seezunge ist ein Gedicht. Dazu etwas Salat und Brot. Ganz mager, wenig Kalorien. Zwei Mal die Woche gönne ich mir das. Würde ich dir auch empfehlen.«

Ich zögerte nicht lange. »Guter Tipp. Irgendetwas muss ich schließlich bis zum Abend essen. Trinkst du noch einen Wein mit?« Kerstin nickte, ich bestellte. Mit dem Benz konnte ich mir das erlauben. Kein Polizist stoppte eine Frau in einem solchen Auto. Ganz anders war es als Fahrerin eines antiken Kleinwagens gewesen. Wie oft hatte ich gezittert, wenn die Beamten gegen das marode Blech traten um zu testen, ob das Chassis die gewichtige Besitzerin noch tragen konnte. Vorbei. Ich atmete auf. Carlos Seezunge schmeckte preisverdächtig: frisch, zart, fein gewürzt mit einem Hauch Knoblauch, der Salat knackig, mit wenig Olivenöl und Balsamicoessig angemacht, kitzelte den Gaumen. »Du bist ja so still, Ina. Was ist los?« Kerstin tätschelte meinen Arm.

»Ich genieße.«

»Dabei hast du sonst immer eine Menge zu erzählen. Also raus damit!«

»Vorhin haben mich ein paar Halbwüchsige als Walross und Wuchtbrumme beschimpft und über meine gestreifte Bluse gelästert«, berichtete ich zögernd.

»Jetzt sag bloß, das ist dir noch nie passiert?« Sie zog die Stirn kraus. »Erlebe ich einmal täglich, gehört für mich zum Alltag. Wenn ich es einen Tag mal nicht höre, fehlt mir abends was«, lachte sie und ihre Augen blitzen.

»Zehn Kilo sind runter, ich kam aus dem *Fit & Beauty* und fühlte mich gut, verstehst du?«

»Du meinst, du hast dich fit und schlank gefühlt und diese dummen Teenager haben dir gezeigt, dass sie dich anders sehen.«

»Genau. Wie sehe ich jetzt wirklich aus, so wie ich mich fühle oder so, wie sie gesagt haben?«

»Immer so, wie du dich fühlst, ist doch klar. Auch wenn du eines Tages dein Wunschgewicht erreicht hast, machst du es nicht jedem recht. Einer wird vielleicht über deinen Busen lästern, der andere über deinen Hintern, der nächste über deine Frisur. Bleib einfach du, dann bist du o. k.«

Sie wirkte absolut überzeugt. »Lebst du dein Rezept?«

»Meistens. Ab und zu habe ich einen weniger guten Tag, an wirklich schlechte erinnere ich mich hingegen kaum. Sieh mal, ich war immer pummelig, ich habe immer gerne gegessen und ich habe immer getan, was ich wollte. Mein Gewicht war nie ein Hindernis. Das verdanke ich meinen Eltern, die mich innerlich gestärkt haben, statt mich optisch zu verformen. Erst im letzten Jahr musste ich die Erfahrung machen, dass dicke Frauen es bei Männern manchmal schwerer haben als dünne. So fett wie im Moment gefalle ich mir nicht, mollig finde ich gut, das passt zu mir. Dünn werden, so wie du, will ich nicht, dazu esse ich viel zu gerne. Ein niedriges Gewicht könnte ich sicher nicht halten, warum also sinnlos quälen? Zwanzig Kilo, dann ist gut. Bis jetzt sind's vier.«

»Hast du jemals dran gedacht, einem Interessenverein für Dicke beizutreten?«

»Warum denn? Um Dicke der Öffentlichkeit als Exoten zu präsentieren? Ich finde diese Vereine lächerlich – und verlogen. Die Mitglieder behaupten, sich mit ihrem Gewicht wohl zu fühlen. Entspräche das den Tatsachen, würden sie damit völlig normal leben. Aber das können sie nicht, deshalb bleiben sie unter sich. Die beste Gelegenheit, sich immer wieder selbst etwas vorzumachen. Einmal habe ich eine Frau aus einer solchen Gruppe kennen gelernt. Sie gab zunächst vor, sich gut zu fühlen. Nach und nach stellte sich heraus, dass unzählige fruchtlose Diätversuche hinter ihr lagen und sie die Gruppe nur benutzte, um sich mit ihrer angeblich ausweglosen Situation abzufinden. Außerdem prozessierte sie gegen ihre Krankenkasse, die sich weigerte, ihr ein Magenband oder Medikamente zum Abnehmen zu bezahlen. Von wegen Wohlbefinden. Vielleicht im Einzelfall, aber dann bestimmt nicht in Gruppen.« Sie sah auf die Uhr. »Oh je, ich muss los. Meine Kundin wartet.«

Dank Kerstin mental und physisch wieder in Höchstform parkte ich bei Delikatessen-Dieter vor der Eingangstür, griff zu einem vergoldeten Wägelchen, den ich über den glänzenden Marmorboden durch die kleinen Gänge bis zur Antipasti-Theke schob, wo ich reichlich eingelegtes Gemüse, Salami und Parmaschinken einpacken ließ. An der Frischpasta-Theke lachten mich die bunten Ravioli mit verschiedenen Füllungen an. Dazu Sahnesoße und grüner Salat und mein Angetrauter würde wie Wachs in meinen Händen sein. Zum Schluss Tiramisu. Delikatessen-Dieter bezog es täglich frisch aus dem Carlos', und dass der sein Handwerk verstand, wusste ich seit eben. Noch etwas Brot, Parmesan, ein Fläschchen Prosecco und einen erstklassigen Orvieto. Perfekt. Alles verstaut begab ich mich auf direktem Weg nach Hause, stellte Getränke kalt, richtete die Köstlichkeiten auf einer Platte an, bereitete Salat und Sahnesoße zu und deckte den Tisch: faltenfrei gemangelte Tischdecke, bestes weißes Porzellan, polierte Gläser, Kerzenleuchter aus Messing mit gelben Kerzen – stand gelb nicht für Glück, Heiterkeit, Attraktivität? –, gelbe Stoffservietten zu Rosen gefaltet und eine Vase mit frischen gelben Röschen. Damit Tisch und Dame harmonierten badete ich meinen Rubenskörper in heißem, duftendem Öl und verwöhnte ihn anschließend mit ebenso duftender Bodylotion. Maniküre, Pediküre, goldener Nagellack, ich föhnte die kastanienbraunen Haare in Form und schminkte mich, als hätte ich mein Leben lang nichts anderes getan. Die Unterwäsche sah besser aus als in der Kabine und der Pulli wirkte jetzt richtig edel. Ein Blick zur Uhr: fünf vor acht. Meine Hände zitterten, als ich die Kerzen anzündete. Ein Stich in der Brust, nur ein kurzer Augenblick. Was, wenn er nicht käme? Ich legte Mozart auf. Fünf nach acht, zehn nach acht, zwanzig nach acht, die Haustür, endlich.

»Was soll das denn, Ina?« Der Klang seiner Stimme zerschnitt jede Harmonie. Ich versuchte, ruhig zu bleiben.

»Setz dich, bevor alles kalt wird.«

Er presste die Zähne aufeinander, mahlte mit dem Kiefer; die Knochen zeichneten sich hart unter der gecremten Haut ab. Ich schenkte Prosecco ein, legte ihm verschiedene Antipasti auf den Teller, nahm mir selbst. Seine Augen glänzten gefährlich dunkel. Ich lächelte künstlich, prostete ihm zu. Die Kälte, die er mitgebracht hatte, ließ mich vergessen, was ich sagen wollte.

»Also, was ist los? Auto kaputt, Haushaltsgeld verschwendet, Sonderwünsche?«

»Weder noch«, druckste ich verlegen. »Ich wollte einfach einen netten Abend mit meinem Mann verbringen, ein wenig reden ...«

»Reden? Worüber denn?« Mit wenigen Bissen verschlang er die liebevoll geschnittenen Gemüsestückchen und spülte mit der italienischen Brause nach. Ich befürchtete, sobald ich vom *Feel Well* berichtete, würde er mir ins Gesicht springen. Also räumte ich schweigend die Vorspeise ab, um Ravioli mit Sahnesoße und Salat zu servieren, dazu den Weißwein. Versuch es einfach, nur Mut, Ina. Es kann ihm nicht entgangen sein, dass du in fünf Wochen zehn Kilo verloren hast. Eine positive Nachricht, etwas, das seine Laune bessern müsste. Er beobachtete mich.

»Sag mal Ina, ist das wirklich nötig?«

Beunruhigt sah ich ihn an. »Was meinst du?«

»Die Sahnesoße, Ravioli, Alkohol. Bei deinem Gewicht. Du lernst es einfach nicht.«

»Zehn Kilo sind runter. Im *Feel Well* ...«

»Du meinst die zehn Kilo, die du dir in Windeseile draufgefressen hast, nachdem ich dich gebeten hatte, abzunehmen?«, unterbrach er mich barsch. »Lächerlich. Sieh dich doch an, wie dein BH ins Fleisch schneidet, sieh dir die Speckrolle an, die über deine Miederhose quillt. Und dann dieser Ausschnitt. Musst du dich hier derart offenbusig präsentieren? Appetit krieg ich dabei jedenfalls nicht. Ich habe dir gesagt, was ich erwarte, doch du hast die Operation verweigert. Nimm ab, Ina, dann reden wir. Vorher habe ich dir nichts zu sagen.« Er stand auf, sah auf mich herab, hob drohend den Zeigefinger. »Aber ich warne dich, warte nicht mehr so lange damit.«

Ich senkte den Kopf, Tränen tropften auf die Teigtaschen mit Krebsfleischfüllung. Ein Wurm, hilflos angesichts des großen Menschen, der ihn gleich zertreten würde. Noch eine letzte Windung. »Was meinst du damit?«, stieß ich zitternd hervor. »Ein Ultimatum?«

Er blieb stehen, seine Mundwinkel zuckten. »Nenn es, wie du willst.«

Kurze Zeit später heulte der Motor seines Cabrios auf. Ich war allein, mit Kerzen, Mozart und Tiramisu. Und dem Wein. Die köstliche Flüssigkeit verschwand in meinem Magen, anschließend das Tiramisu, beide Portionen. Erst danach war ich in der Lage, Julias Telefonnummer zu wählen. Anrufbeantworter. Ich riss mir das goldene Oberteil vom Leib, schrubbte die Schminke vom Gesicht und legte mich ins Bett. Weg vom Tisch des Grauens, schnell sein hartes Gesicht aus meiner Erinnerung löschen.

Warum nur gab er mir keine Chance? Und warum war ihm mein Gewicht plötzlich wichtiger als alles andere? Und vor allem, wie viel Zeit räumte er mir noch ein? Ein paar Wochen? Ein paar Monate? Was, wenn ich mehr Zeit brauchte? Sollte ich doch alles im *Feel Well* hinwerfen und in Annes Diät-Club gehen? Schließlich stand es um meine Ehe schlimmer als vermutet. In meinem Kopf drehte sich ein Riesenrad, in meinem Magen brodelte Säure. Ich versuchte aufzustehen, doch meine Glieder wogen schwerer als Eisen. »Du musst mit Frau Schuster und Frau Meinert reden«, hörte ich plötzlich eine innere Stimme. »Es wird eine Möglichkeit geben, um schneller abzunehmen. Ist schließlich ein Notfall. Nur aufgeben, das kommt nicht in Frage.«

Als ich am nächsten Morgen durch meine verklebten Augen auf Jens' unberührtes Bett schielte, drängte sich sofort das ganze Elend des Vorabends wieder ins Gedächtnis. Vermutlich hatte er im Arbeitszimmer übernachtet. Ich robbte meinen Panzer aus den Federn ins Bad auf die Waage: neunundneunzig, der Tag war gelaufen. Wie ich mich hasste, meine wabbelige Haut, meinen fetten Hintern, meinen Hängebusen. Jens hatte Recht, wenn er einfach abhaute, weil er sich so einen Anblick nach einem anstrengenden Arbeitstag nicht zumuten wollte. Selbst die neue Unterwäsche schnitt heute mehr in den Speck als gestern, überall Wülste, weiß und weich. Unmöglich, heute im *Feel Well* die Wassergymnastik mitzumachen. Am besten, ich blieb zu Hause. Telefon.

»Morgen, Ina. Hast du Lust, mit mir zu frühstücken?« Julias fröhliche Stimme war kaum zu ertragen. Ich lehnte mich an die Wand, wobei ich unbemerkt mit dem Kopf das Familienfoto vom Nagel schob, das klirrend auf dem Steinfußboden landete und dessen Glasrahmen sich wie ein Splittermeer darüber ergoss.

»Ich weiß nicht ...«

»Komm rüber. Ich setz schon mal den Kaffee auf.«

Zögernd hüllte ich mich in das alte geblümte Wallekleid und watschelte über die Straße. Julia sah wie immer toll aus: Jeans, T-Shirt, Leinenschuhe, die langen schwarzen Haare zu einem Zopf gebunden.

»Ich habe im Wintergarten gedeckt«, sagte sie und ich folgte ihr in den grün bepflanzten Raum mit den Rattansesseln, von denen der eine gefährlich knarrte und knisterte als ich mich stöhnend hineinfallen ließ.

»Greif zu.« Julia hielt mir den Korb mit den Brötchen direkt unter die Nase. Der Duft des frischen Backwerks breitete sich so aufdringlich aus, dass an Ablehnung nicht mehr zu denken war. Schweigend griff ich zu, teilte es in zwei Hälften, die ich bestrich und belegte, bevor ich mich auf den Kaffee konzentrierte.

»Wir waren gestern Abend im Theater«, begann Julia. »Tod eines Handlungsreisenden. Tolle Inszenierung, erstklassige Schauspieler.«

»Hm.« Ohne sie anzusehen wusste ich, dass sie mich beobachtete.

»Und du? Wie hast du deinen Abend verbracht?«

»Einsam, heulend, angetrunken«, platzte es unkontrolliert aus mir heraus. »Ich wollte mir mit Jens einen schönen Abend machen, so wie du geraten hast. Habe bei Delikatessen-Dieter zugeschlagen, mich optisch aufgepeppt, den Tisch toll gedeckt mit Kerzen und allem Drum und Dran. Und er ist ausgerastet.«

»Versteh ich nicht.«

Als ich ihr die Geschichte erzählte, schluckte sie. »Das hätte ich nicht gedacht. Wohl einen schlechten Tag gehabt. Obwohl«, sie rieb sich mit einem Finger die Schläfe, »für eine solche Reaktion gibt es keine Entschuldigung.«

»Wenn ich so aussähe wie du, dann hätte ich keine Probleme. Dann wäre ich perfekt.«

»Jeder Mensch hat Probleme, und wo du es so direkt ansprichst: befreie dich von dem Gedanken, dass ich perfekt bin oder du jemals perfekt sein wirst. Niemand ist perfekt, noch nicht einmal die Models in der Zeitung. Geschminkt, geklebt und retouchiert. Ich habe zum Beispiel zu schmale Hüften oder einen zu dicken Bauch, je nachdem aus welcher Perspektive du es betrachtest.«

Jetzt fing sie auch noch an zu spinnen. »Blödsinn«, lachte ich.

»Meinst du? In dieser Stadt gibt es genau zwei Läden, in denen ich Hosen finde, die für meine Maße geschnitten sind. Alle anderen passen am Bauch und schlackern am Po oder kneifen am Bauch und passen unten herum. Eine ordentliche Länge brauche ich zudem.«

»Und deine Jeans? Immerhin eine echte Levi's.«

»Aus der Männerabteilung, Damenschnitte kann ich vergessen. Trotzdem würdest du im Moment wahrscheinlich liebend gerne mit mir tauschen, nicht wahr?«

»Sofort.«

»Ich wollte mich auch nicht beklagen, ich komme sehr gut mit mir und meinem Körper zurecht. Die Frau als Dutzendware, entstanden in den mit Minderwertigkeitskomplexen prall gefüllten Köpfen irgendwelcher Modepäpste? Ohne mich. Frauen ohne Ecken und Kanten sind verwechselbar, austauschbar, langweilig. Aber was ich vorhin meinte war, ob du schlank oder mollig, dunkel oder blond, groß oder klein bist, es gibt immer und überall Frauen, die du schöner findest als dich selbst. Ich kenne keine Frau, die von sich selbst behauptet, eine Traumfrau zu sein. Also, lass dich nicht verrückt machen und hör um Gottes willen auf, die Ursache für deine Ehekrise auf deine Pfunde zu reduzieren.« Sie trank einige Schluck Orangensaft, bohrte ihre Augen in meine. »Wer sagt dir eigentlich, dass es überhaupt an dir liegt?«

»An wen denn sonst?«

»Na ja, es gehören immer zwei dazu.« Julia zeichnete mit dem Fingernagel das Karomuster der Serviette nach. »Aber erzähl, was willst du jetzt tun?«

Ich zuckte die Achseln. »Keine Ahnung. Ich hab eine

verdammte Angst, dass er geht, bevor ich am Ziel bin. Allerdings wehre ich mich gegen das Magenband und den Diät-Club, weil ich glaube, jetzt genau das Richtige zu tun.«

»Und damit hast du deine Entscheidung schon getroffen.«

Ich lächelte. »Stimmt.«

»Sollen Felix und ich mal unser Glück bei Jens versuchen?«

»Ist nett gemeint, aber ich glaube, da muss ich alleine durch. Und wenn er mich wirklich liebt, dann wirft er nicht sechzehn Jahre Ehe über den Haufen, nur weil ich langsamer abnehme, als er es sich zurecht fantasiert.«

»Sehe ich genauso. Und jetzt zieh endlich den alten Lappen aus, Ina. Mach dich hübsch. Zeig, was du schon erreicht hast.«

Julia half mir beim Aufräumen. Das eingerissene und geknickte Familienfoto rollte ich zusammen und deponierte es weit hinten im Fotoschrank, wo es meiner Meinung nach schon seit Jahren hingehörte. Jens, stehend, hielt Mutti im Arm, ich, die Matrone mit Leidensmiene, saß in dem davor aufgestellten Sessel, das Kleinkind Yvonne im rosa Kleidchen auf den Knien. Fotograf Hoppe hatte sich wirklich alle Mühe gegeben, eine gut bürgerliche Familie am fünften Hochzeitstag aufs Grässlichste abzulichten. Warum war Mutti eigentlich dabei? Ach ja, sie hatte den Termin arrangiert und das Bild in Auftrag gegeben.

Nach der Grundreinigung fuhren Julia und ich in den chinesischen Supermarkt, erstanden Soja- und Bambussprossen, Sojasoße, Trockenpilze, Ingwer, Zuckererbsenschoten, Duftreis und einige Gewürze, die wir in Julias Küche zu einem leckeren Mittagessen verarbeiteten, das wir aus asiatischen Schälchen mit Stäbchen aßen. Nachmittags aalten wir uns in der Sonne. Abends war ich fit für die Wassergymnastik. Meine Wülste schienen in den letzten Stunden deutlich geschrumpft zu sein.

Meine ehelichen Pflichten beschränkte ich ab sofort auf das Servieren des Frühstücks und die Wäschepflege. Hin und wieder warfen wir uns ein paar notwendige Wortfetzen zu und ich spürte von Tag zu Tag mehr, wie ich mich in Jens' Gegenwart verspannte. Das geht vorbei, tröstete ich mich.

Die Pfunde schmolzen nun etwas langsamer, ein gutes Kilo pro Woche. »Rechnen Sie hoch«, riet Frau Meinert. »Ein Kilo pro Woche ergeben sechsundzwanzig Kilo im halben Jahr. Das ist mehr als genug. Schließlich möchten Sie eine straffe Haut behalten, sich wohl fühlen und das Gewicht halten. Je schneller es geht, umso größer ist die Gefahr, dass Sie nachher wieder zulegen.«

»Wie oft sollte man sich eigentlich wiegen?«, fragte Lili.

»Wie oft wiegen Sie sich denn jetzt?«

»Täglich.«

»Morgens und abends.«

»Mindestens vier Mal am Tag.«

»Je nach Laune vermutlich mal vor und mal nach den Mahlzeiten. Und wahrscheinlich benutzen Sie alle eine Digitalwaage mit Hundert-Gramm-Einteilungen?« Stummes Nicken.

»Hundert Gramm mehr oder weniger sagen nichts aus. Wenn Sie nur etwas salziger essen, bindet Ihr Körper automatisch mehr Flüssigkeit. Sie wiegen mehr. Vermutlich rauben Sie dem Tag jede Chance, wenn die Waage nur hundert Gramm mehr anzeigt als am Vortag?« Wieder nickten alle. »Die Waage als Stimmungsbarometer! Wiegen Sie sich einmal pro Woche, morgens nüchtern, ohne

Kleidung. So setzten Sie sich nicht unnötig unter Stress und Sie bekommen ein aussagekräftiges Ergebnis.«

Heute standen Vollkornvariationen auf dem Plan. Zuerst ging es theoretisch um die Wirkung von Ballaststoffen, darum, dass sie sättigen, die Verdauung fördern und Darmerkrankungen vorbeugen können. Frau Meinert erklärte, dass Vollkorngetreide neben Obst, Gemüse, Salat, Kartoffeln und Hülsenfrüchten besonders gehaltvoll sei und wir Kalorien sparen könnten, indem wir Weißmehlprodukte durch Vollkorn ersetzen.

»Die Produkte sind nicht kalorienärmer, doch Sie kauen gründlicher und sind schneller satt – und länger, weil Vollkorn länger im Magen verweilt.«

Wir kosteten so exotische Sachen wie indische Flohsamenschalen und Oligofruktose, bevor wir versuchten, die verschiedenen Getreidearten ihren Ähren zuzuordnen. Mit dem Hafer klappte es noch, alles andere kannte nur Lili.

»Wir aus der Stadt kaufen eben immer nur Mehl oder Grieß«, entschuldigte sich Rita.

Die Rezepte überzeugten selbst eingefleischte Fastfood-Anhänger wie Kerstin: Nusskuchen, Haferauflauf, Getreideflockenpuffer mit Knoblauchjoghurt und Salat, Grünkernpfanne und Krokantplätzchen.

Spontan wählte ich die Puffer, Lili kam zu mir.

Sie kochte einen Viertelliter Gemüsebrühe auf. Ich streute ein halbes Pfund Getreideflocken hinein und verrührte alles zu einem Kloß.

»Damit sind wir schnell fertig«, freute sie sich.

»Bist du in Eile?«, fragte ich sie.

»Das nicht, aber mir reicht's für heute. Ich hab schon einen halben Zentner Kartoffeln geschält und Gulasch für eine ganze Kompanie gekocht. Alles auf Vorrat. Paul kriegt Besuch und er schafft es in der Küche einfach nicht.« Sie würfelte eine Zwiebel, ich schnitt Schnittlauch in Röllchen. Zusammen mit einem Ei gaben wir alles auf den Teig. Ich vermischte die Zutaten mit einer Gabel.

»Wie läuft's denn mit ihm?«

»Die Zeit drängt. Das junge Ding hängt an ihm, wie eine Klette.« Sie klopfte auf der Puffermasse herum, als wollte sie sie verprügeln. »Zu allem Überfluss ist sie die Tochter des Bürgermeisters.«

Ich hatte das Gefühl, sie schilderte eine Szene aus einem alten Heimatfilm. In meiner schwammigen Erinnerung rissen sich alle Männer um ein zartes, anmutiges Mädchen. Stell sie doch einfach an den Herd und lass *sie* vorkochen. Dann wird Paul schon merken, dass *sie* nicht für das wahre Leben auf dem Hof geschaffen ist, lag mir auf der Zunge. Besser, ich schluckte diesen Rat herunter.

»Wie reagiert Paul?«

Sie zuckte die Achseln. »Weiß nicht. Eigentlich gar nicht. Aber auf den Eindruck kann ich mich nicht verlassen. Ich bin ja nicht ständig da.«

Wir formten die Frikadellen und brieten sie in Öl knusprig. »Übrigens, wenn du Käse in den Teig knetest, werden sie noch herzhafter«, erklärte Lili.

»Aber auch fetter.«

Wir lachten. Es fiel ihr immer noch schwer, die alte Gewohnheit abzulegen, alles mit Butter, Käse und Sahne anzureichern.

An so viel Ballaststoffe nicht gewöhnt, brauste ich mit rebellierendem Magen durch die Allee und – da stand es wieder, das Auto meines Angetrauten, und wieder war es Dienstag. Einen Moment lang dachte ich daran, mich auf die Lauer zu legen, das Grummeln im Bauch mahnte mich jedoch, auf schnellstem Weg nach Hause zu fahren.

Kapitel 8

Gerade bei sechsundneunzig Kilo angekommen tauchte meine Mutter wieder auf. Ohne Voranmeldung stand sie eines Nachmittags im Haus, ließ ihren Blick von oben nach unten über meinen Körper gleiten und prophezeite: »Wenn du so weiter machst, darfst du dich nicht wundern, wenn dein Mann dich eines Tages völlig ablehnt.«

Ich starrte sie an. Er hatte also mit ihr gesprochen, der blinde, hinterlistige Prinzipienreiter. Wahrscheinlich hatte sie ihm gleich nach ihrer Rückkehr eines ihrer aufwändig dekorierten Drei-Gänge-Edelmenüs, die ich angeblich nicht zu kochen in der Lage war, am stilvoll gedeckten Tisch serviert, damit der göttliche und von der Tochter sträflich vernachlässigte Schwiegersohn nicht in der Kantine essen musste. Nirgendwo lästerte es sich besser als am schwiegermütterlichen Tisch. Frech blickte ich ihr in die Augen.

»Jens möchte doch, dass ich abnehme. Wo liegt nun schon wieder das Problem?«

»Du weißt genau, was ich meine.«

»Erstens möchte ich dich an unsere Abmachung erinnern, Mutti: keine Diskussionen über Diäten und meine Figur. Aber damit du Ruhe gibst, verrate ich dir trotzdem, dass ich inzwischen zwölf Kilo abgenommen habe.«

»Red nicht solchen Unsinn, Regina.«

Prompt drehte sie sich um, lief nach draußen, wo sich unter schwarzem Himmel ein Unwetter zusammenbraute, direkt zum Auto, um bepackt mit kalorienreduzierten Fertigmenüs, die ihr irgendein Guru als Wundermittel gegen resistente Fettsucht – sie sagte heute vornehm Adipositas – aufgeschwatzt hatte, wieder zurückzukommen.

»Wenn du schon nicht willst, dass ich deine Diätmahlzeiten koche, dann nimm diese. Ein ganz neues Programm.« Sie knipste in der inzwischen fast dunklen Küche das Licht an, um mir die Packungen zu erklären.

Immer die gleiche Platte, seit Jahr und Tag. Hatte sie keine anderen Hobbys? Ich drehte mich um, beobachtete durch das Fenster wie die Zweige und Blätter der dünnen Birke im Garten sich dem Druck des immer stärker werdenden Windes beugten. Blitze zuckten am Himmel, bedrohlich, unausweichlich und dennoch verliehen sie für einen winzigen Augenblick Blumen und Pflanzen einen strahlenden Glanz. »Ich brauche deine Menüs nicht, Mutti.«

»Sieh dich doch an, Regina. Wenn du sie nicht brauchst, wer dann?« Hart peitschen die ersten Regentropfen gegen die Scheiben, verzerrten die Sicht nach draußen. Mein T-Shirt klebte auf der schweißnassen Haut. Fünf Tage schwüle Hitze stauten sich in dem geschlossenen Raum zu einem erdrückenden Dunst. Jetzt die Terrassentür aufreißen, frische Luft schnuppern, Luft, die nach feuchtem Gras, Moos und Elektrizität duftete. Vati konnte Sommergewitter schon Stunden im Voraus riechen. Mein achter Geburtstag. Zusammen mit Tante Hella hatten wir ein Picknick im Wald geplant, nur wir drei, doch Vati meinte es gebe Gewitter.

»Ach Robert«, lachte Tante Hella, »diesmal irrst du dich. Sieh dir den blauen Himmel an. Komm, lass uns fahren, der Korb ist gepackt, Ina freut sich schon so lange darauf, und ich auch.« Er gab nach, zwei Stunden später traf seine Prophezeiung ein. Wir fanden Unterschlupf in einer morschen Hütte. Moos überzog den Boden. Wir breiteten die karierte Decke und das Essen darauf aus, schlemmten, spielten Karten und Pantomime. Erstaunlich, wie genau ich mich an alles erinnerte, an den Kakao, den Nudelsalat mit Spargel, die Würstchen von Metzger Bernsen, den Rosinenkuchen, den Rotwein für Vati und Tante Hella, an die Stimmen, das Lachen, das rote Gesicht des Bauern, als er uns überraschte. Noch bevor er irgendetwas sagen konnte, reichte Tante Hella ihm lächelnd ein Glas Wein und ein Stück Rosinenkuchen.

»Bei so einem Wetter muss man selbst für Sonne sorgen, nicht wahr?«, hatte sie gesagt, woraufhin er freundlich nickte. Wie leicht damals alles war! Wenn es zu Hause unerträglich wurde, gingen Vati und ich einfach zu Tante Hella. Langsam lösten sich die Bilder auf, die Gegenwart kehrte zurück. Ich blickte auf meine perfekte Mutter, auf ihre dünnen roten Lippen mit den nach unten hängenden Winkeln, die nie lachten, in ihre kalten hellblauen Augen, auf ihre ondulierten, blondierten Haare, ihre schmale Figur, die in einem eleganten blauen Kostüm steckte, dann auf die lächerlichen Pakete.

»Das Geld hättest du dir sparen können. Seit Wochen erzähle ich dir, dass ich deine Einmischungen nicht will«, rief ich lauter als gewollt.

Sie begann zu weinen, tränenlos. »Ich meine es doch nur gut mit dir. Aber ich hätte es wissen müssen. Du bist undankbar, einfach egoistisch und undankbar, genau wie dein Vater.«

Der Dolch, mitten ins Herz. »Hast du den auch so bevormundet?«, tobte ich.

Schluchzend rannte sie durch den strömenden Regen zu ihrem Auto und fuhr fort. Ich blieb mit den Diätmenüs, einem miesen Gefühl im Brustkorb und der schmerzhaften Erinnerung an meinen Vater und Tante Hella zurück. Mit einer halben Flasche Mineralwasser auf Ex versuchte ich mein Emotionsgewirr wegzuspülen, doch es blieb. Schlimmer noch, es vermehrte sich schließlich hinter meiner Stirn mit einer Selbstverständlichkeit, gegen die ich machtlos war. Still schrie ich nach Ruhe, Wärme, Geborgenheit. Warum war niemand da? Vergeblich durchsuchte ich viele Male die Gefriertruhe nach einem letzten Topf Eiscreme und den Vorrat nach Schokolade. Wenn ich zwischendurch für einige Minuten zur Besinnung kam, rannte ich panisch durchs Haus, um die Schwäche nicht zu spüren, die mich langsam ergriff und mich zu lähmen drohte. Am späten Abend hielt ich es nicht mehr aus. Ich setzte mich ins Auto, fuhr zur nächsten Tankstelle, griff zu einer Familientafel Nougatschokolade und einigen Kinderriegeln und ging zur Kasse, wo mich die Mon Cherie aufdringlich anlachten. Ja oder nein? Ach was, wenn schon, denn schon! Ist sowieso alles egal!

»Guten Abend Frau König.« Das Blut schoss sekundenschnell in den Kopf, mein Herz drohte auszusetzen. Erwischt, ausgerechnet von ihm, um diese Uhrzeit.

»Doktor ... Doktor Hoffmann«, stotterte ich, während ich verzweifelt versuchte, seinen Pupillen auszuweichen, die sich einen Weg ins Innerste meines Appetitzentrums gruben.

»Ich sehe, Sie haben heute noch etwas vor.« Wirkte sein Gesicht nicht plötzlich viel strenger? Schon immer hatte ich es gehasst, Mitwisser zu haben.

»Lassen Sie sich doch mal wieder sehen. Interessiert mich, welche Erfahrungen Sie machen und wie es Ihnen geht.«

»Mach ich«, flüsterte ich. Mach ich nicht, nie wieder, und jetzt nichts wie weg, ohne Gruß. Gleich auf der Rückfahrt verschlang ich die Kinderriegel, eine halbe Stunde später kratzte ich den letzten Nougatkrümel vom Silberpapier, erschöpft, gevöllt und trotzdem leer, mit Schmerzen in Bauch und Brust. Ein Nichts. Abfall. Ohne Wert.

»Was hätte ich tun sollen?«, fragte ich Frau Schuster. Zwei Tage hatte ich gebraucht, um den Mut zu fassen, mit ihr darüber zu sprechen. Zwei Tage, die mir zwei Kilo bescherten.

»Was hätten Sie denn am liebsten getan?«

»Ihr die Menüs in den Kofferraum gestellt und sie nach Hause geschickt.«

»Aber Sie haben die Menüs behalten und gewartet, bis sie geht.«

»Ich konnte nicht anders. Sie ist doch meine Mutter, sie will doch nur mein Bestes.«

»Indem sie Ihre Bedürfnisse ignoriert, Sie emotional verwirrt, bis Sie sich wie ein Kind fühlen? Was macht Sie so sicher, dass sie Ihr Bestes will?«

Ich dachte nach. Manchmal verstand ich wirklich nicht, was sie wollte. Wie damals, als Diät-Queen. So viel abgenommen, fast schlank und sie meckerte, über die runden Hüften, über das dekolletierte Kleid, das Make-up. Sie warf mir vor, mich vor der Kamera schamlos präsentiert zu haben und meiner Tochter ein unanständiges Vorbild zu sein. Objektiv betrachtet war mein Kleid mehr als züchtig. Ich wusste es, trotzdem verunsicherte mich ihre Reaktion, raubte mir den Spaß an Mode und verhinderte, dass ich mich mit meinem fraulichen Körper anfreundete.

»Ich habe das nie in Frage gestellt, allein deswegen, weil sie meine Mutter ist.«

»Wenn ich über unsere bisherigen Gespräche nachdenke, Frau König, verläuft das Zusammentreffen mit Ihrer Mutter immer nach einem festen Schema: Sie kritisiert Sie, meist Ihr Äußeres, Ihre Ernährung oder Ihr Verhalten als Ehefrau und Mutter. Fruchtet das nicht, droht sie Ihnen, zum Beispiel damit, dass Ihr Mann sich anderweitig orientieren würde oder Ihre Tochter Sie ablehnt. Das jedoch wollen Sie auf keinen Fall. Sie wollen eine gute Ehefrau und Mutter sein, aber vor allem auch eine brave Tochter. Sie verlieren Ihren eigenen roten Faden, werden unsicher und genau in dem Moment präsentiert Ihnen Ihre Mutter die Lösung zur Beseitigung Ihres vermeintlichen Fehlverhaltens: eine neue Diät, andere Kleidung, wie auch immer. Zusätzlich stellt Sie Ihnen eine grausame Belohnung in Aussicht: Wenn du das tust, was ich dir sage, Regina, bist du ein braves Mädchen und erst dann habe ich dich lieb. Sonst nicht. Aus der Angst heraus, nicht liebenswert zu sein, ignorieren Sie Ihre eigenen Wünsche und Bedürfnisse und versuchen, es ihr recht zu machen. Doch die unrealistischen Forderungen Ihrer Mutter lassen sich nicht erfüllen. Die Belohnung bleibt aus. Sie glauben, versagt zu haben. Sie fühlen sich schuldig, einsam, leer. Diese Leere versuchen Sie nun zu füllen indem Sie essen. Ohne Erfolg. Seelischer Hunger, Frau König, lässt sich nur mit Liebe, Zuwendung, Anerkennung stillen, nicht mit Nahrung.«

Frau Schuster schenkte Wasser ein, wir tranken schweigend.

»Sagen Sie mir, wie ich die Belohnung bekommen kann?«, bat ich leise.

»Ich möchte die Antwort noch etwas zurückstellen, weil ich sicher bin, Sie werden sie selbst geben können. Erzählen Sie mir, was Sie in der ersten Zeit Ihrer Ehe erlebt haben. Wie hat Ihre Mutter sich verhalten?«

»Die Heirat, das Baby, der Umzug ins eigene Haus, es kam alles auf einmal. Mein Leben hatte sich von jetzt auf gleich völlig verändert. Den ganzen Tag war ich mehr als beschäftigt. Sicher, Yvonne war ein genügsames Kind, schlief viel, weinte kaum, ein Sonnenschein, aber auch der fordert eine Mutter. Für mich selbst blieb keine Zeit. Mal in Ruhe einen Kaffee zu trinken war kaum drin und abends kam Jens, der ein warmes Abendessen und ein frisch gewindeltes, strahlendes Baby zum Knuddeln wünschte. Meine Mutter half mir. Ob Garten, Haushalt oder Kind, sie brachte sich völlig selbstverständlich ein. Ich wüsste nicht, was ich ohne sie getan hätte.«

»Sie sind ihr noch heute dankbar dafür?«

»Auf jeden Fall.«

»Wie klappte es denn zwischen Jens und Ihrer Mutter?«

»Sie verstanden sich blendend. Jens schlug ihr sogar einmal vor, bei uns einzuziehen. Das muss nach ungefähr sechs Jahren gewesen sein. Ich weiß noch, dass Yvonne zu der Zeit in die erste Schulklasse ging und ich mich freute, endlich einige Stunden am Tag frei gestalten zu können.«

»Hatte Ihr Mann das vorher mit Ihnen besprochen?«

»Eben nicht. Und ich wollte es auch nicht, denn langsam verwandelte sich ihre Hilfe in Bevormundung. Wenn sie da war, durfte ich mich tagsüber keine Minute ausruhen. Sobald ich saß, stellte sie mir Bügelwäsche hin, erinnerte mich an das Unkraut im Garten oder daran, dass das edle Tafelsilber aus dem Nachlass von Jens' Großvater wieder einmal geputzt werden musste. Am liebsten hätte ich es verschenkt, tonnenschwer passte es ohnehin eher auf eine Rittertafel als auf einen zeitgemäßen Esstisch. Und egal, was ich tat, nie machte ich es ihr recht. Ich erzählte es Jens, doch der lachte nur, meinte ich sei zu empfindlich und solle froh über ihre Hilfe sein. Nur einmal stritten sich die beiden. Mutti sah Yvonne als Modepuppe beim Ballett, in feinen Kleidern, mit blonden Löckchen und so weiter. Yvonne, die Fußball, Jeans und Zopf liebte, weigerte sich. Als Jens den Druck auf seine Tochter spürte, verbot er Mutti ein für allemal, sich in die Erziehung einzumischen. Sie machte sich rarer, ich erledigte meine Arbeit allein.«

»Wie kamen Sie zurecht?«

»Prima.«

»Und eines Tages häuften sich ihre Besuch wieder?«

»Genau. Und diesmal stand nicht mehr der Haushalt im Vordergrund, sondern meine Optik. Zehn Schwangerschaftkilos hatten sich in sechs Jahren verdoppelt, in ihren Augen wurde ich fett.«

»In ihren Augen? Wie sahen Sie es?«

»Wohl fühlte ich mich wirklich nicht. Deshalb machte ich ja immer wieder Diäten. Es war wie mit dem Haushalt, zuerst unterstützte sie mich, dann bestimmte sie. Immer wieder probierte sie neue Wunderkuren an mir aus. Nahm ich ab, ging es ihr nicht schnell genug, dann wiederum gefiel ihr meine Kleidung nicht. Wissen Sie Frau Schuster, jetzt wo ich es erzähle, denke ich, sie brauchte einfach eine neue Aufgabe.«

»In die sie sich immer weiter hineingesteigert hat. Ich glaube, Ihre Mutter sucht regelrecht nach Dingen, die sie kritisieren kann. Ihren Haushalt hatten Sie im Griff, deshalb suchte sie etwas anderes und kehrte zu dem zurück, mit dem sie Sie als Kind und Jugendliche schon verunsichert hat: Ihr Aussehen. Und das ist nie makellos. Wenn Sie schlank sind, kritisiert sie die Nase, den Mund, die Füße, die Haare, die Kleidung, das Make-up. Sie haben es bereits erlebt, als Sie Diät-Queen wurden.«

»Sie meinen, meine Mutter wird nie mit mir zufrieden sein? Warum nicht?«

»Dafür gibt es viele Gründe. Vielleicht finden Sie sie eines Tages selbst heraus. Oder wenn Sie wollen, suchen wir gemeinsam danach. Das muss aber nicht jetzt sein. Ich empfehle Ihnen sogar, im Moment nicht krampfhaft danach zu suchen. Es kostet zu viel Kraft. Konzentrieren Sie sich auf sich. Wenn Sie weiterkommen wollen, ist für Sie im Augenblick wichtig zu lernen, mit den Attacken Ihrer Mutter umzugehen.«

Der Raum drehte sich, instinktiv suchte ich Halt am Wasserglas, griff daneben, stieß es um, die Flüssigkeit breitete sich auf dem Holztisch aus wie die Angst in meiner Brust.

»Glauben Sie, dass meine Mutter mich überhaupt liebt? Und was ist mit Jens? Warum verhält er sich so abweisend?«

»Das sind zwei völlig verschiedene Dinge. Ich kenne Ihre Mutter zwar nur aus Ihren Erzählungen, aber ich glaube, dass sie mit sich selbst nicht im Reinen ist. Solche Menschen verhalten sich anderen gegenüber oft intolerant und treten dominant auf, sobald sie spüren, jemand ist schwächer als sie. Als Kind werden Sie in die schwächere Position hineingeboren. Gelingt es Ihrer Mutter, das Kind in Ihnen am Leben zu erhalten, bleibt sie stark. Gewinnen Sie, die Tochter, an Stärke und Kraft, wird Ihre Mutter sich unterwerfen, weil es für sie nur diese beiden Pole gibt. Ihre Mutter wird immer wieder versuchen, Sie zu verunsichern. Machtspiele, die meist völlig unbewusst ablaufen. Über den Grad der Mutterliebe sagt das nur wenig.«

Langsam kehrte meine Kraft zurück. »Und Jens?«, bohrte ich.

»Ich finde es falsch, darüber zu spekulieren, warum Ihr Mann Ihre Abnehmerfolge ignoriert, wo ihm doch angeblich so viel daran liegt. Die nächsten Wochen und Monate werden Klarheit bringen, da bin ich sicher. Aber kommen wir noch einmal zurück zu Ihrer Ausgangsfrage: Wie bekomme ich die Belohnung?«

Ich räusperte mich. »Es gibt keine Belohnung«, sagte ich heiser.

»Nicht von Ihrer Mutter. Wenn Sie von Ihrem eigentlichen Vorhaben abrücken in der Hoffnung, so die Anerkennung Ihrer Mutter zu erlangen, werden Sie immer enttäuscht und diese Leere in sich fühlen.«

»Was kann ich tun?«

»Belohnen Sie sich selbst. Schließen Sie den Vertrag mit sich, nicht mit anderen. Machen Sie sich immer wieder bewusst, was wir heute besprochen haben und handeln Sie so, wie Sie es für richtig halten. Ich bin fest davon überzeugt Frau König, dass Sie sehr genau wissen, was Sie wollen. Und ich unterstelle Ihnen ein großartiges Gespür dafür, den richtigen Weg zu finden. Sie sind mutig, konsequent und klug. Vertrauen Sie sich selbst, das ist das ganze Rezept. Und was Ihre Mutter betrifft, erinnern Sie sie so oft wie nötig an die Vereinbarung und setzen noch eins drauf: Entweder sie akzeptiert die Tabuthemen oder Sie verlangen, dass sie geht. Legen Sie Ihr Mitleid mit Ihrer Mutter ad acta. Hier geht's um Sie, Frau König.«

Den restlichen Tag und die ganze Nacht haderte ich mit mir. Immer wieder spielte ich in meiner Fantasie durch, was passieren würde, wenn ich meine innere Konsequenz auslebte. Mutti zu verletzen lag mir fern. Doch wenn sie wirklich zu den Frauen zählte, für die es nur schwarz und weiß gab, dann musste ich es tun. Am nächsten Morgen packte ich die Menüs in den Kofferraum. Nur drei Kilometer, doch die reichten, um meinen Hals in einen blubbernden Kloß zu verwandeln. Erst beim dritten Klingeln sprang die Tür auf, ich lief in den zweiten Stock. Da stand sie, im rosa Frotteebademantel, ungeschminkt mit pinkfarbenen Lockenwicklern im Haar. Plötzlich war es ganz einfach.

»Morgen Mutti, du hast die Diätmenüs vergessen. Ich bring sie dir schnell rauf.« Eine Antwort wartete ich gar nicht erst ab, sondern machte mich sofort auf den Weg zurück, schleppte die beiden Pakete in die Wohnung und verabschiedete mich umgehend mit den Worten:

»Hab leider keine Zeit mehr. Schönen Tag noch.«

Gut, dass sie die Tränen nicht sah, die wie Bäche über die Wangen flossen, ohne Hindernis, leicht und frei. Meine Lungen schienen ihr Volumen verdreifacht zu haben, mein Herz schlug ruhig und kräftig. Ja, ich hatte soeben das einzig Richtige getan – und ich würde es zukünftig immer wieder tun.

Ab da ging's wieder steil bergab mit den Pfunden. Langsam begann mir der Sport Spaß zu machen. Mit neunzig Kilo durfte ich Übungen trainieren, die vorher nicht möglich und nicht gesund gewesen wären, wie leichtes Laufen statt Gehen auf dem Laufband. Am Ergometer erhöhte Frau Klein die Wattzahl, drückte mir schwerere Hanteln in die Hände, wählte nach und nach an anderen Geräten die nächste Schwierigkeitsstufe. Von Julia bekam ich jede Menge Rezepte für leckere Nudelgerichte, auch im *Feel Well* stand Pasta auf dem Plan. »Essen Sie Nudeln, Nudeln und nochmals Nudeln«, riet Ulla Klein.

»Nudeln sind Dickmacher«, belehrte Waltraud sie grob. Sie mochte weder Frau Klein, noch das *Fit & Beauty*, noch die Bewegungsabende. Ein offenes Geheimnis. Trotzdem nahm Waltraud langsam und kontinuierlich ab. Sie radelte in der Woche und am Wochenende viele Kilometer mit ihrem Mann durch den Wald. Jahrelang hatte er sie gebeten, sich doch einen Drahtesel zuzulegen, ihn zu begleiten auf seinen Touren. Nach zehn Kilo schenkte er ihr ein Trekkingrad, mit dem sie sogar die acht Kilometer ins *Feel Well* radelte. Er holte sie ab, damit sie die halbe Stunde abends nicht allein fahren musste.

»Schwung für mich, Schwung für die Ehe«, meinte sie. »Das ist besser als jedes Fitnesscenter.«

»Optimal für die Kondition, für die Venen und Beinmuskeln; leider bleiben viele Muskelpartien unberücksichtigt. Wie stellen Sie sich das im Winter vor, bei Kälte, Nässe und Schnee?«, fragte Frau Klein.

»Ich bin doch nicht aus Zucker. Wir haben gute Regenkleidung. Handschuhe, Mützen und Thermohosen werden wir gleich im Herbst kaufen.«

Frau Meinert hatte an diesem Abend rund dreißig verschiedene Nudelsorten ausgebreitet, große, kleine, runde, eckige, lange kurze, Spiralen, Muscheln, mit und ohne Ei, aus Hartweizengrieß, Dinkelvollkorn, Hirse und Grünkern, gefärbt mit Spinat, Lachs, Tomaten, Kräutern und Safran.

»Dass Nudeln dick machen, ist ein altes Gerücht, das sich leider hartnäckig hält. Dick machen die Soßen und der Käse. Nudeln liefern den Nährstoff Kohlenhydrate, genau wie Reis, Getreide, Kartoffeln. Der menschliche Körper besitzt nur sehr begrenzte Speicherkapazität für Kohlenhydrate. Rund zweihundert Gramm befinden sich in Leber und Muskulatur. Fett hingegen speichert er unbegrenzt, indem Fettzellen ihre Größe verändern und sich vermehren.«

»Aber die Kohlenhydrate können in Fett umgewandelt werden«, ergänzte Waltraud.

»Genau das ist der Irrtum. Unser Körper ist ein ökonomisch arbeitendes System. Weil die Umwandlung von Kohlenhydraten zu Fett Energie verbraucht, vermeidet er sie. Erst ab einer Menge von etwa fünfhundert Gramm täglich setzt der Umbau zu Fett ein. Vorher werden sie verbrannt. Sie spüren das als Wärme und Kraft bei der Bewegung.«

»Fünfhundert Gramm, wie viel Nudeln sind das?«, fragte ich, gierig darauf, meine Portionen zukünftig vergrößern zu dürfen.

»Ungefähr siebenhundert Gramm Hartweizengrießnudeln oder achthundert Gramm Vollkornnudeln.«

»Das schaffe ich nicht«, stöhnte Kerstin.

»Sollen Sie auch nicht«, tröstete Frau Meinert. »In Brot, Brötchen, Obst, Reis, Kartoffeln, Zucker stecken ebenfalls Kohlenhydrate. Fünfhundert Gramm ist nicht die Menge, die Sie täglich brauchen, sondern das, was Sie maximal aufnehmen dürfen, ohne dass daraus Fett entsteht. Beim Abnehmen spielen zusätzlich die Kalorien eine Rolle: Nur wenn Sie weniger aufnehmen als Sie verbrauchen, nehmen Sie ab. Auch deshalb rate ich Ihnen zu weniger als fünfhundert Gramm Kohlenhydraten jedoch dazu, reichlich zuzugreifen. Die Gemüse-Regel bleibt weiterhin in Kraft; sie hat immer Vorrang. Die Kunst besteht darin, Kohlenhydrat- und Fettreiches in einer Mahlzeit günstig zu kombinieren. Wir essen Nudeln mit Käse-Sahne-Soße, Cannelloni gefüllt mit Hackfleisch und überbacken mit Käse, Lasagne mit Fleisch, Soße und Käse. Wir bestreichen dünnes Knäckebrot mit Butter und belegen es üppig, wir schneiden unser Brot bewusst dünn, damit wir eine Scheibe mehr essen können ohne zu bedenken, dass der Belag die Kalorien und das Fett liefert. Dickes Brot, dünner Belag – viel Nudeln, wenig fettarme Soße, so lautet die Devise.«

»Dickes Brot dünn belegt, das schmeckt doch staubtrocken. Und was soll ich zu den Nudeln essen, wenn nicht eine ordentliche Soße?«

Rita strich ihre Haare hinter die Ohren.

»Essen Sie viel saftiges Gemüse oder Obst zum Brot und trinken Sie viel. Zu den Nudeln gibt es leckere Soßen aus Gemüse, magerem Fleisch, Fisch oder mit Meeresfrüchten. Verwenden Sie für Soßen statt Sahne Milch und Sauerrahm. Dazu ein knackiger Salat, fertig. Großvolumig, fettarm, lecker.« Frau Meinert sah mich an. »In Ihren Ohren, Frau König, dürfte das doch wie Musik klingen.«

»Auf jeden Fall. Nudeln sind meine Leidenschaft, eine große Portion zu Mittag, einen Joghurt zum Nachtisch und alle Geschmacksnerven sind befriedigt. Ich bleibe satt bis zum späten Abend. Manchmal schaffe ich gar kein Abendbrot mehr, sondern esse nur noch ein oder zwei Stücke Obst. Mit drei vernünftigen Mahlzeiten, wovon die letzte ruhig knapp ausfallen darf, komme ich besser klar als mit fünf kleinen.«

»Das ist individuell«, erklärte Frau Meinert und riet, dem eigenen Bedürfnis zu folgen.

Die Rezepte hatten es in sich. Hundertfünfundzwanzig Gramm Nudeln pro Person rechnete ich schnell. Manchmal schaffte ich zu Hause nur hundert Gramm, also keine Panik, wenn der Teller voll ist. Rita und ich zwinkerten uns zu. Wir wählten Penne mit Lachs und Blattspinat und als zweites Rezept Grüne Tagliatelle mit roter Linsensoße.

»Ich weiß gar nicht, wann ich das letzte Mal Nudeln gegessen habe. Ich freu mich total drauf.« Rita lachte, während sie hingebungsvoll eine Zwiebel schälte und hackte.

Erstaunt sah ich sie an. »Aber das O. K. haben wir doch schon vor Wochen bekommen.«

»Ich weiß. Nur mach das mal meinem Mann klar.« Gedankenverloren griff sie zur Ölflasche und begann den Inhalt hemmungslos in den Topf zu gießen.

»Stopp«, rief ich. »Nicht so viel.«

Rita zuckte zusammen und blickte auf die Öllache, als sähe sie sie erst jetzt. Mit den Worten »Oh je« entsorgte sie blitzschnell das Elend im Ausguss und briet in dem Rest die Zwiebel an. »Einmal löschen«, kommandierte sie gespielt fröhlich. Vorsichtig goss ich das Gemisch aus je einem Viertelliter Gemüsebrühe und Tomatenpüree auf die bratende Zwiebel, streute zweihundert Gramm rote Linsen hinein und würzte mit einem Lorbeerblatt.

»Wie lange muss das jetzt kochen?«, fragte sie.

»Eine Viertelstunde, dann mit Salz, Pfeffer, Majoran, Oregano und Tomatenmark abschmecken.« Ich legte meinen Arm um ihre breite Schulter. »Ich hab den Eindruck, du bist heute gar nicht bei der Sache.«

»Merkt man das?« Sie wich meinem Blick aus.

»Also, was ist los?«

»Na ja, eigentlich nichts Neues«, zögerte sie. »Es ist alles so wie immer. Jeden Tag, jede Stunde, die Karl zu Hause verbringt, widmet er seinem Hobby.«

»Du fühlst dich vernachlässigt?«

Sie schüttelte den Kopf. »Im Gegenteil. Eingeengt fühl ich mich. Sein Hobby ist nämlich das Herumkommandieren. Rita tu dies, lass jenes. Das musst du so machen, Rita. Du hast ja keine Ahnung, du solltest auf mich hören, und so weiter. Mir steht's bis oben.« Sie tippte sich mit der Breitseite der flachen Hand an die Stirn. »Und weißt du, was das Merkwürdige ist, Ina?«

»Keine Ahnung.«

»Diese Macken hat er schon seit unserer Heirat. Nur plötzlich fällt es mir auf und stört mich derart, dass ich total aggressiv werde. Gestern habe ich mir vorgestellt wie es wäre, ihm die Faust einfach ins Gesicht zu schlagen. Er würde umfallen, ich ihm die Hände zusammenbinden und den Mund mit einem riesigen Stück Klebeband verschließen.«

Mit weit aufgerissenen Augen und offenem Mund starrte ich sie an, überlegend, was mich mehr erschreckte, ihre Offenheit oder ihre Wut.

»Das hättest du mir nicht zugetraut, was? Ich, die ständig sanfte dicke Rita. Und ich verrate dir noch was. Ich habe diesem Spiel sogar einen Namen gegeben: Stummer Karl.«

Ich schluckte. »Wie soll das weitergehen?«

Ihre Augen wanderten über den Tisch, auf dem Penne, Lachs und Blattspinat lagen. Sie zuckte die Achseln. »Wie schon? Wir leben nicht im Wilden Westen, sondern im zivilisierten Deutschland. Vielleicht brauche ich demnächst noch eine gute Freundin und jede Menge Mut.«

»Ich helf dir gerne, Rita, jederzeit.«

Bevor ich begriff, was geschah, hatte sie mich mitten in der Küche umarmt. Dann ließ sie mich los, atmete einmal tief durch, wischte sich über die Augen und sagte: »Lass uns kochen. Sonst werden wir heute gar nicht fertig. Wir haben noch nicht einmal das Wasser für die Pasta aufgesetzt.«

»Ich helfe euch«, bot Kerstin an. »Kann nicht schaden, wenn ich weiß, wie Lachsnudeln zubereitet werden.«

Rita dünstete den tiefgefrorenen Spinat mit Olivenöl und Zwiebel. Kerstin würfelte die Lachsfilets, ich presste eine Knoblauchzehe in heißes Olivenöl, schwitzte sie kurz an, gab den Fisch dazu und löschte mit einer Tasse Hühnerbrühe ab. Nach fünf Minuten waren die Lachswürfel gar. Kerstin rührte Schmand hinein, schmeckte mit Salz und weißem Pfeffer ab. Vorsichtig vermengten wir Penne, Lachs und Spinat.

»Lachsnudeln schmecken übrigens auch mit Broccoli«, empfahl Kerstin. »Bei Carlo esse ich sie gerne. Allerdings kocht er mit richtiger Sahne.« Ich lachte ihr zu. Hoffentlich hatte sie Glück mit Paolo.

Kapitel 9

Yvonne war wieder da, nach zwei Wochen, die sie mit Genehmigung ihres großzügigen Vaters bei Oma König verbracht hatte. Dass ich strikte Gegnerin dieser Aufenthalte im feindlichen Lager war, verstand sich von selbst.

»Das Kind muss lernen, sich in anspruchsvoller Gesellschaft zu bewegen. Tischmanieren, Smalltalk, Kunst und Kultur sind Fähigkeiten, ohne die niemand auskommt, der nach oben möchte«, argumentierte mein weltgewandter Ehemann.

»Tatsächlich?« Ich zog die Augenbrauen hoch. »Und oben angekommen wirft man diese *Fähigkeiten* so schnell wie möglich einfach wieder ab? Oder was hast du mit ihnen gemacht?«

Genauso rasch, wie sich seine Lippen zu einem Strich verzogen, begriff ich, dass es so mit dem Eheretten nicht klappen würde. Egal, hier geht's um dein Kind, schrie die Mutter in mir.

»Yvonne ist auch meine Tochter und ich mache mir Sorgen, wenn sie wochenlang weg ist«, schlug ich die sanftere Richtung ein. »Wer garantiert dir eigentlich, dass sie die ganze Zeit bei deiner Familie verbringt? Vielleicht zieht sie abends durch Kneipen und Discos?«

»Ich weiß immer, wo sie ist«, belehrte er mich.

Ach ja? Hast du ihr heimlich einen Sender implantiert?

»Jens, in der Stadt gibt es eine Drogenszene, Alkohol gehört inzwischen zum Alltag vieler Jugendlicher, und deine Tochter ist im besten Alter, um deine Geschlechtsgenossen um den Verstand zu bringen. Sie könnten ihre Unerfahrenheit ausnutzen.«

»Du musst nicht immer von dir auf andere schließen«,

schmetterte er meine Bedenken ab. »Mit Männern hat Yvonne noch nichts im Sinn. Das hätte sie mir mit Sicherheit gesagt.«

Ganz sicher, du eifersüchtiger Gockel. Die Pille nimmt sie seit einem guten Jahr nur wegen des Zuckergusses und mit den hübschen bunten Kondomen aus ihrer Tasche spielt sie Bananenverpacken!

In modisch zerrissenen Jeans und Cowboy-Stiefeln – vermutlich ein Geschenk von meiner modebewussten Schwägerin Ariane – schlurfte sie nun durch den Flur ins Wohnzimmer, wo ich gerade die maßgeschneiderten Hemden ihres Vaters so faltenfrei wie möglich in Form bügelte.

»Was gibt's zu essen?«, brummte sie.

»Schön, dass du wieder da bist. Wie war's?«

»Hab keinen Bock zu quatschen. Also, was ist mit Futter, Mutter?«

Eiskalte Schauer liefen mir über den Rücken. Mutter und Tochter, was war nur aus uns geworden? Königs lebten ihre Abneigung mir gegenüber scheinbar in Yvonnes Gegenwart voll aus. Hinterlistig wie Schlangen versprühten sie ihr Gift. Bleib ruhig, Ina, sonst ist sie wieder weg.

»Im Kühlschrank ist noch Kartoffelsalat. Mach dir ein paar Würstchen aus dem Glas dazu heiß.«

»Da kommt man nach Wochen nach Hause und im Kühlschrank steht nur Fettfraß rum. Ich will was Vernünftiges, verstehst du?« Sie schnappte ihren Rucksack, ging in ihr Zimmer und knallte die Tür brutal hinter sich zu. Kurz darauf ertönte Hardrock in einer Lautstärke, die das Haus erschütterte.

Jetzt ruhig atmen und einfach ignorieren, Ina. Ohne Frage war Yvonne bei ihrer Oma in der Lehre gewesen. Und wenn ich ihren Vater nicht jeden Morgen höchstpersönlich am Frühstückstisch bedient hätte, hätte ich sogar mit hohem Einsatz gewettet, dass alle drei die letzten Wochen in einem Hotel verbracht hatten, um gemeinsam Rücksichtslosigkeit zu trainieren.

Ich bügelte das letzte von dreiundzwanzig Hemden glatt und hängte es in den Schrank, der aus allen Nähten platzte, genau wie der Anzugschrank. Mindestens einen Anzug pro Monat leistete sich der Bankdirektor in spe, selbstverständlich inklusive Hemd und Krawatte. Er brauchte das. Jawohl. Bald würde er mich wieder bitten, doch meine Kleidung auszusortieren und zur Seite zu räumen, damit er mehr Platz bekam. Diesmal nicht, mein Lieber. Diesmal darfst du anbauen.

Oben war es jetzt ruhig, ich lief rauf, klopfte an die Tür.

»Lass mich in Ruhe«, schnauzte sie.

»Mach ich, bin gleich weg. Willst du nun den Kartoffelsalat mit Radieschen, Frühlingszwiebeln, Gurken, Putenbrust und Sauerrahm?«

Eilig rauschte sie an mir vorbei, riss die Schüssel an sich und begann, direkt aus derselben zu essen, als hätte sie seit drei Tagen nichts mehr in den Magen bekommen. Wie ein hungriges Küken. Am liebsten hätte ich sie in den Arm genommen, doch das wäre das Ende vom Anfang gewesen. Für Nähe standen wir viel zu weit auseinander.

»Ich komme erst später zurück. Grüß Papa«, sagte ich.

Sie hob den Kopf, musterte mich neugierig, schwieg. Ja mein Kind, du hast eine starke Mutter, du weißt es nur noch nicht.

»Stellen Sie sich vor, Sie liegen nackt im sonnengewärmten Strandsand am Meer.« Leises Meeresrauschen ertönte, dann elektronische Klänge, sanft, ruhig. »Legen Sie Ihre Hände leicht auf Ihren ungeliebten Körperteil, ertasten sie ihn vorsichtig, drücken Sie ihn leicht, fahren Sie mit den Fingerspitzen darüber. Wie fühlt er sich an?«

Meine Hände glitten über die Oberschenkel. Ich fühlte die Fettdellen unter der warmen, feinen Haut, versuchte sie zu zählen. Die akustischen Wellen gewannen an Kraft und trafen hart auf Felsen auf. Vom blauen Himmel brannte eine imaginäre Sonne. Aufstehen, laufen, wie fest die Muskeln an den Beinen sich anfühlten.

»Was gefällt Ihnen gut daran?«

An meinen Beinen? Gar nichts. Oder? Sie waren gerade, nicht X, nicht O. Die Oberschenkel bekamen eine Form, Knie und Fesseln waren schön schlank, mit den kräftigen Waden würde ich wohl leben müssen. Es gab Schlimmeres. Nur noch leise schaukelte das Wasser, die Musik verstummte, langsam öffnete ich die Augen. Neben mir lag Lili mit den Händen an den Hüften.

»Sie fühlen sich gut an, aber ich kann sie nicht mögen, es geht nicht«, flüsterte sie.

»Was wollen Sie tun?«, fragte Frau Schuster. »Andere bekommen Sie in diesem Leben nicht. Sie gehören zu Ihrem Körper. Akzeptieren Sie sie, pflegen Sie sie.«

»Ich könnte mich operieren lassen«, bemerkte Biggi. »Dann habe ich den Körper, den ich will.«

»Das würdest du tun?« Rita erschrak. »Meine Nachbarin hat ihr Gesicht liften lassen, nun sieht es aus wie eine Maske. Ich hätte Angst, dass was schief geht.«

»Ich find's gut, die Möglichkeit zu haben.« Waltrauds Risikobereitschaft erstaunte mich, sonst war sie eher auf Sicherheit bedacht.

»Kannst du dir denn eine Operation leisten?«

»Natürlich nicht, Rita. Alles hypothetisch. Vielleicht besäße ich im Ernstfall auch gar nicht den Mut dazu.«

»Wenn alles kostenlos und risikofrei wäre, was würdest du ändern lassen?« Claudias Stimme gewann von

Woche zu Woche an Festigkeit. Inzwischen hatte sie die längst fällige Gehaltserhöhung bei ihrem mittlerweile freundlichen Juniorchef eingefordert.

»Dann würde ich mir meinen Bauch straffen lassen.«

»Also macht dir der Bauch doch zu schaffen«, bemerkte Rita und klopfte auf ihren eigenen.

»Im Moment stört er mich wieder sehr. Radfahren macht zwar straffe Beine, aber der Bauch bleibt weich.«

Ich dachte an das Magenband und erklärte: »Ich lasse mich nur dann operieren, wenn ich krank bin, Brustaufbau nach Amputation oder wenn sich eine gigantische Fettschürze am Bauch bildet.«

»Was würden Sie gerne operieren lassen?«, fragte Frau Schuster und sah Biggi an.

Die Studentin kniff sich in die Oberschenkel. »Wenn ich es mir leisten könnte: Fett an den Hüften absaugen, Brustvergrößerung und eine Bauchstraffung.«

Die Psychologin gab sich mit der Antwort nicht zufrieden. »Was würde sich durch eine solche Operation in Ihrem Leben verändern?«

»Eine ganze Menge«, rief Biggi. »Ich müsste mich nicht mehr so quälen. Von jetzt auf gleich die Traumfigur, ohne etwas dafür zu tun, wer will das nicht? Wenn ich besser aussähe, würden sich meine Chancen auf einen gut situierten Mann drastisch erhöhen.«

»Besuch mich doch mal im Krankenhaus, Biggi, da laufen viele schicke Ärzte herum«, bot Waltraud an.

»Ja, vielleicht besuche ich dich tatsächlich. Aber wahrscheinlich stehen die Herren Doktoren nur auf Kleiderständer. Kann ich gut verstehen, sieht ja auch geil aus. Bei uns an der Uni verdienen sich viele Kommilitoninnen mit dem Modeln eine paar Euro nebenher und lernen dabei richtig tolle Typen kennen.«

»Mein Bruder steht auch auf Bohnenstangen.« Carla

verdrehte die Augen. »Je dünner, desto besser. Hat er dann eine schlanke Freundin, erzählt er ihr regelmäßig, wie toll sie aussähe, wenn sie noch ein paar Kilo weniger auf den Rippen hätte. Absolut krank. Aber er sieht klasse aus, verdient gut und die Frauen hungern tatsächlich, um ihm zu gefallen.«

»Marionetten! Verrückt«, rief Rita mit rotem Gesicht. »Genau wie meine Schwägerin. Ihr Mann, der Bruder meines Mannes, drängte sie über zwanzig Jahre lang, abzunehmen. Schon völlig mager war sie, rauchte Kette, um den Hunger zu betäuben. Sie hat sich nur noch darauf konzentriert. Während ich mir den Mund mit Essen zustopfte, rauchte sie. Geredet haben wir beide nicht viel. Mein Schwager dagegen wirkte von Jahr zu Jahr größer und kräftiger, spielte sich auf, wie der große Zampano. Vor zwei Jahren suchte er sich ein junges Schmuckstück, gerade zwanzig und ließ meine gut vierzigjährige Schwägerin zurück. ›Sie dich doch an. Glaubst du ich will eine dampfende Faltschachtel?‹, sagte er zum Abschied. Sie aß kaum noch, kam mit lebensbedrohlichem Untergewicht ins Krankenhaus. Magersucht. Nach der Entlassung machte sie eine ambulante Therapie, nahm sogar etwas zu. Ich glaubte schon, sie sei über den Berg, bis sie mir gestand, sich nun regelmäßig nach den Mahlzeiten zu erbrechen.«

»Und wie geht es ihr heute?« Frau Schuster wirkte betroffen.

»Vor einem halben Jahr ist sie gestorben. Tabletten und Alkohol. Wenige Tage vor ihrem Tod gestand sie mir, nicht mehr zu wissen, wer sie sei, und dass ihr die Kraft fehle, es herauszufinden. Ich habe ihre Botschaft nicht ernst genommen. Jetzt versteht ihr vielleicht, warum ich mich so vehement gegen die Bevormundungen meines Mannes wehre. Als sie starb, leuchtete in meinem Hirn eine Lampe auf. Dünn, dünner, tot, das kann für Frauen nicht der Sinn des Lebens sein.«

»Glaube ich auch nicht«, meinte Biggi. »Aber ein hübsches Äußeres ist schon wichtig, auch im Job.«

»Da stimme ich dir zu, schließlich arbeite ich als Friseurin daran, die Frauen zu verschönern«, bestätigte Kerstin. »Aber Magerkeit ist meiner Meinung nach kein Synonym für gute Optik. Innere Zufriedenheit, Gesundheit, Wohlbefinden, richten mehr aus als Modelmaße. Wenn neue Kundinnen zu mir kommen, bin ich manchmal auf den ersten Blick fasziniert von ihrem Aussehen. Unterhalte ich mich mit ihnen, fällt mir bei vielen auf, wie verbittert sie sind. Sie lachen nicht, die Augen sind müde, die Stimme hohl. Bei anderen ist es umgekehrt. Sie werden erst schön durch ihre Art sich zu bewegen, durch ihre Mimik, ihr Lachen. Und diese Schönheit ist interessanter und beständiger als ein symmetrisches Gesicht. Ich denke, wir sollten Schönheit individueller und kritischer betrachten. Wir müssen uns dagegen wehren, dass die Normmaße der Modeindustrie als Maßstab für die Bewertung unserer Persönlichkeit gelten. Seht euch doch die unterschiedlichen Formen von uns acht an. Wie kann es da eine Norm geben?«

»Die Männer mögen das.« Biggis Ziel war noch immer der Laufsteg.

»Männer«, schnaubte Rita verächtlich. »Wenn man manche reden hört, kann man doch glauben, sie verwechseln Frauen mit Pralinen: Einheitsgröße, süß, hübsch verziert und verpackt. Sind sie vernascht, kommt die nächste Packung.«

»Wie willst du dich wehren, Kerstin? Die Medien fragen dich nicht.«

»Nein, Biggi, aber ich kann klar sagen, hier bin ich, mit meinen Interessen, meinen Pfunden, meiner Leidenschaft. Ich liebe mein Leben und freue mich auf das, was noch kommt. Wenn mehr Frauen den Mut dazu hätten, wäre die Diätindustrie pleite.«

»Was heißt denn nun Normalgewicht«, fragte Claudia.

»Es gibt verschiedene Rechenwege«, erklärte Frau Schuster. »Der einfachste, der, grob über den Daumen gepeilt, immer noch Gültigkeit besitzt, ist der Broca-Index: Körpergröße in Zentimeter minus hundert minus zehn Prozent gleich Normalgewicht in Kilogramm. Eine neuere Methode ist die Errechnung des Körpermassenindexes, neudeutsch Bodymassindex oder BMI genannt. Dazu teilen Sie Ihr Körpergewicht in Kilogramm durch die Körperlänge in Meter zum Quadrat. Oder einfacher: Körpergewicht in Kilo geteilt durch Länge in Meter geteilt durch Länge in Meter. Die errechnete Zahl sollte zwischen neunzehn und fünfundzwanzig liegen. Über fünfundzwanzig spricht man von Übergewicht, über dreißig von Adipositas.«

»Geben Sie uns ein Beispiel?« Das war mir nun doch etwas abstrakt.

»Gerne, Frau König. Nehmen wie einfach Ihre Maße.«

»Neunzig Kilo, einsachtundsechzig groß.«

»Neunzig geteilt durch einskommaachtundsechzig geteilt durch einskommaachtundsechzig macht aufgerundet zweiunddreißig.«

»Wie viel dürfte ich wiegen, um einen BMI von fünfundzwanzig zu erreichen?«

Frau Schuster rechnete kurz. »Ungefähr siebzig Kilo.«

Etwas nachdenklich nahm ich den Rückweg durch die Von-Cramer-Allee. Ein hinkender Mann mit einem Rottweiler quälte sich über die Straße und zwang mich, anzuhalten. Während ich ihn beobachtete, dachte ich wieder an meine Beine. Noch nie hatten sie mich im Stich gelassen, ich stand fest auf ihnen, konnte laufen, schwimmen und mich fortbewegen. Klar, nie hätte ich einen Vertrag für Strumpfwerbung bekommen, aber das lag auch nicht in meiner Absicht. Hätte ich die Möglichkeit, sie gegen schöner geformte, dafür kranke Beine einzutauschen, würde ich ablehnen. Und wenn ich recht überlegte, eigentlich passten sie sogar zu mir.

Ich legte den ersten Gang ein, gab langsam Gas, bremste. Da war es wieder, unübersehbar und ohne Zweifel, das Auto meines schuftenden Ehemannes, fast an der gleichen Stelle wie damals. Halb zehn. Wollte er nicht zum Squash? Na, wahrscheinlich noch ein später Kundenbesuch.

Wieder einmal ging ich allein ins Bett. Irgendwann in der Nacht weckte mich starker Durst, völlig untypisch, meist schlief ich tief und fest durch. Um Jens nicht zu wecken tastete ich mich vorsichtig im Dunkeln zur Tür und tapste in die Küche. Zwei Uhr zwölf zeigte die Digitaluhr in der Mikrowelle, noch knapp fünf Stunden, bis der Wecker klingelte. Nach zwei großen Gläsern Wasser schlich ich zurück ins eheliche Schlafgemach, das merkwürdig still war. Vorsichtig streckte ich meinen Arm aus. Leere. Zur Sicherheit knipste ich das Licht an, der Hausherr war noch gar nicht da. Vielleicht schlief er im Arbeitszimmer? Da ich keinen Schlüssel zu seinen Räumen besaß, sah ich in der Garage nach. Fehlanzeige. Zwischen Wut und Sorge hin- und hergerissen überlegte ich, Krankenhäuser anzurufen oder mich noch einmal auf den Weg in die Allee zu begeben. Irgendwas hinderte mich an beidem, was gut war, denn gegen vier Uhr löste sich das Problem von selbst.

So, als sei es völlig normal, erst am frühen Morgen nach Hause zu kommen, saß der Herr Bankdirektor in spe blendend gelaunt am Frühstückstisch und verspeiste mit Riesenappetit drei Vollkornbrötchen. Erstaunlich, wie ausgeruht er aussah!

»Squash macht wohl besonders hungrig«, stellte ich laut mit ironischem Unterton fest, während ich ihn scharf beobachtete. Einen kurzen Moment hielt er mit dem Kauen inne, dann sah er mich gelassen, etwas spöttisch an.

»Würde dir auch gut tun, gibt feste Muskeln, gute Laune und frische Haut.«

Gut gebrüllt, Löwe!

Genüsslich verschlang er den letzten Bissen seines Käsebrötchens und verließ summend den Raum, um sich in seinen heiligen Hallen für den harten Arbeitstag aufzupolieren. Eine gute halbe Stunde später tauchte er in Leinen gekleidet wieder auf: Hemd und Hose cremefarben, darüber ein kaminrotes Jackett, ergänzt mit einer unruhig gemusterten Krawatte in verschiedenen Naturfarben. Er drückte Yvonne einen Schmatzer auf die Wange und eilte zur Tür. Seine Mundwinkel zuckten heftig, als er beim Hinausgehen spottete: »Ach, Ina, auf Rouge würde ich an deiner Stelle heute nicht verzichten.«

Idiot! Kritisch überprüfte ich mein Gesicht. Von wegen Symptome kaschieren. Ursache beseitigen! Ab ins Bett. Stunden später war die bleierne Müdigkeit zwar verschwunden, doch mein Kopf unverändert schwer. Unsere Ehe verkam zu einer nüchternen Wirtschaftsgemeinschaft, unser gemeinsames Zuhause mutierte zum Hotelbetrieb, in dem er den anspruchsvollen Gast spielte. Er schien damit zufrieden zu sein. Auch körperlich? Zwei bis drei Mal wöchentlich brauchte der deutsche Mann Sex, hatte ich beim Friseur gelesen – und Jens? Er war Ästhet, aber auch Asket? Schwitzte er es beim Sport aus? Oder nahm er Rücksicht auf mich? Meine Anspannung wuchs. Nur nicht fressen. Ich packte meine Badetasche und fuhr ins Center.

»Der Badeanzug steht dir wirklich gut.«

Erst jetzt merkte ich, dass ich nicht allein im Poolraum war. Susa, die nette Verkäuferin aus dem Sportgeschäft zog ihre Bahnen.

»Ist schon fast zu weit«, freute ich mich. »Bald brauche ich einen neuen.«

»Die Herbstkollektion ist gestern eingetroffen, schicke Farben, tolle Schnitte, hier, dies ist ein neues Modell.«

Sie stemmte sich mühelos am Beckenrand hoch, bis sie so weit aus dem Wasser ragte, dass ich den Anzug und ihre festen Oberschenkel bewundern konnte: verschiedene Blautöne zu einem abstrakten Muster zusammengefügt, an Rücken, Dekolleté und Beinen war er großzügig ausgeschnitten und zeigte viel glatte, gebräunte Haut.

»Würde dir auch gut stehen, durch die lang gezogenen Ausschnitte streckt er die Figur.«

Wir schwammen, unterhielten uns und irgendwann tauchten wir wie Kinder um die Wette. Susa hatte zusammen mit Bruno, ihrem Geschiedenen, ein gut gehendes Fitness-Studio besessen.

»Damit erfüllten wir uns einen Traum. Er, der preisgekrönte Bodybuilder und ich, die Krankengymnastin, harmonierten perfekt. Beruf und Privatleben verschmolzen miteinander, einer arbeitete immer. Irgendwann erwischte ich Bruno mit unserer Aerobictrainerin inflagranti auf der Liege im Massageraum. Glaubst du, schon acht Monate hatte er mich betrogen und ich naive Kuh hab's nicht gemerkt. Sofort hab ich die Scheidung eingereicht. Isabelle, unsere Tochter blieb bei mir. Inzwischen studiert sie in München und ich lebe allein.«

»Was ist aus eurem Studio geworden?«

»Wie du dir vorstellen kannst, hatte ich nicht die geringste Lust, dort weiter zu arbeiten. Ich ließ mich auszahlen, jobbte in anderen Studios, in Reha-Zentren, im Krankenhaus. Eines Tages hatte ich die Nase voll. Ich wollte meine eigene Chefin sein.«

Sie zog eine Bahn. »Und bei dir?«

Angesichts meiner einschläfernden Biographie beschränkte ich mich auf die drei wesentlichen Tatsachen: Hausfrau, Ehefrau, Mutter.

»Du erzählst das, als träumst du von einem anderen Leben. Was würdest du denn gerne tun?«

Fragend sah ich sie an. »Wie meinst du das?«

Sie zögerte etwas. »Ich finde das völlig o. k., was du machst, doch ich habe den Eindruck, du stehst nicht dazu.«

Wir sahen uns ernst an, sie hatte ein fein geschnittenes, offenes Gesicht mit klugen, grau-grünen Augen und einen ausdrucksvoll geschwungenen Mund. Sie anzulügen brachte ich nicht fertig.

»Stimmt, ich würde gerne etwas anderes machen, etwas, das wichtig ist.«

»Wichtig? Für wen?«

»Weiß nicht.«

»Es ist egal, was du machst, Ina. Was wichtig ist in deinem Leben, das bestimmst immer du, nicht die anderen.«

»Wo warst du denn schon wieder? Immer, wenn ich komme, sitzt das Kind allein zu Hause.« Vorwurfsvoll empfing meine Mutter mich in der Küche.

»Mutti, das Kind ist fast siebzehn und besitzt einen Schlüssel.«

Genervt hängte ich meinen Badeanzug auf die Leine im Garten. Ich sehnte mich nach Ruhe. Ich musste nachdenken.

»Reginaaa«, schrie sie laut auf. Vor Schreck ließ ich die

Wäscheklammern aufs Blumenbeet fallen. »Du warst doch nicht etwa mit diesem Badeanzug schwimmen? Bei deiner Figur.«

Ich schluckte, jetzt nur nicht durchdrehen. Sie wird es immer wieder versuchen, hörte ich Frau Schusters Stimme. »Mutti, wir haben eine Abmachung«, erinnerte ich sie gespielt ruhig.

»Das zählt nicht«, bestimmte sie. »Peinlich, wenn du dich in diesem Aufzug zeigst, der Anzug ist viel zu weit ausgeschnitten, und so bunt. Hast du dir mal überlegt, dass dich jemand erkennen könnte?«

Begreifen war Glückssache und Glück hatte nicht jeder, sagte ich mir. Also, auf ein Neues.

»Mutti, das ist ein Badeanzug aus dem einundzwanzigsten Jahrhundert, nicht aus dem Mittelalter. Und jetzt lass uns das Thema wechseln. Denk dran, wenn du dich nicht an unsere Abmachung hältst, musst du gehen.«

»Dabei hättest du es mehr als nötig, endlich ...« Sie presste die Lippen aufeinander.

Schützenhilfe erhielt ich völlig unerwartet von meiner Tochter. »Ma hat schon total viel abgenommen, siehst du das nicht?«

Anstatt zuzustimmen, mimte Mutter die Beleidigte und verkroch sich in der Küche, wo sie unaufgefordert einen Eintopf kredenzte, der zwar gut roch, aber bei dreißig Grad im Schatten nicht unbedingt den Appetit anregte. Früher hätte ich aus Sympathie oder Mitleid gegessen und später heimlich meine Gelüste befriedigt. Vorbei! Entschlossen mischte ich für Yvonne und mich einen leichten Thunfischsalat. Muttis Eintopf fror ich für schlechtere Zeiten ein. Und die sollten kommen, denn sie hatte gedroht – oder versprochen? – endgültig nie wieder für uns zu kochen.

Kapitel 10

»Hast du heute viel zu tun?«, fragte ich Jens beim Frühstück. Er nahm die Zeitung zur Seite und gaffte mich verständnislos an.

»Seit wann interessierst du dich für meine Arbeit?«

»Ich hab mich viel zu wenig um dich gekümmert. Das soll jetzt anders werden«, kündigte ich an und fuhr ihm mit den Fingern durch seine weißblonden kurzen Haare. Er runzelte die Stirn und erhob sich »Kann später werden, hab noch einen Termin«, rief er. Es klang wie ein Hilfeschrei.

Bravo Ina! Welch grandioser Erfolg nach tagelangem Hirnzermartern über die wohl aussichtsreichste Methode, dem chronisch arbeitenden Gatten etwas näher zu kommen. Sein Job, mein vermutlich einziger Schlüssel zu ihm. Der Auftakt zur nächsten Runde. Diesmal, mein Hübscher, gibt es keine Ausrede namens Übergewicht. Zwanzig Kilo sind ein mehr als deutliches Zeichen. Ich will endlich Klarheit.

Doch auch in den kommenden Wochen erwies sich mein Mann als harter Brocken. Jeden Annäherungsversuch schmetterte er ab, wenn ich ihn berührte, nahm er die Haltung eines Holzschrankes ein. Sprach ich ihn darauf an, ging er weg. Er ließ mich allein, zuerst ratlos und verzweifelt, später wütend, dann neugierig. Wie verbrachte er seine Tage, und wer oder was verdammt noch mal hinderte ihn daran, mir Zuneigung zu schenken? Seine geradezu zwanghafte geballte Ablehnung hinterließ ihre Spuren. Bald wusste ich nicht mehr so recht, worum ich hier kämpfte, um ihn oder um den Sieg. Eines Nachts wachte ich schweißgebadet auf, ein Albtraum, in dem meine Bemühungen nicht erste Früchte trugen, sondern gleich eine gigantische Ernte abwarfen: Fortan wollte er nur noch acht Stunden täglich arbeiten, um den Rest des Tages mit mir und Yvonne zu verbringen. Ich schälte mich aus dem Bett, wechselte das Nachthemd und regenerierte meinen erschöpften Leib bei einem Glas Apfelschorle in der Küche. Nein, so wollte ich es auf keinen Fall. Aber wollte nicht jede liebende und sich vor Sehnsucht nach ihrem Gatten verzehrende Frau, dass er jede freie Minute mit ihr verbrachte? Jede freie Minute, dachte ich zitternd. Und wie sollten wir diese viele Zeit überhaupt gemeinsam gestalten? Bleib ruhig Ina, war nur ein schlechter Traum vom anderen Extrem. Es wird einen Mittelweg geben.

Eines Morgens motzte ich mich auf und fuhr in die Bank. Lange, viel zu lange hatte ich mich hier nicht mehr blicken lassen.

»Frau König, wie schön, dass Sie uns auch mal wieder besuchen.«

Herr Stamm, ein etwa vierzigjähriger Angestellter kam erfreut mit ausgestreckter Hand auf mich zu.

»Erlauben Sie mir Ihnen zu sagen, wie hübsch Sie aussehen«, schmalzte er. Schon früher hatte er mich angesülzt. Damals war er ledig und lebte mit seiner Mutter zusammen, einer herrischen alten Dame. Daran hatte sich nichts geändert, schloss ich aus seinem altmodischen grün-grauen Anzug. Das Einzige, was sich bei Stamm geändert hatte, war die Haarpracht: weniger Fülle, mehr Länge.

»Ich bin inzwischen Abteilungsleiter«, verkündete er. »Darf ich Ihnen mein Büro zeigen?«

»Später gern, Herr Stamm. Zuerst möchte ich zu meinem Mann.«

Eifrig brachte er mich rauf in den fünften Stock. »Jetzt nur den Gang entlang, das letzte Büro auf der rechten Seite ist es.« Artig bedankte ich mich und marschierte über den mit blauem Teppichboden ausgelegten Flur. Auf halbem Weg bremste ich mein Tempo. War es richtig hierher zu kommen? Eigentlich gehörte ich nicht zu den Ehefrauen, die ihren Mann von der Arbeit abhielten. Aber egal. Noch während ich mich sammelte, wurde die Tür auf der linken Seite aufgerissen und eine vollbusige Rothaarige im schwarz-roten Kostüm trat heraus. Arrogant fixierte sie mich von oben bis unten, in der Hand hielt sie einen Stapel Papiere.

»Was suchen Sie denn hier?« Ihre Stimme war dunkel und rauchig. Tja, das fragte ich mich langsam selbst. »Ich möchte zu meinem Mann, zu Herrn König.«

Durch das gekippte Seitenfenster zog ein leichter Wind, der das obere Blatt ihrer Papiere auf den Boden wehte. Reflexartig bückte ich mich, sah ihre schlanken Beine, ihre schmalen Füße, die in hochhackigen schwarzen Riemchenpumps steckten. Erst jetzt merkte ich, dass ich mich völlig daneben benahm. Du hast noch viel zu lernen, schimpfte ich lautlos. Die Frau des stellvertretenden Direktors kriecht nicht vor einer Sekretärin auf die Knie, um ihr ein Papier aufzuheben. Sie grinste mich verächtlich an, riss mir den Zettel aus der Hand, klemmte ihn auf den Stapel, drehte sich ohne ein Wort des Dankes um und stolzierte wiegenden Schrittes von dannen.

Mutig klopfte ich an die Tür und wartete auf die Genehmigung einzutreten, die prompt erfolgte.

»Ina, was machst du denn hier«, schrie mich der Herr Gemahl schockiert an. Nach kurzem Gruß schloss seine Sekretärin – Frau Alz, eine ältere Dame, die ich noch von früher kannte – von außen die Verbindungstür. Wir waren allein.

»Ich war gerade in der Nähe und dachte, ich sehe mir mal dein Büro an«, flötete ich. »Vielleicht kann ich dich noch zu einem kleinen Imbiss überreden, es ist gleich zwölf.«

Zärtlich hauchte ich ihm einen Kuss auf die Wange. Dabei stieg mir der Duft seines Rasierwassers in die Nase. Schon wieder ein neues Wässerchen, irgendwie weiblich.

»Lass das, Ina.« Mit dem Zeigefinger rieb er seine Wange. »Ich glaube, wir müssen uns mal ernsthaft unterhalten. Du bist ja völlig verändert.«

»Endlich bemerkst du es. Ich hoffe, es gefällt dir so gut wie deinem Kollegen Stamm. Ist er eigentlich immer noch unverheiratet?«

»Glaub schon«, brummte er zurück und musterte mich prüfend. »Bitte entschuldige, ich muss jetzt dringend weiter arbeiten.«

Ich rauschte die Treppe runter.

»Frau König, darf ich Sie noch zu einem Kaffee überreden?« Stamm klettete sich an meine Fersen.

»Ein anderes Mal gerne, Herr Stamm. Jetzt drängen Termine, Sie verstehen?« Stamm verstand und ich verschwand.

Meine Besuche in der Bank setzte ich unvermindert fort. Jedes Mal musste ich an Stamm vorbei, der mich entweder zu einem Kaffee einlud oder mir sogar einmal die Räumlichkeiten zeigte, nachdem ihm Jens die Erlaubnis erteilt hatte. Mich interessierte das Gebäude weniger, aber da ich mir nun einmal vorgenommen hatte, mich mehr mit der Arbeit meines Mannes zu beschäftigen, gehörten auch solche Besichtigungen dazu. Inzwischen wusste ich, dass die Rothaarige Simone Brecht hieß und die Assistentin des amtierenden Direktors und Anwärterin auf Jens' Posten war. Alle Männer waren verrückt nach ihr, vertraute mir Stamm an. Ihre Spitznamen: »Hexe« und »Milva«.

»Und wie nennen Sie sie?«, wollte ich von Stamm wissen, der prompt wie ein Schuljunge errötete, mir aber männlich-fest in die Augen sah, als er sagte:

»Sie wissen doch, mich interessiert nur eine Frau, schon seit Jahren.«

Weil ich ihn nicht provozieren wollte, ersparte ich ihm die Frage, ob er damit seine Mutter oder mich meinte.

»Obwohl Ihre Tochter auch entzückend ist, ganz die Mutter«, ergänzte er.

Vor Schreck fiel mir fast die Kinnlade nach unten, gerade noch konnte ich mich beherrschen. Woher kannte er Yvonne?

»Ich gebe das Kompliment gerne weiter«, sagte ich sicher.

Es war ein herrlicher Spätsommertag, als ich mich mit meinem Benz und meiner Erstausstattung aus der *Pfundsboutique,* die mir nach über zwanzig Kilo Gewichtsverlust viel zu groß war, auf den Weg zu Lili Grün machte. Kerstin und ich hatten sie endlich davon überzeugen können, dass sie nur mit neuem Outfit eine Chance bei ihrem Naturburschen hatte.

Statt Lili empfing mich ein gelber Zettel an ihrer Tür, mit dem Hinweis auf das Nachbarhaus. Mindestens fünf Minuten stolperte ich unter glühender Mittagssonne mit meinen Plateau-Sandalen über einen Schotterweg, bis ich endlich vor einem modernen Walmdachbungalow stand, inmitten von Feldern, Stallungen und Schuppen. Der Hund des Hauses, eine undefinierbare, langhaarige Promenadenmischung von stattlicher Größe, empfing mich mit lautem Gebell. Länger brauchte der Besitzer dieses

Anwesens, erst nach mehrmaligem Klingeln öffnete ein bärtiger, blonder Hüne die Tür. Er trug Jeans und ein halbärmeliges T-Shirt, das sich um die Muskeln seiner Oberarme spannte. Spontan dachte ich an den Seewolf. Dieser Mann war genauso groß, mindestens einsneunzig, schätzte ich, genauso muskulös, braungebrannt, mit hellen Augen. Zur Begrüßung reichte er mir seine behaarte Pranke und drückte meine Hand so fest, als wollte er sie zerquetschen, wie der Seewolf es mit der Kartoffel getan hatte. Dabei lachte er offen und herzlich. Tadellose weiße Zähne kamen zum Vorschein und um seine Augen, die lebhaft blitzten, zogen sich feine und tiefere Fältchen. Dass sich die Dorfschönen um diesen Mann rissen, wunderte mich nicht.

»Wir warten schon auf Sie. Es gibt Eintopf.« Ich folgte ihm in die Küche, wo Lili am Herd stand, die Wangen gerötet, mit glänzenden Augen. Lili, die Landfrau, in diesem Moment konnte ich sie mir nirgendwo anders vorstellen. Der Naturbursche legte ihr seine Pranke auf die Schulter und sah ihr beim Umrühren zu.

»Ist fertig, du kannst den Tisch decken«, sagte sie zu ihm wie eine Ehefrau zu ihrem Mann kurz vor der goldenen Hochzeit. Die Vertrautheit und Harmonie zwischen den beiden weckte nicht den geringsten Verdacht an eine Konkurrentin. Im Gegenteil. Ich war mir sicher, er hatte nur Augen für Lili und wartete auf ein kleines Signal von ihr. Hätte ich sie früher hier erlebt, hätte ich sie nicht so bedrängt, sich umzustylen. Schminke und Pumps passten einfach nicht in diese Welt. Aber sie sollte sie auch nicht bei der Arbeit tragen, beruhigte ich mich.

Ihre Graupensuppe mit Gemüse schmeckte erstklassig, für den Naturburschen namens Paul gab es gekochtes Bauchfleisch dazu. Erst nachher gestand sie mir, die Suppe entfettet zu haben.

»Männer dürfen alles essen, aber nicht alles wissen«, meinte sie fröhlich. Sie füllte den Rest in eine Schüssel. »Pauls Abendessen. Er liebt aufgewärmten Eintopf.«

Ich trat durch die geöffnete Glastür nach draußen auf eine große Wiese mit Pflaumen- und Birnenbäumen, deren Zweige sich unter der Last der reifen Früchte weit nach unten bogen. Unter einem dieser Bäume lag der Hofhund auf dem Rücken und ließ sich von Paul kraulen. Leidenschaftlich massierten seine kräftigen Hände die Brust des Tieres, dann und wann fuhr er zärtlich mit den Fingern durch das lange Fell. Was für ein Mann! Diese athletischen Schultern, die schmalen Hüften, die langen Beine. Vor meinem geistigen Auge tauchten Bilder auf, schöne Bilder, verbotene Bilder. Ich schloss die Augen, spürte das warme, weiche Gras unter mir, sog tief den Duft der reifen Früchte ein. Die Grillen zirpten ohne Unterbrechung, als seine festen Finger meinen Körper Zentimeter für Zentimeter eroberten, ihn in Schwingungen versetzten, ihn gierig machten. Mein Herz pochte wild, meine Beine verwandelten sich in Gallerte.

»Toll, nicht wahr?«, flüsterte Lili. »Und er hat Haare auf der Brust.«

»Wahnsinn«, keuchte ich. Eine rote Ampel wirkte blass neben meinem Kopf. Ich legte meine Hand auf die glühende Stirn.

»Aber Finger weg, er gehört mir«, lächelte sie leicht verkrampft.

»Keine Angst, ich bin vergeben.« Und viel lebendiger als ich dachte. Werd nüchtern Ina, ganz schnell. Ich atmete tief durch und stellte mir vor, in einen eiskalten See zu springen.

»Wie sieht dein Mann eigentlich aus?«

Neben deinem Prachtexemplar wie ein vorgebräuntes Hähnchen. »Ach«, stotterte ich »hm, blond ...«

»Hast du ein Foto?«

Foto, genau, warum war ich nicht selbst drauf gekommen? Ich kramte ein neueres Bild aus meinem Portemonnaie und legte es auf den Tisch.

Sie nahm es, sah es einige Sekunden an. »Wie ein Fotomodell, hübsch, irgendwie zart.« Dann legte sie es schnell auf den Tisch zurück und griff meine Hand. »Ina, glaubst du es klappt?«

»Ganz sicher Lili, so wie Paul dich ansieht.«

»Ich verrate dir was, du darfst aber nicht lachen, versprichst du es?«

»Ich schwöre.«

»Wahrscheinlich hältst du mich für verrückt, aber seitdem ich Paul als Mann sehe, bin ich total geil. Letzte Nacht habe ich geträumt, wir hätten es hier in der Küche, auf dem Tisch gemacht.«

Ich zuckte zusammen. Ihre Offenheit traf mich unvorbereitet. Durfte ich sagen, dass ich sie um diesen Traum beneidete? »Aber …«

»Ja ja, Ina, ich weiß, der Ausdruck und der Traum, das alles passt nicht zu mir, der Landpomeranze. Für mich ist das auch völlig neu. Neuerdings fühle ich mich, als stecke in mir noch eine zweite Frau, eine, die ich bisher nicht kannte.« Sie machte eine Pause. Ihre Augen füllten sich mit Tränen und sie drückte meine Hand ganz fest. »Ich hab das noch niemandem erzählt. Meine Ehe war die Hölle, das Bett der Ort des Grauens. Er kam betrunken nach Hause, hat sich auf mich draufgelegt, fertig. Ob ich wollte oder nicht. Ich schlug um mich, versuchte ihn zu treten, umsonst. Manchmal, wenn er schlecht gelaunt war, hat er mich grün und blau geschlagen.« Sie wischte sich mit einem Baumwolltaschentuch durchs Gesicht. »Bei meiner Scheidung war ich einunddreißig. Damals hatte ich mir geschworen, nie wieder einen Mann an mich heran zu lassen, und jetzt so was. Ich dreh durch, wenn's nichts wird mit Paul.« Sie sah erst mich an, dann aus dem Fenster. Ich schwieg, wusste nicht, was ich sagen sollte. Wie gut ging es mir doch mit meinem Mann, der mich in Ruhe ließ. Plötzlich kroch Angst in mir auf. Was, wenn Paul sich doch für die Jüngere entschied? Was würde dann aus Lili werden?

»Was ich dich fragen wollte, Ina«, sie machte eine Pause, »ich hab jetzt vierzehn Kilo abgenommen und geh zwei Mal die Woche zum Sport, glaubst du, meine ... meine ... Lust hat was damit zu tun? Wie ist das denn bei dir? Machst du es jetzt öfter?«

Ich spürte, wie sich das Ampelrot in die Wangen einbrannte. »Gar nicht«, krächzte ich.

»Wie, gar nicht? Du bist doch verheiratet.« Unsere Blicke trafen sich. »Oh je, dir ist das Thema peinlich. Ich dachte, du kennst dich aus und magst darüber sprechen.«

Ich straffte die Schultern, schluckte die Verlegenheit herunter. »Wir schlafen nicht mehr zusammen. Jens arbeitet viel.«

»Das ist doch kein Grund.«

Ich zögerte nur kurz. »Du hast Recht Lili, eine Ausrede. Aber wir haben noch nie ein aufregendes Liebesleben gehabt. Ich hasste meinen fetten Körper, mochte ihn selbst nicht anfassen und konnte es nicht ertragen, wenn Jens mich berührte. Ganz oft stopfte ich mich abends fast bis zum Erbrechen voll.«

»Du hast dir einen Fettpanzer angefressen, um dich vor deinem Mann zu schützen? Aber warum? Er sieht doch gut aus. Ist er brutal?«

»Nein, nur schnell.« Ich versuchte zu lächeln. »Vielleicht weil ich immer das Gefühl hatte, er meint mich nicht, sondern erfüllt nur seine eheliche Pflicht. Seit Monaten herrscht absolute Funkstille – und mir bleibt nur abzuwarten und zu träumen. Ich träume davon, wie es in der Badewanne, unter der Dusche oder auf dem flauschigen Berberteppich im Wohnzimmer vor dem Kamin sein mag. Nur eins finde ich merkwürdig: Den Mann in diesen Träumen erkenne ich nicht.«

»Merkwürdig«, murmelte sie, »wirklich sehr merkwürdig.«

Wir gingen hinüber zu Lilis Haus, wo Kerstin schon wartete. Lili duschte und setzte sich im Bademantel auf einen Stuhl vor dem großen Spiegel im Flur. Kerstin kämmte die nassen Haare, knetete sie, kämmte sie in verschiedene Richtungen.

»Ich empfehle dir eine pflegeleichte Kurzhaarfrisur, die du schnell mit Föhn und Fingern oder Bürste in Form bringen kannst. Die grauen Strähnen würde ich gold färben.«

»Und du meinst, das steht mir?« Lili blickte skeptisch und hilflos.

»Sieh doch Ina an. Erinnerst du dich noch daran, wie sie am ersten Abend aussah? So kannst du dich auch verändern.«

Nach einigem Hin und Her stimmte Lili zu. Kerstin schnitt und formte, schnitt wieder, nahm noch etwas von den Seiten, plusterte den Pony auf, zog zuletzt die Strähnchen, und bestrich sie mit einem orangefarbenen Brei. In der Einwirkzeit färbte sie Wimpern und Brauen und enthaarte die Achseln mit Wachs. Nach zwei Stunden war aus der blassen Landpomeranze eine frische, attraktive, moderne Frau geworden.

»Hätte ich nur eher auf euch gehört«, heulte Lili.

Jetzt kam mein Part. Vorsichtig packte ich die Klamotten aus. »Damit wird deine Verwandlung perfekt.«

Schon an der Haustür hörte ich das Gekicher aus dem Wohnzimmer. Yvonne und Susa verrenkten sich abwechselnd auf dem Berberteppich die Gelenke und amüsierten sich prächtig.

»Susa zeigt mir gerade ein paar Übungen gegen Cellu«, verkündete mein gertenschlankes, garantiert cellufreies Töchterchen albern.

»Ich wollte dir ein paar schrille Trainingsanzüge bringen. Gleich gestern nach dem Einräumen habe ich sieben Stück verkauft. Die sind der Renner im kommenden Winter.« Susa faltete die sorgfältig zusammengelegten Stücke auseinander und breitete sie auf dem Fußboden aus. Schwarz-gelbe Zweiteiler mit Leopardenmuster, orange-gelb gestreifte T-Shirts mit einfarbigen langen Hosen, groß gemusterte Trainingsjacken in Blau- und Grüntönen, jeweils mit einfarbiger Ballonhose, Weste und kurzer Hose.

»Fall ich damit nicht zu sehr auf?«

»Willst du im Gewühle untergehen?«

»Stimmt auch wieder, versteckt habe ich mich lange genug.« Entschlossen griff ich zu dem grüngemusterten Trainingsanzug mit allem Zubehör. Yvonne ließ sich ein gestreiftes T-Shirt in ihrer Größe reservieren. Als kurze Zeit später ein monotoner Techno-Sound aus ihrem Zimmer nach unten hallte, schickten wir die guten alten Rolling Stones ins Rennen und tanzten ausgelassen. Den schicken und frisch manikürten Hausherrn bemerkten wir erst, als er im Zimmer stand.

»Willst du mir deine Freundin nicht vorstellen?« Ungeniert glotzte er auf Susas Beine, die nur knapp von ihrem Minirock bedeckt wurden. Sofort zog sie den Rock nach unten.

»Jens König«, strahlte mein Göttergatte die Schöne an und streckte ihr seine gepflegte Rechte entgegen.

»Susa Kemper«, sagte sie kurz und abweisend, seine Hand übersah sie einfach, packte in Windeseile ihre Klamotten und verabschiedete sich.

»Das nächste Mal kommst du zu mir«, bestimmte sie draußen.

Einige Minuten brauchte ich, um zu glauben, was sich da vor meinen Augen abgespielt hatte. Plötzlich kam mir sein ganzes Enthaltsamkeitsgetue wie ein billig inszeniertes Theaterstück vor.

Kapitel 11

Der Supermarkt lag versteckt hinter einer alten Fabrik. Hier, zwanzig Kilometer von zu Hause entfernt, kannte mich garantiert niemand. Sicherheitshalber sah ich mich noch einmal um, bevor ich den Laden betrat. Dann nahm ich einen Einkaufswagen und begann Eis, Schokolade, Kuchen, Kekse und Pralinen in nicht mehr haushaltsüblichen Mengen hineinzuwerfen. Hauptsache süß und schmierig. Mein unersättlicher Körper schrie danach. Eine Schachtel belgische Nougatpralinen verschlang ich gleich auf der Rückfahrt. Bei einer solchen Dosis Schokolade musste sich einfach das viel diskutierte Glücksgefühl einstellen. Fehlanzeige. Später versuchte ich es mit Kuchen, dann mit Eis und kurz vor Mitternacht fand ich mich am Küchentisch wieder, auf dem sich die bunten Papierchen einer Familienpackung Schokoriegel türmten. Familie. Lächerlich. Bei *dem* Vorstand! Wo war er überhaupt? Hoffentlich weit weg. Ich watschelte ins Bett.

Am nächsten Morgen fühlte ich mich wie ein hohler, löchriger Halloween-Kürbis, dessen ausgeschabtes Inneres zu Brei zermatscht worden war. Von Frühstück über Pizza, Kuchen und Kartoffelchips, alles füllte ich hinein, doch die Leere blieb. Ich schleppte mich in den Garten, wo ich mich in einen Liegestuhl warf. Bald wirst du wieder so fett sein wie früher, Ina. Du schaffst es nicht, niemals. Gib auf, es hat alles keinen Sinn. Niemand mag dich. Am besten, du frisst weiter und zerfließt anschließend vor Selbstmitleid, das ist am einfachsten. Ich schloss die Augen. Aber was war mit Jens? Hatten wir noch eine Chance? Wenn ja, wann würde er sie uns geben – und wollte ich sie dann überhaupt noch? Ich setzte mich auf.

Halt! Ich steckte nur in einer kleinen Krise. Weiter fressen, weil sein Verhalten mich schockiert, erniedrigt und tief verletzt hatte? Nein! Ich deponierte die Süßigkeiten in die hinterste Ecke der Vorratskammer, zog mich an und fuhr ins *Fit & Beauty*. Ab da wuchs neue Kraft und am vorletzten Kursabend fühlte ich mich wieder fit.

»Tauschbörse« lautete das Motto. Jeder brachte Kleidungsstücke, Schminke, Parfüm, Accessoires mit, die ihm nicht mehr gefielen, die zu groß oder zu klein waren. Nacheinander stellten wir unsere Tauschobjekte vor und erzählten unsere Geschichten, die sie umgaben. Nach langem Überlegen hatte ich mich entschlossen, mein Diät-Queen-Krönungskleid zu verscherbeln. Für mich ein Symbol dafür, dass ich den endgültigen Abschied vom Diätwahn, aber auch von einem fremdbestimmten Leben vollzogen hatte. Ich handelte jetzt eigenverantwortlich, ich brauchte keine Pläne und Bevormundungen mehr. Nie wieder wollte ich hungern, um anderen zu gefallen, mich nie wieder bestrafen, weil ich Appetit auf etwas bekam und diesem nachgab.

»Dieses Kleid erinnert mich an einen wunderschönen Abend, und an das Ende eines dreimonatigen Hungerkampfes, aus dem ich als Siegerin hervorging. Aber es erinnert mich auch an den Beginn eines emotionalen Wechselbades, dass darauf folgte. Diese Geschichte kennt ihr ja schon. Gekauft habe ich das Kleid am Tag nach dem letzten Wiegeduell im Diät-Club. Mit einem Vorsprung von vierhundert Gramm hatte ich gewonnen. Vor dem Hintergrund, dass eine Frau in der prämenstruellen Phase leicht ein Kilo und mehr zunehmen kann, halte ich das inzwischen für einen lächerlichen und fragwürdigen Sieg. Aber das wusste ich damals nicht – und das zählte auch nicht. Auf mich warteten Dinner, Pokal und Presse. Gut musste ich aussehen, um jeden Preis.

Also ging ich in ein Brautmodengeschäft, wo ich im Schaufenster ein schwarzes Kleid gesehen hatte. Leider gab es das in meiner Größe nicht. Über eine Stunde probierte ich andere Kleider an, bis mir die schon fast verzweifelte Verkäuferin dieses gab.« Ich stand auf und hielt es hoch. »Es passte wie angegossen. Ich kaufte schwarze Schuhe und Unterwäsche dazu, ging zum Friseur und zur Kosmetikerin. Rundum erneuert saß ich dann am letzten Abend beim Dinner neben Anne, der Clubleiterin. Das italienische Nobelrestaurant *Milano* lieferte ein Fünf-Gänge-Menü. Köstlich, sag ich euch. Beim Espresso schließlich stand eine Teilnehmerin, ich glaube, sie hieß Christa, auf und sang eine lange Lobeshymne auf den Kurserfolg und auf meinen Sieg, dem höchsten, der bisher in Annes Diät-Club erzielt worden war. Sie überreichte mir einen Blumenstrauß und eine Krone mit den Unterschriften aller Teilnehmerinnen, wobei sie feierlich sagte: Wir finden, wer einen solchen Diäterfolg für sich verbucht und König heißt, muss den Titel Diät-Queen tragen. Noch genau erinnere ich mich an Annes Gesicht, an ihre schmalen Augen und den zusammengekniffenen Mund. Sie war so wütend, dass sie diesen Titel nicht erfunden hatte, wollte ihn aber unbedingt verkaufen. Genau, kreischte sie hastig, so geben wir es an die Presse weiter: Diät-Queen. Ab jetzt wird es in jedem Kurs eine Diät-Queen geben. Nach dem Dinner kamen zwei Journalisten für Interviews, einer schrieb später eine mehrteilige Reportage über mich. Meine Familie war davon wenig begeistert, ich um so mehr, denn dafür gab es richtig Geld.« Ich lachte.

»Der Titel ist aus deinem Namen entstanden?«, fragte Kerstin. »Dann war es ja eine besondere Ehre.«

»Stimmt, und Anne hat alles kaputt gemacht, indem sie ihm Allgemeingültigkeit verlieh.«

»Bin ich froh, dass uns solche Duelle hier erspart bleiben.« Waltraud streckte ihre Beine aus.

»Ich auch«, bestärkte Kerstin sie. »Der letzte Platz wäre mir sicher, bei nur elf Kilo Gewichtsverlust.«

»Dafür kannst du jetzt kochen. Der Rest kommt von allein«, ermutigte Waltraud sie.

»Glaube ich auch. Und wenn nicht, mache ich trotzdem einen Bogen um solche Diät-Clubs.«

»Du bist ganz sicher, Ina, dass du das Kleid nicht behalten willst?«, fragte Rita. Energisch schüttelte ich den Kopf. »Dann nehme ich es, für meine Tochter.«

Von Kerstin erstand ich ein groß gemustertes Tuch mit rostroten, braunen und goldfarbenen rundlichen Ornamenten auf beigem Untergrund und ein Eau de Toilette von Jil Sander. Die Einzige, die bei unserer Tauschbörse fehlte, war Lili. Schon seit dem Styling vor eineinhalb Wochen hatten wir nichts mehr von ihr gehört. Meine Anrufe gingen ins Leere; auch bei Paul rührte sich nichts.

»Sie erkunden sicher zusammen die Natur«, vermutete Kerstin kichernd. »Mach dir keine Sorgen, wir haben unser Ziel erreicht.«

Die sonst hell beleuchtete Allee wirkte heute Abend fast unheimlich, keine Straßenlaterne brannte. Ich fuhr noch langsamer als sonst und bewunderte die großzügigen Gärten der Villen, die von meist warmem Licht angestrahlt wurden. Auf der anderen Seite das krasse Gegenteil: pompöse aber kalte Neubauten, die Arbeit moderner, nach heutigen Maßstäben talentierter Architekten, mit Glasfronten oder riesigen Fenstern, schnörkeligen Balkonen, viel zu klein, um sich auszubreiten. Ein Mann kam aus einem Hauseingang, schnell und aufrecht. Nur im Hausflur und im zweiten Stock links brannte Licht. Elf Uhr fünf. Langsam fuhr ich weiter. Als ich ihn schon fast erreicht hatte, erkannte ich ihn: Es war mein eigener. Abrupt trat ich auf die Bremse, legte den Rückwärtsgang ein, parkte in der ersten freien Lücke und wartete, bis er losfuhr. Erst jetzt fiel mir ein, dass er noch nicht mal eine Mappe oder Tasche in der Hand gehalten hatte. Langsam stieg ich aus und stolperte mit wackeligen Beinen auf den Hauseingang zu. Mein Puls hämmerte. Gerade als ich die Namen inspizieren wollte, wurde das Licht im Treppenhaus angeknipst und eine Tür fiel laut ins Schloss. Ruckartig drehte ich mich um, rannte zu meinem Auto, stieg ein, blickte zum Eingang. Und dort stand sie in ihrer mächtigen Fülle, wie ein Geist in einem Fantasy-Film, aus Tausenden Dicken hätte ich sie erkannt: Luise. Das Licht im zweiten Stock war gelöscht. Ich massierte meine Schläfen. Das ging doch nicht mit rechten Dingen zu. Ein Zufall, ein blöder Zufall. Etwas anderes war unmöglich. Sie stampfte zu ihrem Wagen, der direkt vor meinem parkte.

Zum großen Herbsthausputz trug ich ein altes Wallekleid, in das ich inzwischen fast zwei Mal hineinpasste und das aussah wie ein billiger Kittel, auf Schminke und kunstvoll geföhnte Frisur verzichtete ich. So schuftete ich bei Rock à la U2 vor mich hin, bis es an der Haustür klingelte.

»Ich möchte zu Herrn König«, stotterte ein schlaksiger, pickeliger Jüngling, wobei sich sein Gesicht in ein gespicktes Radieschen verwandelte.

»Der ist nicht da, aber ich richte gerne was aus«, bot ich ihm hilfsbereit an.

»Ich weiß nicht«, druckste er herum. »Kennen Sie ihn und seine Frau denn gut?«

Seine Frau? Die Neugier stieg wie Nebel in mir auf. »Und ob! Sie sehen ja, ich bin mit allem vertraut.«

Erleichtert atmete er auf. »Er hat gestern Abend seine Brieftasche verloren. Hier, bitte.« Entschlossen reichte er mir das gute Stück aus feinem Kalbsleder, ein Geburtstagsgeschenk meiner Mutter.

»Das ist aber nett, dass Sie sich extra herbemüht haben. Was sagten Sie, wo Sie sie gefunden haben?« Für diese Blitzreaktion hätte ich mich küssen können.

»Zwischen dem Restaurant *Milano* und der Bar *Vin Rouge*, in der Innenstadt. Sie wissen, wo das ist?«

Jetzt war er sogar richtig bemüht. Ich drückte ihm einen Zehneuroschein in die Hand, bedankte mich vielmals und trug die Kostbarkeit ins Wohnzimmer. Mit zitternden Fingern sezierte ich sie langsam: einige Geldscheine, Führerschein, Fahrzeugpapiere, Kreditkarten, alles da – und noch mehr. Ich rieb meine Augen. Aufreizend räkelte sie sich auf einem roten Bett, ihre wallende rote Mähne verdeckte die Warzen der üppigen Brust nur knapp. Die vollen Lippen zeigten einen Kussmund, die Augenlider hielt sie halb gesenkt. Simone Brecht im Evaskostüm. Der Junge musste noch viel lernen, kein Ehemann trug ein solches Foto von seiner Frau bei sich. Ich drehte das Kunstwerk um und las: Ich bin immer bei dir.

Mir wurde übel. Ich stolperte ins Bad, suchte Halt an der Kloschüssel, spuckte mein Frühstück aus und das von gestern gleich mit. Die Augen verwandelten sich in Wasserfälle, mein Hals schwoll an. Ich taumelte ins Wohnzimmer, warf mich auf die Couch und griff nach dem letzten Strohhalm. Wer sagte denn überhaupt, dass der junge Mann nicht ein eifersüchtiger Ex-Liebhaber von Simone war? Es hätte doch sein Foto sein können, schließlich stand auf der Rückseite kein Name. Vielleicht wollte er sich rächen, indem er ihr eine Affäre mit ihrem Chef andichtete? Wahrscheinlich war Jens das unschuldige Opfer einer gemeinen Intrige. Genau! So wird's gewesen sein! Erleichtert trank ich einen großen Schluck Rotwein aus der Flasche, und noch einen, und noch einen.

Doch die Zweifel kehrten zurück, heftiger als vorher gruben sie sich in meine Hirnwindungen. Julia! Ich rannte über die Straße und klingelte. Nein, sie machte schon seit Tagen Urlaub in Dänemark. Susa! Zu weit. Lili! Aber wo steckte sie? Ich wusch mein Gesicht. »Du brauchst Klarheit«, kommandierte ich mich energisch.

Aufgeregt und hoffnungsschwanger fuhr ich in die Allee. Alles war ein großer Irrtum. Jens liebte mich. Auch wenn er es nie sagte und anderen Frauen nachschaute. Am Haus Nummer fünfundzwanzig hielt ich an. Es wirkte wie ausgestorben, kein Auto parkte auf dem Seitenstreifen, noch nicht einmal ein Zweitwagen. Die Außenanlagen waren frisch gepflegt, wie der kurze Schnitt des satt-grün leuchtenden englischen Rasens bewies; bunte Astern umrahmten ihn. Mein Herz wollte aus dem Hals springen, die Temperatur meines Gesichtes reichte aus, um Wasser zu erhitzen. Zögerlich öffnete ich die Fahrertür und quälte mich aus dem ergonomisch geformten Sitz. Das Licht hatte nur im zweiten Stock links gebrannt. Der kurze Weg zur Haustür wirkte unendlich lang, vorsichtig stieg ich die drei Treppenstufen herauf bis zum Eingang. Dr. Behnke, Prof. Koller, K. Worms las ich auf der rechten Seite, Dr. Summ, S. Brecht ... Weiter kam ich nicht, mir wurde schwarz vor Augen, die Beine knickten ein, mein Hinterkopf knallte auf den harten Marmor.

Sekunden, Minuten oder länger lag ich da, benebelt, fast besinnungslos, dann rappelte ich mich auf und schwankte zum Auto. Blut sickerte aus einer Wunde am Kopf, lief warm über die rechte Wange und tropfte dick und dunkelrot auf mein hässliches Wallekleid. Mein Mann hat eine Geliebte. Als sei es ein Mantra wiederholte ich diesen Satz unzählige Male; Tränen verschleierten meinen Blick. Aggressives Hupen vor einer Ampel löste mich nur schwer aus meiner Lethargie. Ein Mann riss hektisch die Fahrertür meines Luxusgefährts auf. »Ist Ihnen nicht gut? Mein Gott, Sie bluten ja. Kann ich Ihnen helfen?«

»Nein, nein«, stammelte ich, legte erschrocken den Gang ein und brauste los, vermutlich bei Rot. Bremsen quietschten, ein Auto rutschte schräg vor mir auf die Straße. Wie ich nach Hause kam, daran erinnerte ich mich nicht mehr. Blutend, verheult und verquollen legte ich mich samt Wallekleid ins Bett. Schon nach kurzer Zeit breitete sich Müdigkeit aus und ich fiel in einen tiefen, traumlosen Schlaf.

Am frühen Abend fühlte ich mich wie recycelt. Der erste Schock war verflogen und an seine Stelle Nüchternheit getreten. War es nicht einfach die Bestätigung dessen, was ich seit Wochen geahnt hatte? Ich wusste doch schon lange, dass ich ihn verloren hatte, wollte es mir nur nicht eingestehen. Ebenso wenig wie die Gewissheit, dass meine Gefühle für ihn längst erloschen waren. Aus Liebe war Gewohnheit geworden. Jeder ging seinen Weg. Und den Schmerz in meiner Brust verursachte eher die Demütigung als die Geliebte. Eins blieb allerdings rätselhaft: Welche Rolle spielte Luise in dem Drama? Egal, nun war ich am Zug. Leider besaß ich gar keine Erfahrungen, was frau in einer solchen Situation gewöhnlich tat. Eine bühnenreife Szene? Ein Heulkrampf? Oder sollte ich ihm das Versprechen entlocken, *es* nie wieder zu tun? Dann bliebe noch, ihn vor die Wahl zu stellen: sie oder ich!

Je länger ich überlegte, umso sicherer erkannte ich: Offenheit und transparente Methodik brachten mich nicht weiter, sie verschafften nur ihm Vorteile. »So billig kommst du nicht davon«, drohte ich laut. Entschlossen zog ich das Foto aus der Brieftasche und deponierte es in meinem Wäscheschrank. Dann vergewisserte ich mich, dass sich keine weiteren Hinweise auf Simone in der Ledermappe versteckten.

Wie gewöhnlich deckte ich am nächsten Morgen den Frühstückstisch. Aspirin, Augenkompressen, Entspannungsmusik und neun Stunden Schlaf hatten wahre Wunder vollbracht, ein frisches Spiegelbild blickte mir nach dem Aufstehen entgegen. Nur einmal, so gegen drei Uhr, war ich wach geworden, als mein aktiver Ehemann nach Hause kam. Jetzt saß er gutgelaunt am Tisch, ließ sich Kaffee einschenken, die Butter reichen, den Käse vom Stück schneiden und schimpfte auf die ganzen Idioten in der Bank, die alle keine Ahnung hatten und froh sein konnten, dass es ihn gab. Von Zeit zu Zeit schenkte er mir ein erhabenes Lächeln. Bewundernd blickte ich ihn mit gesenktem Kopf von unten nach oben an, was ihn richtig anfeuerte. Mein Magen schnürte sich immer weiter zu. Aus vollstem Herzen wünschte ich, er würde endlich die Klappe halten, sich wie sonst hinter seiner Zeitung verschanzen, die Brötchen in Sekundenschnelle verschlingen und verschwinden. Doch er ließ sich viel Zeit, trank einen zweiten Orangensaft, löffelte einen Joghurt und spülte mit der vierten Tasse Kaffee nach. Endlich war es soweit. In meinem Innern wütete ein Tornado, äußerlich wirkte ich – hoffentlich – völlig relaxt, als ich die Brieftasche hervorzog.

»Die hat gestern ein junger Mann hier abgegeben.« Mit geheuchelter naiver Freude hielt ich ihm die kostbare Ledermappe hin, ohne ihn aus den Augen zu lassen. Schlagartig wich jede Farbe aus seinem Gesicht, er schwieg, senkte den Blick. Das Spiel beginnt, freute ich mich leise, jetzt nur kein Geständnis, Jens.

»Ist doch nett, nicht wahr? Die Mappe ist immerhin wertvoll.«

Völlig unkoordiniert kontrollierte er die Fächer.

»Es müsste alles drin sein, Führerschein und so«, gab ich schnell Auskunft. Nervös kramte er weiter. »Danach habe ich überall gesucht«, stammelte er heiser, nahm sie und ging.

Susa half gerade einem jungen unentschlossenen Mann bei der Wahl des richtigen Fitnessgerätes. Er wünschte sich, innerhalb weniger Tage einen Brustkorb und Oberarme wie Arnold Schwarzenegger, allerdings stand ihm täglich nur eine halbe Stunde Trainingszeit zur Verfügung. Mit Geschick und Engelsgeduld erklärte Susa ihm, dass er für dieses hohe Ziel etwas mehr Zeit aufbringen müsse, kontinuierliches Training aber auf jeden Fall die Muskeln kräftige und den Oberkörper forme. Nachdem er sich freudig für eine Hantelbank größeren Ausmaßes entschieden hatte, zeigte sie ihm die besten Übungen, erstellte am PC einen Trainingsplan, verkaufte noch ein Nahrungsergänzungsmittel und sagte die Lieferung für den gleichen Tag zu.

»Toll«, applaudierte ich. »Du bist ein echtes Verkaufstalent.«

»Danke. Zum Glück hat nicht jeder Kunde so absurde Wünsche, wie dieser.« Sie sah mich kritisch an. »Ina, wegen letzter Woche ...«

»Jens hat sich unmöglich benommen. Es tut mir Leid.«

»Nett, dass du das sagst, nur muss es nicht dir Leid tun, sondern ihm. Aber da ist noch etwas ...«

»Jens hat eine andere. Als er dich anmachte, hielt ich das für blödes Macho-Getue, aber wahrscheinlich macht er so was andauernd«, schrie ich aufgebracht. »Und ich mache mir Vorwürfe, benehme mich wie eine

Idiotin. Sicher lacht er sich mit Simone Brecht über mich tot.«

Susa atmete tief durch und sah mir fest in die Augen. »Seit wann weißt du es?« Wir setzten uns an den kleinen runden Tisch am Fenster, tranken Kaffee und ich redete mir den Frust von der Seele. Zwischendurch, wenn sie ihre Kunden bediente, sammelte ich mich. Es tat gut. Mir wurde immer klarer, welch ein egoistischer Schönling Jens war. Ob ich dick oder dünn, fest oder wabbelig, glücklich oder unglücklich war, es interessierte ihn nicht wirklich. Wann hatte er in den knapp siebzehn Jahren Ehe überhaupt Rücksicht auf meine Gefühle oder Wünsche genommen?

Am Wochenanfang erhielt ich endlich ein Lebenszeichen von Lili in Form einer Postkarte:

> *»Liebe Ina, Paul und ich verbringen ein paar Tage im Bayerischen Wald. Komme auf jeden Fall zum letzten Kursabend, dann alles Weitere.*
> *Gruß Lili und Paul.«*

Für den Abschiedsabend liefen die Vorbereitungen auf Hochtouren. Den ganzen Nachmittag arbeiteten wir in der Küche an einem kalten Büffet und schmückten die Räume im Center mit Blumen und Girlanden. Die letzten gemeinsamen Stunden. Der Gedanke machte mich traurig, Angst davor, anschließend wieder zuzunehmen, hatte ich dagegen nicht. Ich wog vierundachtzig Kilo, dreiundzwanzig waren in vier Monaten ohne zu hungern verschwunden und ich würde weiter so leben und weitere zehn oder fünfzehn verlieren. Obwohl ich noch vierzehn Kilo mehr wog als bei der Krönung zur Diät-Queen fühlte ich mich jetzt viel schlanker und schöner. Die Muskeln waren fest geworden, die Cellulite deutlich weniger. Meine Proportionen harmonierten immer besser; die Hüftregion war nicht mehr so überdimensional und ich bekam eine wunderschöne Taille, richtig weiblich sah ich aus. Tja, mindestens vier Mal wöchentlich Sport wirkte Wunder. Inzwischen brauchte ich die regelmäßige Bewegung wie den Kaffee zum Frühstück. Auf dieses Zaubermittel würde ich zukünftig nicht mehr verzichten.

»Ina, probierst du mal meinen Tomaten-Dip?«, fragte Waltraud.

Etwas widerwillig tauchte ich einen Teelöffel in die rote, dickliche Masse. »Hm, vielleicht noch etwas Basilikum und Salz.«

»Was ist los mit dir? Du wirkst heute so appetitlos.«

»Und eingefallen«, ergänzte Rita.

Alle sahen mich an. Ich hatte in den letzten Tagen kaum etwas gegessen, morgens eine Scheibe Brot, hier und da ein Stück Obst. Kochen war das Letzte, wozu ich mich aufraffte. Aber eingefallen? »Mein Mann geht fremd, das schlägt mir auf den Magen.« Wie einfach es sich plötzlich sagte.

»Ach du Schande«, rief Rita.

»Was? Das mit Jens oder meinem Appetit?«

»Beides. Das mit dem Appetit kenne ich auch seit einiger Zeit. Wenn ich mich aufrege, fühle ich mich einfach voll. Esse ich dann trotzdem, krieg ich Bauchschmerzen, Aufstoßen oder Blähungen. Jetzt lass ich es.«

»Ich dachte schon, ich sei krank.«

»Nein Ina, nur normal.«

»Wisst ihr«, dachte ich laut, »Gefühle können ganz schön verletzen. Still hinter einem Fettpanzer versteckt, lebt es sich wirklich bequemer, als mitten im täglichen Wahnsinn.« Ich schaute in die stummen Gesichter, in denen sich plötzlich Unsicherheit und Unruhe widerspiegelten, und lachte. »Aber sagt mal Mädels, ist das Leben nicht viel intensiver und spannender geworden?«

»Kann man wohl sagen«, bestätigte Rita fröhlich. »Ich habe mich letzte Woche von meinem Mann getrennt.«

»Du hast tatsächlich den Mut aufgebracht und Nägel mit Köpfen gemacht«, stellte ich bewundernd fest. Sie nickte stolz.

»Und jetzt?«, fragte Kerstin.

»Ganz einfach: Ich habe mir eine Arbeit als Verkäuferin und eine Wohnung gesucht. Bis nächsten Monat wohne ich in einem möblierten Zimmer. Mit zwanzig Kilo weniger habe ich zwanzig Mal mehr Energie und die Kraft, noch einmal von vorne zu beginnen. Die Kinder sind fast erwachsen und leben ihr eigenes Leben. Ich bin mir sicher, dass die räumliche Distanz uns zukünftig wieder enger zusammenschweißt. Und mein Mann? Der ist alt genug, um die Waschmaschine einzuschalten und ein Bügeleisen zu betätigen. Ob er Fastfood isst oder belegte Brote, das interessiert mich nicht mehr.«

»Bravo, Rita«, applaudierten Waltraud und ich.

Nur die frisch verliebte Kerstin verstand die Welt nicht mehr. »Gib's zu, du hast einen neuen Mann.«

»Einen neuen Mann?« Sie tippte sich grinsend an die Stirn. »Ich bin froh, dass ich den alten los bin. Nein, ich teile nichts mehr.«

»Und ich zukünftig alles«, rief Lili glücklich. In einem lilafarbenen Strickkostüm stand sie in der Tür. Waltraud pfiff durch die Zähne.

»Was ist denn mit dir passiert?«

»Paul und ich haben uns verlobt. Im Frühjahr heiraten wir.«

Sie zeigte ihren Verlobungsring mit echten Diamanten. Paul hatte sich wirklich nicht lumpen lassen. Ich war fast ein wenig neidisch, nicht auf den Ring, sondern auf den Mann.

»Jens, was würdest du sagen, wenn ich dich verließe?«

Das Brötchen fiel ihm aus der Hand und landete mitten auf dem Teller, die locker aufgelegte Käsescheibe flog auf die Tischdecke. Mit offenem Mund starrte er mich an, biss sich kurz aber heftig auf die Unterlippe.

»Das muss ich mir nicht überlegen, weil du mich nie verlassen wirst«, meinte er siegessicher, als er seine Sprache wiedergefunden hatte.

Für diesen Satz hasste ich ihn. Ich hasste seine Arroganz, seine Selbstverliebtheit, seine Unverfrorenheit, seine Kälte.

»Ich soll dich schön von Herrn Stamm grüßen.«

Wie ihrem Vater, fiel auch Yvonne mittags der Bissen auf den Teller, nur dass er diesmal von der Gabel rutschte und es sich um eine Kartoffel handelte.

»Ach der«, meinte sie abfällig und sah stur auf ihr Essen.

»Er hat aber sehr nett von dir geredet, dass du so hübsch bist – und so.«

Das absichtliche »und so« machte ihr Kopfzerbrechen, nervös stocherte sie im Schnitzel herum, schließlich zerquetschte sie mit ihrer Gabel so brutal eine Kartoffel, dass ich Mitleid bekam – mit der Kartoffel und meinem Töchterchen. Meine Ahnungen schienen zur Gewissheit zu werden.

»Warst du heute bei Papa?«, presste sie langsam hervor, das Gesicht immer noch nach unten gerichtet.

»Er war nicht da, aber seine Kollegin Frau Brecht konnte mir weiterhelfen.« Wie einfach die Lügen von den Lippen kamen. Na ja, eigentlich war es gar keine Lüge, sondern ein Zusammenfügen von Ereignissen der letzten Wochen. Ich sprach deutlich und ließ sie keinen Moment aus den Augen. Sie beugte sich jetzt weit nach unten über ihren Teller. Jetzt oder nie, feuerte ich mich an.

»Frau Brecht sieht hübsch aus, nicht wahr?«

Sie nickte begeistert. »Simone ist echt toll.« Erschrocken hielt sie ihre Hand vor den Mund, während ihr Kopf die Farbe einer reifen Erdbeere bekam.

»Magst du noch ein Eis?«, lenkte ich schnell ab, doch sie lief hastig in ihr Zimmer.

Dieses Schwein, dieser Egoist, er hatte wirklich seine Tochter in seine Schmutzgeschichten verwickelt. Ich stampfte auf, mein Kopf schien zu platzen. Und ich wunderte mich über ihre Launenhaftigkeit, die schwankenden Schulnoten und über ihre heimliche Raucherei. Yvonne war ein Teenager, sie brauchte einen Halt, eine Orientierung, wenn sie im Leben bestehen sollte. Aber der Herr Gemahl dachte nur an sich und seine Triebe.

»Ich werde Jens verlassen.«

Susa war die erste, die von meinem Entschluss erfuhr.

»Ina, ich wollte dir noch etwas sagen.« Sie schluckte und wurde ziemlich blass. »Versprich mir, dass du mich ausreden lässt und dich nicht gleich umdrehst und wegläufst.«

»Na, na, so schlimm kann es doch nicht sein«, beruhigte ich sie.

»Versprichst du's?«

Ich nickte.

»Wegen neulich, bei dir ...«

»Ist doch Schnee von gestern.«

»Ich hatte eine Affäre mit deinem Mann, vor ungefähr einem Jahr.«

Der Kaffee lief in die Luftröhre. Hustend starrte ich sie an.

»Ich wollte es dir letztens schon erzählen, aber …«

»Wie lange?«

»Ein oder zwei Wochen. Es war nichts Ernstes.«

Der endgültige Beweis dafür, dass Simone Brecht kein einmaliger Ausrutscher war. Na warte, du miese Ratte. Nur eins musste ich unbedingt wissen: »Wie war er?«

Susa drehte verlegen den Kopf zur Seite. »Was soll ich dir dazu sagen?«

»Susa komm, du hast doch Vergleiche. Also, ist Jens ein guter Liebhaber oder nicht?«

»Nicht so gut, wie er aussieht, und schon lange nicht so gut, wie er zu sein glaubt.« Sie zögerte. »Du weißt ja, Männer lieben so, wie sie essen. Eine Weisheit, die auf ihn hundertprozentig zutrifft.«

Ich dachte daran, wie er beim Frühstück die Brötchen verschlang, wie er Joghurt stets mit dem Esslöffel in die Mundhöhle beförderte, so hastig, als wollte er ein Wettessen gewinnen. Laut lachend fiel ich ihr um den Hals.

»Wovon willst du leben?«, fragte sie.

»Ich werde mir einen Job suchen.«

»Was ist mit dem Haus, mit eurem Vermögen? Du willst ihm doch wohl nichts schenken, nachdem du ihm die ganzen Jahre den Haushalt geschmissen hast. Habt ihr einen Ehevertrag?«

Soweit hatte ich noch gar nicht gedacht. Dunkel erinnerte ich mich daran, wie Mutter mit Königs damals heiße Debatten geführt hatte. Jens' Vater bestand auf einem Vertrag, Mutter wollte dies unbedingt verhindern, mir war alles egal. Ich entsann mich nicht, etwas unterschrieben zu haben.

»Heißt das, du weißt gar nicht, was und wie viel ihr besitzt, Geld, Kapitalanlagen und so was? Wie viel verdient Jens?«

Richtig naiv kam ich mir vor. Alles hatte ich ihm überlassen, ihm blind vertraut. Er war Experte auf dem Gebiet, ich hingegen mehr als ahnungslos. Die Vorstellung, dass er nicht alles nach alter gutbürgerlicher Manier auf einem übersichtlichen Sparbuch festgelegt hatte, trieb mir den Schweiß in die Handinnenflächen. Wie sollte ich Licht ins Dunkel bringen? Meine kleinen Ersparnisse – die Reste vom Haushaltsgeld, Geldgeschenke von meiner Mutter, meine Honorare für die Diätreportagen – würden nicht lange reichen.

»Ich hole mir, was mir zusteht«, schwor ich laut.

»Hallo Mutti, ich kam gerade hier vorbei und hab Licht gesehen.« Sie quetschte ein kurzes »Hallo« heraus und wirkte ziemlich überrumpelt. Auf dem Esstisch lag aufgeschlagen ein Doktor-Gero-von-Skalpell-Roman. Aha, dieser Dreigroschen-Arzt-Roman-Leidenschaft frönte sie noch immer. »Ich störe hoffentlich nicht.«

»Nein, nein, setz dich nur.« Sie saß auf dem Sofa, als hätte sie einen Stock verschluckt und sah mich abwartend an.

»Ja, ich wollte nichts Bestimmtes, nur mal sehen, wie's dir so geht.«

Sie ging nicht darauf ein. »Ich hab gehört, du bist jetzt nur noch selten zu Hause? Denkst du bei deinen Vergnügungen überhaupt an Yvonne?«

Wieder diese Vorwürfe. Bleib ruhig. »Ich denke nur an Yvonne. Im Moment macht sie übrigens ein Praktikum in der Stadtverwaltung und wohnt bei Sandra. Von dort hat sie nur ein paar Minuten Fußweg bis zum Amt.«

»Jens ist damit nicht einverstanden. Du weißt, er will, dass sie in der Zeit bei Königs wohnt.«

Umwerfende Logik. Königs wohnten doppelt so weit von Yvonnes Arbeitsplatz entfernt wie wir. Bleib sachlich, Ina. »Wann hat er das gesagt?«

»Als er gestern Mittag zum Essen hier war.« Schon wieder die alte Gehässigkeit, die ich so verabscheute, so fürchtete. Mein Magen drückte wie ein Stein. So kam ich nicht weiter. Anderer Ansatz, neuer Versuch.

»Ach Mutti, wir haben es doch richtig gut, nicht wahr? Stell dir vor, gerade war ich bei einer Freundin. Ihr Mann geht fremd.« Sie starrte mich an, ihr Gesicht verlor jede Farbe. Deutlich zeichneten sich die Rougekleckse auf ihren Wangen ab. »Nun will sie sich scheiden lassen. Nur, wenn sie es durchzieht, kriegt sie nichts, weil sie damals dummerweise einen Ehevertrag unterschrieben hat.«

»Scheidung, Scheidung«, kreischte sie hysterisch. »Was die Frauen sich heutzutage alles erlauben. Wir mussten früher zusammenbleiben, ob es uns passte oder nicht. Sie soll sich zusammenreißen, deine Freundin. Es geht, ich hab's schließlich auch überlebt.«

Gerade ausgesprochen schlug sie sich die Hand vor den Mund. Ich zuckte zusammen. Bilder und Sätze tauchten aus der Tiefe auf, um sich in meinem Hirn zu Brei zu verquirlen. Tante Hella. Wohin war sie verschwunden? Was hatte sie getan?

»Du meinst, du bist bei Vati geblieben, obwohl er und Tante ...«

»Schluss. Das geht dich nichts an«, kreischte sie. »Kümmere dich um deine Ehe, damit hast du genug zu tun.« Sie verschränkte die Arme vor ihrer Brust und blickte mich triumphierend an.

Ich wusste, sie würde sich eher die Zunge abbeißen, als weiter über damals zu reden. Kümmere dich später darum, Ina, kommandierte ich mich lautlos, während ich meine Wirbelsäule aufrichtete. »Da stimme ich dir voll und ganz zu, Mutti. Aber glaubst du wirklich, dass es die Pflicht der Frau ist, die Ehe aufrechtzuerhalten, egal was passiert?«

»Natürlich. Was soll sonst aus den Kindern werden?«

»Manchmal ist für sie eine saubere Trennung besser, als unglückliche Eltern. Na ja, auch wenn es im Moment keine Rolle spielt, ich bin jedenfalls froh, keinen Ehevertrag unterschrieben zu haben.«

»Du hättest alles unterschrieben, was Königs verlangten. Ich habe den Ehevertrag verhindert, Regina, mir hast du es zu verdanken. Und der Preis dafür war hoch: Königs zeigen mir bis heute die kalte Schulter.«

»Ich weiß, Mutti, und ich danke dir. So, jetzt muss ich los.« Ich drückte ihr einen Kuss auf die Wange, den sie, genau wie Jens, mit den Fingern abwischte.

Jens sollte sich in Sicherheit wiegen, dann machte er die meisten Fehler. Deshalb hielt ich es für sinnvoll, mich weiterhin in der Bank sehen zu lassen. Stamm eilte, wie von einem Magneten angezogen, mit offenen Armen auf mich zu, die Lippen zu einem breiten Lachen verzogen. Seine dünnen, viel zu langen Strähnen wehten nach hinten.

»Wie reizend Sie aussehen. Schlanker dürfen Sie aber wirklich nicht werden, Frau König.« Zur Begrüßung reichte er mir aufgeregt seine weiche, verschwitzte Hand. Seine jungenhafte Freude tat in dem Moment wirklich gut, ich lächelte ihn an und schenkte ihm einen strahlenden Augenaufschlag.

»Schön, Sie wieder gesund zu sehen. Wir haben Sie auf der Betriebsfeier alle vermisst.«

So, so, Betriebsfeier. Wegen welcher Krankheit konnte ich denn an der Feier, zu der ich nicht eingeladen wurde, nicht teilnehmen? Vorsichtshalber zauberte ich einen leicht schmerzverzerrten Ausdruck in mein Gesicht.

»Ich wäre wirklich gerne gekommen, aber Sie wissen ja ...« Gekonnt zog ich die letzten Worte nach oben, was ihn gleich zum Einlenken bewegte.

»Meine letzte Grippe liegt zwar schon einige Zeit zurück, aber ich erinnere mich nur ungern daran. Sie haben vermutlich schrecklich gelitten.«

Grippe hatte ich also, nicht gerade einfallsreich, Herr König. Als sei Stamm mein Vertrauter, umfasste er meinen linken Oberarm und beugte seinen Kopf herunter an mein Ohr. Ich befürchtete, er würde es anknabbern. »Machen Sie sich keine Sorgen, Ihr Fräulein Tochter hat Sie würdig vertreten.«

Mühsam beherrscht wünschte ich ihm einen schönen Tag und rauschte die Treppe herauf, um an der anderen Seite gleich mit dem Aufzug wieder herunterzufahren, in die Tiefgarage, und von da aus nach draußen. Auf den angehenden Bankdirektor hatte ich wirklich keine Lust mehr; hoffentlich erstickte er in den nächsten Wochen in Arbeit und ersparte mir seine längere Anwesenheit.

Kapitel 12

Obwohl ich allein im Hause war, schlich ich auf Zehenspitzen die Treppe hinauf zu den heiligen Hallen, den Schlüssel fest umklammert. Wie praktisch, wenn der eigene Mann glaubte, eine blöde Frau zu haben. Ich musste nur einmal, als Jens es wie so oft besonders eilig hatte, seinen Schlüsselbund verstecken und beobachten, woher er Ersatz nahm. Seine Einfallslosigkeit enttäuschte mich erneut: Die in der Garage stehende Werkzeugkiste diente als Aufbewahrungsort.

Pures Adrenalin schoss durch meine Adern, als ich den Schlüssel ins Schloss steckte. Da lagen sie vor mir, seine Gemächer, ordentlich, kein Papierkrümelchen, keine Flusen störten auf dem hellen Veloursteppich. Andächtig bewegte ich mich auf den schweren Schreibtisch aus Eichenholz zu, der fast jungfräulich wirkte, und ließ mich in den ledernen Chefsessel fallen. Total bequem. Kein Wunder, dass der Hausherr lieber hier oben saß, als unten auf dem durchgesessenen Familiensofa. Ich suchte die braune Schreibunterlage nach Tintenresten und ähnlichen Spuren ab, nichts, so als hätte Jens noch nie etwas mit der Hand geschrieben. Rechts außen, in drei schwarzen übereinandergestapelten Ablagen bewahrte er Papiere auf. Unten schien es sich um bezahlte Rechnungen zu handeln, in der Mitte um unbezahlte und oben um Kundenpost, jedenfalls unverdächtig, entschied ich. In einer Messingschale lagen mehrere Kugelschreiber, Bleistifte und ein schwarz-goldener Füller, alles ordentlich nebeneinander.

Ein bisschen von dieser Ordnung würde auch an anderer Stelle nicht schaden, mein Lieber. Zum Beispiel im Badezimmer. Ein Handtuch aufzuhängen, die Zahnpastatube wieder zuzudrehen, den Klodeckel nach dem Pinkeln zu schließen oder einfach nur die Rasierutensilien wieder dahin zu stellen, wo sie ursprünglich standen, damit kann ein so vorbildlicher Hausherr doch nicht überfordert sein, oder doch? Interessant schien mir das Messingkästchen auf vier Füßen in Form von Löwenpranken zu sein. Vorsichtig nahm ich es in die Hand, es war sehr schwer. Die vier eingearbeiteten Bilder zeigten Szenen einer Safari: Großwildjäger auf Elefantenjagd, eine fliehende Herde Zebras, ein Jäger, der auf einem erlegten Löwen saß und den Kopf an der Mähne hochhielt, stolze Massai-Krieger, reichlich geschmückt und mit Speeren bewaffnet, in der Mitte des Deckels befand sich ein Knauf in Form eines prächtigen Löwenkopfes. Wer nicht, so wie ich, jede Art von Safari verabscheute, hätte das Kästchen sicher für ein schönes Stück gehalten. So auch Jens. Er hatte es von seinem Vater geerbt, seinem großen Vorbild, zumindest was den Beruf betraf. Dass der Vater seine Privatbank in den Konkurs gewirtschaftet hatte, schmälerte seine Bewunderung für ihn in keinster Weise.

»Eine falsche Investition, eine unerwartete Börsenentwicklung, ein gescheitertes Großbauprojekt, und du bist draußen«, erklärte er mir damals. »Immerhin hat Vater die Familie aus allem herausgehalten«, versuchte er die Pleite zu entschärfen. Abstreiten konnte man dies wirklich nicht. Die Villa am Stadtrand, die Autos, Auslandsimmobilien – wo genau wusste ich bis heute nicht –, Gold, Schmuck, ja, sogar Geld für den Lebensunterhalt waren nach dem Konkurs reichlich da, für Gläubiger selbstverständlich unantastbar. Über Geldbeträge wurde in meiner Anwesenheit nie gesprochen, so kannte ich nur die Summen, die die Tagespresse ausgrub – und die waren angeblich untertrieben. Schlimmer als die finanzielle Veränderung war die Tatsache, dass Jens' Vater, der wegen einer Herzerkrankung nicht mehr der Gesündeste war, in tiefe Depressionen verfiel.

Eines Morgens fand ihn das Hausmädchen tot in seinem Arbeitszimmer, ein friedliches Lächeln umspielte den sonst herrisch verzogenen Mund. Das Gerücht, er habe einen eigenen Beitrag zu seinem plötzlichen Ableben geleistet, hielt sich hartnäckig und konnte bis heute nicht ausgeräumt werden. Die Familie hüllte sich in Schweigen. Weil ich nach Meinung von Schwiegermutter und Schwager ohnehin nicht dazu zählte, wurde ich selbstverständlich in die medizinischen Hintergründe nicht eingeweiht.

Nach Schwiegervaters Tod bekamen die Söhne etwas Geld, die Villa ging, wie lange vorher abgesprochen, in den Besitz meines Schwagers Lars über, Schwiegermutter bezog die Räume im ersten Stockwerk. Lars und seine Frau Ariane, eine ehemalige Fernsehmoderatorin, deren Berufserfahrungen sich auf die Präsentation von Stadtklatsch beschränkten, belegten samt ihrem verzogenen Zwillingspärchen die unteren Zimmer, inklusive großer Empfangshalle. Jens wurde großzügig ausgezahlt, aber eine echte Entschädigung war es für ihn wohl nicht. Er verbot mir, den Tod seines Vaters je wieder zu erwähnen.

Es war ein gutes Gefühl, hier zu sitzen, so, als dürfte ich Wichtiges entscheiden, so als besäße ich Macht. Langsam schlug ich die Beine übereinander, griff zum schwarz-goldenen Füller, lehnte mich protzig zurück und baute mit dem Stift eine Schranke vor meiner Brust, indem ich die beiden Enden mit Daumen und Zeigefinger festhielt.

Derart aufgebaut ließ ich meinem imaginären Gegenüber keine Chance. Es zog die Schultern nach vorne, senkte den Kopf, sprach schnell und leise.

Vorsichtig hob ich den Deckel vom Löwen-Kästchen

ab und inspizierte das Innenleben. Fehlanzeige, bis auf den Schlüssel zum PC, Radiergummi, Büroklammern und ähnlichem Kleinkram konnte ich nichts Interessantes entdecken.

Mit wachsender Dreistigkeit wagte ich mich an die Schreibtischschubladen heran. Verschlossen! Die zweite, dritte, vierte, die Seitentür, alles war zu. Mist! Wo bewahrte mein Schlauberger den Schlüssel auf? Ich versuchte es mit dem Wandschrank, den Bücherregalen, schüttelte, inzwischen völlig skrupellos, seine Wohnaccessoires – allesamt Geschenke von seinen Freunden, die ich gar nicht kannte – nichts. Fast siebzehn Jahre Ehe konnten doch nicht so täuschen. Mein letzter Versuch führte mich zum Computertisch. Eine gute Entscheidung, keine zwei Minuten später hielt ich das Objekt meiner Begierde in der Hand, versteckt in der Plastikbox für Drucker-Farbkartouchen. Er passte zum Wandschrank, in dem mein ordentlicher Gatte die anderen Schlüssel deponierte. Als wollte er es mir bequem machen, hatte er sie sogar alle beschriftet.

Ich sah auf die Uhr, noch zwei Stunden, bis Yvonne kam. Ich ging zum zweiten Angriff über. Vorsichtig öffnete ich die Schublade des schweren Schreibtisches. Stifte, Heftklammern, Tintenpatronen, Taschenrechner, leere Notizblöcke, lauter langweilige Büroartikel. Die Schränke waren da schon interessanter. In der rechten Seite bewahrte er jede Menge Bücher auf: Ihr Recht als Hausbesitzer auf Mallorca, Steuervorteile durch Immobilien, Modernes Scheidungsrecht ... Ich stutzte, nahm das Buch und blätterte. Im Inhaltsverzeichnis hatte er die Kapitel Versorgungsausgleich, Zugewinn und Unterhalt mit orangefarbenem Textmarker angestrichen. Beim hektischen Blättern löste sich eine Seite heraus und fiel zu Boden. Erst jetzt bemerkte ich, wie morsch das Buch war, eine zwölf Jahre alte Auflage. Beruhigt stellte ich es zurück und schloss die Tür. Er würde mir nicht zuvorkommen. Der linke Schrank ließ sich mit dem Schlüssel nicht öffnen, so dass ich erst einige andere ausprobieren musste, um den richtigen zu finden. Hier bewahrte Jens nur eines auf: eine längliche Kassette, schätzungsweise vierzig mal fünfzig Zentimeter groß und zwanzig Zentimeter hoch – und verschlossen. Inbrünstig hoffte ich, den Schlüssel zu finden, was mir schnell gelang. Ich schloss auf und hob den Deckel. Der Anblick ließ mich erstarren: ein schwarzer Damen-Tanga und ein BH-ähnliches Gebilde der Marke Sexy-Sue, Größe achtunddreißig. Die Antwort auf meine Frage, was ein verheirateter Mann mit solchen Stofffetzen anfängt, erhielt ich schnell. Das gleiche Aktfoto von Simone Brecht, wie ich in seiner Brieftasche gefunden hatte, lag direkt unter der Wäsche.

Sorgfältig packte ich weiter aus. Getrocknete Blumen – bisher dachte ich immer, nur Frauen sammelten so etwas –, einige Kondome mit Erdbeer- und Kiwi-Geschmack, dem Haltbarkeitsdatum nach zu urteilen frisch gekauft, Briefe und Fotos. Acht Jahre alt waren sie, die Briefe mit kitschigen Liebesschwüren von einer gewissen Eva. Rührend bedankte sie sich bei dem heißesten Lover unter der Sonne für die schönsten Stunden in den vergangenen sechs Jahren und bedauerte zutiefst, dass ihr Mann von der Sache erfahren und ihr die Pistole auf die Brust gesetzt hatte.

Ein Foto zeigte Jens mit einer hübschen Brünetten am See. Gardasee oder Lago Maggiore, vermutete ich. Weiter ging's mit Susi, ebenfalls ein Aktfoto, drei Jahre alt, diesmal eine Blondine mit Schmollmund. Wahrscheinlich lispelte sie und versetzte damit jeden Mann in hirnloses Verzücken. Leider musste sie ihn verlassen, um ihre Schauspielkarriere in München zu starten, das Abschiedsschreiben war eineinhalb Jahre alt und roch noch immer nach *Tiger*, dem ekeligen Rasierwasser. Nie werde ich die drei wilden Jahre mit meinem Tiger vergessen, schrieb sie. Jens, der Tiger, lächerlich! Ganz unten in der Kassette versteckte der Tiger noch einen Schlüssel für das Bankschließfach dreiunddreißig. Sorgfältig packte ich alles wieder ein, streng auf die Reihenfolge achtend, die Reizwäsche knubbelte ich etwas zusammen und legte sie oben drauf.

Ich ließ mich in den Ledersessel fallen. Noch vor wenigen Tagen hatte ich geglaubt, seine Dreistigkeit sei begrenzt. Aber nein, der saubere Jens König hatte eine Dauerbeziehung nach der anderen. Mal eine Affäre, das hätte ich ihm vielleicht zugetraut, aber Dauerbeziehungen? Sechs Jahre, eine verdammt lange Zeit. War ich blind oder er so gerissen?

Klar, es gab immer kurze Phasen, in denen er häufiger zu Hause war, das letzte Mal nach meiner Diät. Ich rechnete zurück. Genau zu dem Zeitpunkt hatte sich Susi von ihrem Tiger getrennt, deshalb der Familiensinn. Seine Beziehung zu Simone bestand vermutlich jetzt ein gutes Jahr. Überstunden, das ich nicht lache! Meine Güte, ich war dumm gewesen wie die Nacht finster!

Tränen fand ich keine mehr. Nach all den Jahren fühlte ich nur noch Wut, wenn ich an ihn dachte. Ich war wütend auf ihn, weil er mich so schamlos belogen und betrogen hatte und es skrupellos weiter tat. Ich war wütend auf ihn, weil er mich die ganzen Jahre nur benutzt hatte, um ein bequemes Leben führen zu können. Er hatte keine Ehefrau gewollt, sondern eine Hausfrau. Ich war aber auch wütend auf mich, weil ich jedes Misstrauen im Keim erstickt hatte, anstatt auf meine Gefühle zu achten.

Aber Wut tut gut. Endlich wusste ich Bescheid, wusste, wohin ich wollte. Doch vorher lüftete ich alle seine Geheimnisse. Und das wurde langsam spannend. Wie ein offenes Buch würde er für mich sein, wenn ich ihn und dieses Haus für immer verließ. Ich atmete tief durch. Nach den ganzen Wochen in Unsicherheit fühlte ich mich endlich leicht und frei.

Kapitel 13

»Wie lange bleibst du in Rom?«

»Vielleicht vier oder fünf Tage. Wo ist mein grünes Hemd?«

Unruhig wühlte mein eitler Gatte in seinem Kleiderschrank herum.

»Keine Ahnung, aber dein Koffer *ist* bereits voll.« Spöttisch sah ich auf seine ordentlich zusammengelegten Leinen- und Baumwollkombinationen, Shorts und Badehosen. Merkwürdige Garderobe für jemanden, der harte Immobilienverhandlungen mit italienischen Geschäftspartnern in einer Großstadt führen wollte. Lediglich einen Anzug hatte er eingepackt.

Diese ominöse Dienstreise, die er angeblich zusammen mit einem Kollegen aus der Abteilung für Auslandsimmobilien unternahm, kam wie gerufen, denn so konnte ich endlich die Sache mit dem Bankschließfach weiter verfolgen.

Da Frau Kramer, die Telefonistin in der Bank, meine Stimme vielleicht erkannt hätte, vergewisserte sich Susa telefonisch, dass Jens wirklich nicht arbeitete. Ich zog mein elegantes cognacfarbenes Kostüm mit den feinen hellbeigen Nadelstreifen an. Der enge knie-kurze Rock saß wie angegossen. Dazu wählte ich eine Wickelbluse, sexy, aber nicht obszön. Mutig griff ich etwas tiefer als gewöhnlich in den Make-up-Tiegel, schminkte die Augen ausdrucksvoll und zog die Lippen mit einem kräftigen rot-braunen Lippenstift nach. Perfekt! Neunundsiebzig Kilo zeigte die Waage an. Seitdem ich mein Leben ohne Rücksicht auf mein Übergewicht frei gestaltete, statt verkrampft auf jedes Kilo weniger zu hoffen, damit es endlich beginnen könne, schien ich meinem Ziel viel schneller entgegen zu rücken. Mein Körper war knackiger als je zuvor, heute gefiel er mir sogar ausgesprochen gut. Bei den Kurven würde Stamm mir keine Bitte abschlagen können.

Hoffentlich. Riskant war es schon, mit einer selbstproduzierten Vollmacht an das Schließfach zu gehen, doch ich hatte keine andere Wahl. Aber es gab noch eine weitere Hürde: das Kennwort. Ich musste mich auf meine psychologischen Fähigkeiten verlassen. Fast drei Tage hatte ich gebraucht, um die Passwörter in seinem PC zu knacken und sein dahinter verborgenes System zu entschlüsseln. Es musste funktionieren.

Ausgerüstet mit einem speziellen Fotoapparat sowie zwei Kästchen mit einer weichen Masse, um von eventuell vorhandenen Schlüsseln Abdrucke herzustellen – alles Leihgaben von Susas Bruder Peter, der eine Detektei betrieb –, stürzte ich mich ins Abenteuer.

Als ich den Benz vor der Bank parkte, hatte ich das Gefühl, keinen Ton herauszubringen. Auf die Kontrolle meines Pulsschlages verzichtete ich, ob hundertfünfzig oder zweihundertzehn, das machte keinen Unterschied. Es war *mein* Auftritt, der größte und illegalste in meinem sechsunddreißigjährigen Leben, die Herausforderung, die Chance, und ich würde sie nutzen.

Äußerlich aufrecht und selbstsicher, innerlich bebend betrat ich die Bank. Wie vermutet und diesmal auch sehnlichst erhofft, stürmte Stamm auf mich zu.

»Frau König, Sie werden von Tag zu Tag schöner«, begrüßte er mich erfreut und sah mir tief in die Augen, dann auf meinen leicht geöffneten Mund. Man merkte deutlich, dass er bei seiner Mutter lebte und üblicherweise nur alten Damen Komplimente machte. Wahrscheinlich hatte seine Mutter ihn den Satz: »Tante Anna, du wirst von

Tag zu Tag jünger« gelehrt, und er als braver Junge variierte ihn bei Bedarf.

»Vielen Dank, Herr Stamm«, strahlte ich ihn an.

»Darf ich Sie zu einem Kaffee einladen?«

»Später gerne«, versprach ich. Wenn es damit erledigt wäre, käme ich günstig davon. »Erst die Arbeit, dann das Vergnügen, so heißt es doch, nicht wahr?«

Er sah mich fragend, mit leicht lüsternem Blick an. Auf einmal war ich mir sicher, ans Ziel zu gelangen und fasste Mut.

»Herr Stamm, ich habe ein Problem. Wie Sie wissen, ist mein Mann für ein paar Tage verreist«, ich beobachtete ihn genau, sah ihm tief in die Augen, er wusste Bescheid. »Gestern Abend bat er mich telefonisch, etwas für ihn aus dem Schließfach zu holen. Seine Vollmacht bekam ich per Fax.« Ruhig blätterte ich den Zettel auseinander. Erstaunlich, wie echt die Absenderzeile aussah. Stamm warf einen prüfenden Blick darauf.

»Das ist doch selbstverständlich.«

Erleichtert strahlte ich ihn an. »Unter einer Bedingung«, fuhr er fort, so als wollte er seine Macht auskosten. Besser, ich spielte dieses Spiel mit.

»Und die wäre?«

»Sie gehen heute Abend mit mir essen.«

Also doch mehr als Kaffee! Hätte ich mir denken können. Nach einem solchen Tag noch ein Abend mit Stamm, aber ich hatte keine Wahl und es war ja nur ein Abend. Ich nickte zustimmend.

»Ich hole Sie gegen acht ab?«, freute er sich. Seine Bestimmtheit war ein Widerspruch zu seinem sonst so zögerlichen Altherren-Benehmen und verwirrte mich etwas.

Dann führte er mich in den Keller, gab seinem zuständigen Kollegen Order, mich zu dem begehrten Fach zu führen und überließ mich meinem Schicksal. Lässig unterschrieb ich das vorgelegte Schriftstück, die Eintrittskarte. Dass ich die gleichen Kürzel wie Jens benutzte – dafür hatte ich lange geübt –, bemerkte er gar nicht, weil er mir ständig in den Ausschnitt meiner Wickelbluse glotzte, die beim Hinunterbeugen etwas auseinander klaffte und den Blick auf den cremefarbenen Spitzen-BH freigab. Als Kennwort trug ich das Datum der Schließfacheinrichtung ein. Hoffentlich hatte ich es richtig gelesen. Nur einen Moment hatte der Angestellte die Karte mit dem Datum aufgeschlagen und ich musste die auf dem Kopf stehenden Zahlen entziffern. Dabei sah ich, dass Jens erst vor zwei Tagen hier gewesen war.

»Kommen Sie bitte mit, Frau König.« Diese freundlichen Worte klangen wie eine Erlösung. Geschafft. Ich war drin. Er schloss mit seinem Schlüssel auf und ließ mich allein. Es roch nach altem Papier und Alkoholreiniger. Die Ruhe glich der in einem Meditationssaal. Etwas unheimlich fand ich es schon, allein in diesem großen Raum mit all den Schätzen zu sein. Andächtig öffnete ich das Fach mit meinem Schlüssel, nahm die große, schwere Box heraus und stellte sie auf den Tisch. Vorsichtig hob ich den Deckel hoch, sie war noch nicht einmal halb gefüllt, aber der Inhalt konnte sich sehen lassen. Fünfzig- und Hundert-Euro-Scheine lagen obendrauf, darunter noch Fünfhunderter, ich zählte vierundachtzigtausendfünfhundert Euro. Donnerwetter, und mir machte er Vorwürfe, wenn ich zum Friseur ging und von meinem lächerlich abgesparten Taschengeld etwas ausgab. Dem Reiz, einige der Scheinchen einzustecken, widerstand ich schweren Herzens.

Richtig spannend wurde es unter den Scheinen. Ich fand eine Lebensversicherungspolice über eine viertel Million, im Falle des Todes sollten Yvonne und ich das Geld erhalten. Zuverlässig wie sein Vater! Es folgten andere Versicherungspolicen wie Hausrat, Haftpflicht, Gebäude, Zeugnisse, die Grundbucheintragung für unser Haus. Halt, hier noch eine, Von-Cramer-Allee fünfundzwanzig, las ich laut. Ich sah sie mir genauer an. Seit vier Jahren schon waren wir Eigentümer dieses protzigen Neubaus und ich hatte es noch nicht einmal geahnt. Selbstverständlich ließ ein Gentleman seine Geliebte mietfrei wohnen! So war es jedenfalls in Filmen immer. Sieh an, sieh an. Wie viel mochte der Prunkbau wert sein? Eine Million, zwei oder mehr? Wie viel Miete warf er ab? Hastig zog ich den Fotoapparat aus der Tasche. Das nächste Dokument war nicht weniger überraschend: Bereits seit sieben Jahren besaß der Herr Bankdirektor in spe ein Siebzig-Quadratmeter-Appartement am Gardasee. Moniga del Garda, wie sich das anhörte. Ich bekam richtig Fernweh. Beeindruckend auch das Haus auf Mallorca in Alleinlage mit Blick aufs Meer und Außenpool. Schon vor über zehn Jahren hatten seine Eltern es ihm überschrieben. Zu guter Letzt stieß ich auf etliche Wertpapiere, Aktien, Krügerränder, kleine Goldbarren und – vermutlich aus dem Erbe seines Vaters – eine umfangreiche Münzsammlung sowie Familienschmuck. Schnell fotografierte ich alles, bis auf die Münzen und den Schmuck – an seinem Erbe wollte ich mich nicht bereichern. Wie sicher musste Jens sich fühlen! Vorsichtig schichtete ich die Dokumente wieder ein, überzeugte mich mehrmals von der Ordnung, stellte die Kassette zurück und verschloss das Fach. Dann richtete ich meine Bluse und trat innerlich jubelnd ins Freie. Wir waren wohlhabend und nach der Scheidung würde ich es weiterhin sein.

»Sind Sie zurechtgekommen?«

Und wie! »Vielen Dank und auf Wiedersehen.« Ein freundliches Lächeln hatte er verdient, fand ich. Souveränität war die beste Garantie dafür, kein Misstrauen zu ernten.

Ob er mit Simone einige Tage in unserer Wohnung am Gardasee verbrachte? Irgendwie schmerzte die Vorstellung, nicht wegen Simone, sondern weil ich noch nie da war, obwohl ich es mir immer gewünscht hatte. »Viel zu viel Betrieb, ich brauche im Urlaub Ruhe«, hatte er abgewehrt.

Rock oder Hose? Nach so viel Hilfsbereitschaft durfte er den Anblick meiner Beine erwarten, doch keinesfalls wollte ich Stamm zum Grapschen animieren. Hose schien mir maskuliner zu sein und so wählte ich einen schlichten schwarzen Hosenanzug mit einer hochgeschlossenen grauen Seidenbluse und besserte mein Make-up auf. Stimmungsmäßig fühlte ich mich eher, als würde ich zur Schlachtbank geführt und nicht in ein nettes Restaurant.

Punkt acht ertönte die Türglocke. Cheeeese, grinste ich breit und lustlos in den Flurspiegel, bevor ich mit energischem Ruck die Haustür aufriss. Ebenso ruckartig streckte sich mir wie von Geisterhand geführt der gigantischste Strauß Rosen entgegen, den ich je gesehen hatte, langstielige, blutrote Rosen, teils zart aufgeblüht, teils in Knospen.

»Hundert Baccara für die schönste Frau der Stadt, ach, was sage ich, für die schönste Frau überhaupt.«

Ein völlig neuer Stamm tauchte hinter dem Blumengebinde auf. Seine ehemals aschblonden Strähnen waren modisch durchgestuft und glänzten, sein Gesicht sah jetzt ausdrucksvoller aus als heute Morgen.

»Das wäre aber nicht nötig gewesen«, stammelte ich verwirrt und hätte mich am liebsten gleich geohrfeigt, weil mir nur dieser hyperbescheidene Mäuschen-Spruch mit der Ich-bin-es-nicht-wert-Botschaft einfiel. Ich bat ihn ins Wohnzimmer, wo er sich in den Fernsehsessel setzte, als sei es sein eigener. Nur raus hier, an einen neutralen Ort, dachte ich voller Unbehagen. Gut, dass Yvonne heute bei meiner Schwester übernachtete und dieses Theater nicht miterleben musste. Ihre Meinung von Stamm war ja nicht die höchste.

Irritiert suchte ich die große Vase. Gerade als ich mich vergeblich abmühte, sie aus dem oberen Schrank zu holen, streckten sich von hinten zwei Arme in die Höhe und ergriffen sicher das kostbare Kristallexemplar. Der Duft eines herb-frischen Aftershaves stieg mir in die Nase. Es roch angenehm und ich atmete etwas tiefer ein. Schade, dass der Duft zu Stamm gehörte, sonst hätte es ein angenehmer Abend werden können.

»Danke.« Verlegen konzentrierte ich mich auf die Blumen, er ließ mich keine Sekunde aus den Augen.

Wütend und hilflos zugleich spürte ich, wie meine coole Fassade bröckelte. Vorsichtig trug er die schwere Vase ins Wohnzimmer. Erst jetzt bemerkte ich seinen perfekt sitzenden Anzug aus feinem blau-grauen Tuch. Verglichen mit seinen sonstigen Fähnchen dürfte dieser Anzug ein Vermögen gekostet haben. Der Zweireiher kaschierte seine Rettungsringe um Bauch und Hüfte hervorragend – oder hatte er gar keine mehr? Meine prüfenden Blicke entgingen ihm nicht. Siegessicher grinste er mich an. Bisher glaubte ich genau zu wissen, in welche Schublade Stamm passte, jetzt begann ich zu zweifeln.

Galant geleitete er mich zum Auto und hielt mir die Beifahrertür seines schwarzen BMW-Sportwagens so lange auf, bis ich sicher im grauen Ledersitz versunken war und mich angeschnallt hatte. Eine konservative Limousine älteren Baujahres hatte ich erwartet, aber keinen Sportwagen.

Schon auf dem ersten Kilometer demonstrierte der

brave Herr Stamm seinen rasanten Fahrstil: schnell anfahren, dicht auffahren, in letzter Sekunde abbremsen. Mit schweißnassen Händen krallte ich mich am Sitz fest.

»Wo fahren wir denn hin?«, versuchte ich ein erstes Gespräch.

»Lassen Sie sich überraschen.« Er zwinkerte mir vertraulich zu. Mein Magen meldete flaue Stimmung. Ich saß hier mit einem Mann, den ich in keinster Weise einschätzen konnte, bei dem ich aber einen gehörigen sexuellen Notstand vermutete, und ich kannte noch nicht einmal das Ziel dieser Rallye. Hundertzwanzig zeigte der Tacho, es kam mir viel schneller vor.

Er fuhr Richtung Süden, steuerte über eine kaum befahrene Landstraße, bis er plötzlich scharf rechts in einen Waldweg einbog. Nur Bäume und Büsche. Mein Gott, was tat er, was hatte er vor? Ich zitterte am ganzen Leib, hielt Ausschau nach Gegenständen, die ich ihm im Ernstfall über seinen frisch geschorenen Schädel ziehen konnte. Außer ein paar Straßenkarten lag nichts in greifbarer Nähe. Ich würde schreien, treten, kratzen, beißen. Vergeblich. Niemand würde mich hören. Ich war ihm ausgeliefert.

Hart und fest trat er auf die Bremse. Das Auto rutschte leicht nach vorn, dann stand es. Weg. Ich musste hier weg. Aber anstatt mich zu bewegen, hing ich wie gelähmt im Schalensitz des BMWs.

»Entschuldigen Sie«, hörte ich die verzweifelte Stimme neben mir. »Ich glaube, ich bin an der Hauptstraße zu früh abgebogen. Es ist mir außerordentlich peinlich.«

Geschickt wendete er den Wagen und fuhr auf die Straße zurück. Ich bekam einen Lachkrampf. Wie albern, überall Probleme und Gefahren zu sehen! Eigentlich hatte die Fahrt sogar Spaß gemacht. An der nächsten

Mündung war sein Ziel dann ausgeschildert »Tobago – Kreolische Spezialitäten unter Palmen«.

Das Restaurant übertraf meine Erwartungen um ein Vielfaches. Reggae und andere karibische Klänge ertönten. Palmen und Tische unter Strohdächern ließen den Raum authentisch wirken. Die Kellner trugen Bermuda-Shorts und bunte Hawaii-Hemden, die Kellnerinnen, wie die Männer allesamt dunkelhäutig, waren mit T-Shirts und bunten Wickelröcken bekleidet, mit Blumenkränzen am Hals und Blüten im schwarzen Haar geschmückt. Das Tollste aber war der feine Strand-Sand, der mindestens zwanzig Zentimeter hoch auf dem ganzen Fußboden verteilt war. Niemand vom Personal oder den Gästen trug Schuhe. Eine karibische Schönheit führte uns in die Schuhgarderobe, um unsere Fußbekleidung abzustellen, dann zu einem gedeckten Tisch, an dem ein riesiger Korb mit exotischen Früchten auf uns wartete. Während ich die junge Frau bewundernd anstarrte, ihre anmutigen Bewegungen beobachtete und sie glühend um ihre taillenlange schwarze Haarpracht beneidete, schenkte Stamm ihr keinen Blick zu viel. Mit mindestens so weltmännischer Lässigkeit, wie mein Angetrauter es zu tun pflegte, bestellte er zwei Aperitifs mit zungenbrecherischem Namen.

»Ein Cocktail aus Rum, verschiedenen Säften und Eis«, klärte er mich auf.

Ich schlürfte das erfrischende Getränk, spielte mit den Zehen im warmen Sand und begann langsam, mich zu entspannen. Die Wirkung des Rums und der gleichmäßige Reggae-Sound halfen kräftig. Ich lachte mein Gegenüber an. »Herrlich«, rief ich begeistert.

»So soll es sein. Ich möchte, dass Sie sich heute Abend richtig wohl fühlen.« Er sah mich lange an, so als überlegte er, ob er noch mehr sagen wollte. Eigentlich sah er gar nicht schlecht aus, besonders seine klaren blauen Augen mit den langen, dunklen Wimpern gefielen mir immer besser. Stamm war alles andere als schleimig, oder spielte er seine Rolle hier perfekt?

»Wie geht es Ihrer Mutter?«, lenkte ich vom Thema ab.

»Meiner Mutter geht es gut, danke.« Wieder bekam er den nachdenklichen Blick.

»Ich hätte nie gedacht, dass Sie einen Sportwagen fahren.« Neuer Versuch, ihn aus der Reserve zu locken.

»Früher mochte ich auch keine, doch in den letzten Jahren habe ich mich so an das sportliche Fahren gewöhnt. Deshalb habe ich den Wagen nach der Trennung behalten.«

»Nach der Trennung?«

»Jeder in der Bank glaubt, ich lebe mit meiner Mutter zusammen.«

»Und das ist nicht so?« Bescheuerte Frage, wo doch die Antwort schon im Raum stand.

»In den letzten fünf Jahren habe ich mit meiner Freundin zusammengelebt. Sie war Kfz-Schlosserin und liebte schnelle Autos – leider mehr als mich. Im letzten Herbst ist sie ausgezogen, seitdem bin ich wieder Single. Meine Mutter ist eine rüstige alte Dame mit eigenen Interessen. Sie würde an ihren Erziehungskünsten zweifeln, wenn ihr erwachsener Sohn zu ihr zöge.«

»Damit habe ich nicht gerechnet«, gab ich ehrlich zu.

»Ich will keine Frauengeschichten am Arbeitsplatz, das stiftet nur Unfrieden, um die Gunst der jungen Kolleginnen zu buhlen ist mir zuwider. Irgendwer setzte eines Tages das Gerücht in die Welt, ich interessiere mich nur für *eine* Frau, nämlich für meine Mutter. Die Idee gefiel mir so gut, dass ich sie nie korrigierte – und auch nicht vorhabe, es zukünftig zu tun.«

Der Rum trieb mir das Blut in den Kopf, ich bereute

schon, zum Essen Wein bestellt zu haben. Aber nach dem ersten Gang, einer kräftigen Kokosnuss-Hühnersuppe mit Garnelen, sah ich bereits wieder klarer.

»Übrigens, ich heiße Kurt.« Fröhlich prostete er mir mit seinem Mineralwasser zu.

»Ina.« Gleichzeitig nahmen wir einen großen Schluck, er Wasser, ich Wein. Die Kellnerin brachte den Hauptgang: Red Snapper mit Gemüse und Süßkartoffelpüree für mich, Huhn mit Ananas-Chutney und Reis für Kurt. Er aß außergewöhnlich langsam, zielsicher, aber fast scheu schob er die Gabel in den Mund. Ich dachte an Susas Theorie und lächelte.

»Die Trennung hat mich ziemlich belastet, deshalb bin ich danach für einen Monat nach Jamaika geflogen. Eigentlich wollte ich nur Sonne, baden und in Ruhe über alles nachdenken. Nach ein paar Tagen steckten die Einheimischen mich mit ihrer Lebenslust an. Sie lachen viel und laut, sie sind freundlich, man sieht kaum einzelne Personen, alle leben in Gruppen. Auf Jamaika habe ich Spaß gehabt, konnte mich plötzlich wieder freuen.« Unsere Augen trafen sich. »Wann hast du das letzte Mal richtigen Spaß gehabt, Ina?«

Heute Morgen, lag mir auf der Zunge, aber das meinte er wohl nicht. Ich zuckte die Achseln. »Weiß nicht.«

Langsam füllte sich die Tanzfläche, die durch eine Glasscheibe vom Speiseraum abgetrennt war. Alte, junge, dicke und dünne Menschen bewegten sich im Rhythmus der Musik. Einige versuchten die Bewegungen der farbigen Männer und Frauen zu kopieren. Die Stimmung war ausgelassen.

»Wollen wir?« Seine Augen leuchteten, erst jetzt bemerkte ich, dass er die ganze Zeit den Takt mit den Beinen klopfte. Entschlossen nahm er meine Hand in seine warme, weiche, gar nicht mehr verschwitzte, und führte mich sicher zu einem freien Platz. Ein junger Tänzer lachte mir aufmunternd zu, seine Zähne schimmerten wie Perlen. Etwas verkrampft lächelte ich zurück und versuchte, mich wie er zu bewegen. Kurt blühte auf. Zuerst tanzten wir auseinander, später zusammen, noch später eng zusammen. Seine Berührungen waren sanft und sicher. Alle Abneigung, die ich empfunden hatte, verwandelte sich in Zuneigung.

»Das war ein ganz besonderer Abend für mich«, gestand er, als wir nach Mitternacht in seinem Sportwagen saßen.

»Für mich auch.« Bedauerlich, dass es schon vorbei war. Plötzlich fühlte ich seine Hand auf meiner Schulter, die Wärme drang durch Jacke und Bluse, erreichte meine Haut. Ich lockerte die Muskeln, entspannte mich, wurde ruhig. Wie selbstverständlich massierte er mit zwei Fingern meinen Nacken, so lange, bis ich ihn ansah. Dann nahm er meinen Kopf in seine Hände, beugte sich zu mir herüber und streifte mit seinen weichen warmen Lippen meine Stirn, meine Augen, Nase, Mund, ganz vorsichtig, als sei ich aus hauchdünnem Glas. Noch nie hatte ich soviel Zärtlichkeit und Rücksicht gespürt. Nichts wünschte ich mir in diesem Moment sehnlicher, als diese Hände, diese Lippen auch an anderen Körperstellen zu spüren. Doch er ließ mich los, lehnte sich zurück und sagte mit rauer Stimme: »Ich bring dich jetzt besser nach Hause.«

»Ich will noch gar nicht nach Hause«, hörte ich mich flüstern.

Er stutzte nur einen Moment, dann ließ er den Motor aufheulen und sauste los. Vor einem Sechs-Familien-Haus stoppte er, stieg aus, half mir beim Aussteigen. Du bist die Frau seines Chefs, warnte ich mich. Nicht mehr lange, bemerkte eine andere Stimme.

Wir gingen ins Wohnzimmer, wo sich das ganze Paradoxon seiner Persönlichkeit widerspiegelte. Zuerst sah ich nur die dunklen Eichenmöbel, die goldgeblümte Polstergarnitur und Rembrandts Mann mit dem Goldhelm an der Wand. Alles passte zu dem Bankangestellten: konservativ, schwerfällig, gewissenhaft und zuverlässig. Auf den zweiten Blick fielen mir die zahlreichen Accessoires auf: handgeschnitzte Ebenholzfiguren, getrocknete exotische Meerestiere, bunt bemalte Tücher, Blumenkränze.

»Ein Geschenk von einer Hawaiianerin, die mich tagelang bedrängte, ihre Tochter zu heiraten.«

»Was hat dich zurückgehalten?«

»Sie gehörte auf die Insel, nicht in dieses Leben. Hier in der Kälte wäre sie nicht mehr die Gleiche gewesen.«

Während ich versuchte meine Eifersucht zu bekämpfen, indem ich mir den Massai-Speer neben der Eichenvitrine ansah, zündete Kurt Kerzen an, legte Kuschelrock auf und stellte zwei Champagnergläser auf den Tisch. Die dazugehörige Flasche eisgekühlten Pommerys zauberte er in Nullkommanichts herbei.

»Ich habe gehofft, dass du mitkommst, aber nicht geglaubt.«

Er setzte sich zu mir auf die hässlich-geblümte Couch und nahm mich in den Arm. Seine Augen glänzten, er roch wie frisch gewaschen.

»Ich hoffe nur, du bist ab jetzt öfter mein Gast.«

Ohne eine Antwort abzuwarten, machte er da weiter, wo er im Auto aufgehört hatte. Wie ein kostbares Geschenk packte er mich aus, ertastete jeden Millimeter meines Körpers mit seinen zarten Händen und bedeckte ihn mit Küssen. Er reagierte auf jede Bewegung, jedes Stöhnen von mir. Er wusste wie und was ich wollte. Und er meinte mich, nicht irgendeine Frau. Für einige Stunden gab er mir die Sicherheit, die begehrenswerteste Frau auf der ganzen Welt zu sein. Ich ließ mich fallen, genoss seinen Körper an meinem. Hier durfte ich ich sein, mich ausbreiten, hier war ich geborgen. Aber wollte ich das? Später, viel später würde ich darüber nachdenken, jetzt wollte ich so viel wie möglich von dieser Zärtlichkeit. Schließlich musste ich mein ganzes Leben nachholen, in dem es bisher nur die seltenen Hochgeschwindigkeitsaktivitäten meines vielbeschäftigten Gatten gegeben hatte, die immer mit der gleichen Frage endeten: »Na, wie war ich?« Kurt brachte mich am frühen Morgen zurück.

Zwei Tage später hatte Susas Bruder die Fotos entwickelt.

»Peter meint, es sieht verdammt gut aus für dich. Hast du schon einen Anwalt?«

»Bis jetzt noch nicht.«

»Peter hat dir eine Adresse aufgeschrieben. Nicht ganz billig der Herr, aber er holt garantiert das Maximale für dich raus. Allerdings wird erst nach dem Trennungsjahr gezahlt.«

»Du hast Recht, ich muss mich nach einem Job umsehen. Schließlich will ich nicht von Jens Unterhalt abhängig sein, sondern mein eigenes Geld verdienen. Brauchst du keine Mitarbeiterin?«

»Ab und zu schon, nur davon kannst du nicht leben.«

Kapitel 14

»Sehe ich das richtig: Sie waren in den letzten knapp siebzehn Jahren *nur* Hausfrau? Sie haben keinerlei Berufserfahrung in Ihrem erlernten Beruf als Hauswirtschafterin und ausüben möchten Sie diesen ohnehin nicht?« Die gut zwanzigjährige Beraterin auf dem Arbeitsamt rümpfte ihre große Nase und sah mich von oben herab an. »Da wäre eine Umschulung oder ein Lehrgang vielleicht angebrachter als die Stellensuche.«

»Und wovon soll ich leben?«

»Erstens muss Ihr Mann Unterhalt zahlen, und zweitens bekommen Sie für diese Maßnahme Geld von uns.«

»Wie viel?«

»Das hängt davon ab, was Sie lernen. Aber bei Ihrem Standard dürfte es kaum ausreichen.« Ihr Blick krallte sich in den Stoff meines Markenkostüms.

»Wie lange dauern denn Ihre Lehrgänge?«

»Ein halbes Jahr bis zwei Jahre«, gab sie schnippisch Auskunft.

»Heißt das, mir ist nach einem halben Jahr eine Stelle sicher?«

»Gute Frau, wir haben über vier Millionen Arbeitslose, da kann ich Ihnen doch keine Stelle garantieren. Darum müssen Sie sich schon selbst bemühen.«

Kopfschüttelnd vor sich hin murmelnd – ich verstand etwas wie »nehmen geschiedene Frauen den Familienvätern die Jobs weg« – suchte sie einen Stapel Antragsformulare zusammen, den sie mir mit dem Spruch »Die füllen Sie erst mal aus, dann kommen Sie wieder« in die Hand drückte.

Die privaten Jobvermittler und Zeitarbeitsfirmen

machten mir ebenfalls wenig Hoffnung. Küchenhilfe, Reinigungskraft, Barfrau, Kurierfahrerin, so lautete die Angebotspalette hier, allesamt schlecht bezahlte Stellen, ein Zubrot, aber keine Existenzbasis. Eins begriff ich allerdings schnell: Ohne PC-Kenntnisse war frau gleich draußen. Sie taugte noch nicht mal als Aushilfsschreibkraft. Kurzerhand meldete ich mich zu einem vierwöchigen Intensivkurs an.

Dass die Arbeitssuche solche Schwierigkeiten bereitete, hatte ich nicht eingeplant. Wie hatte Rita es so schnell geschafft, Fuß zu fassen? Kurzentschlossen wendete ich den Benz auf einer übersichtlichen Kreuzung, und fuhr über die Hauptstraße bis zur Stadtbäckerei Kringel. Schon von draußen sah ich, wie Rita sich angeregt mit einer Kundin unterhielt, während sie verschiedene Tortenstückchen aus der Theke nahm und sicher auf einen Pappteller balancierte. Ich wartete, bis die Kundin den Laden verlassen hatte, dann ging ich hinein.

»Mensch, Ina, das ist ja eine Überraschung«, freute sie sich. Schnell kam sie auf mich zu, um mich zu umarmen.

»Sag bloß, du schmeißt den Laden hier ganz allein?«, witzelte ich.

»Fast«, lachte sie. »Meine Kollegin hat heute frei.« Dann wurde sie ernst. »Du siehst aus, als könntest du eine Aufmunterung vertragen. Magst du einen Kaffee?«

»Kaffee wäre genau richtig, Rita.«

Sie füllte zwei Tassen und stellte sie auf einen Stehtisch am Fenster. »Nun raus mit der Sprache, wo brennt's?«, forderte sie mich zum Reden auf.

Nur zu gern berichtete ich von meinen eben gemachten Erfahrungen.

»Du brauchst einfach Geduld und Glück. Lass dich nicht verunsichern. Ich hab's auch immer wieder versucht, wochenlang. Du siehst, es hat geklappt«, tröstete sie.

»Vielleicht bin ich wirklich zu ungeduldig«, gab ich ungern zu und wechselte das Thema. »Hast du was von den anderen gehört?«

Rita nahm einen Schluck Kaffee. »Kerstin kauft regelmäßig ihr Frühstück bei mir ein und einmal war Waltraud hier.« Sie füllte Kaffee nach und überlegte laut. »Ob ich ein Treffen im *Feel Well* organisieren sollte? Was denkst du, Ina?«

»Das wäre großartig Rita. Ich komme auf jeden Fall.«

»Stell dir vor, ich arbeite jetzt halbe Tage.«

Ich versuchte vergeblich, Julias Begeisterung zu teilen. »Bei deinem Mann in der Praxis?«

»Ich halte nichts davon, wenn ein Ehepartner der Chef des anderen ist. Ich habe meinen eigenen Job. In Dänemark am Strand habe ich ein älteres Ehepaar kennen gelernt. Die beiden besitzen das Reformhaus Berger am Marktplatz. Sie suchten dringend Unterstützung, eigentlich für ganze Tage, aber ich kann nur halbtags. Da herrscht echtes Chaos in dem Laden, sage ich dir. Den beiden wächst er über den Kopf, dabei könnte er eine Goldgrube sein. Komm doch einfach mal vorbei.«

Julia gehört eben zu den Menschen, denen das Glück nur so zufliegt, dachte ich neidisch. »Mach ich. Wenn ich in der Nähe bin.«

»Was ist los mit dir, Ina? Du siehst schmal aus. Bist du krank?« Ich schüttelte den Kopf.

»Luftveränderung würde dir gut tun. Hast du nicht Lust, demnächst mit mir nach Dänemark zu fahren? Wir haben uns dort ein Ferienhaus gekauft, mitten in den Dünen, ein Steinhaus mit Reetdach und Swimmingpool.« Sie legte ihren Arm um meine Schulter.

»Lust hätte ich schon, aber ich brauche erst mal Arbeit und eine Wohnung. Ich trenne mich von Jens.«

Als sie hörte, welches Spiel mein Göttergatte spielte, wurde sie richtig wütend.

»Ich hätte ihm viel zugetraut, aber so was Hinterhältiges nun doch nicht. Hast du eine Stunde Zeit? Ich möchte dir was zeigen.«

»Jetzt?«

»Sofort!« Sie nahm meinen Arm und zog mich zu ihrem Porsche. Flott und sicher lenkte sie den Flitzer Richtung Innenstadt. Regelmäßig warf sie ihre langen Haare mit einem Ruck in den Nacken. Das tat sie immer, wenn sie wütend war. Sie sprach kein Wort, auch das kannte ich von ihr. Vor einem gepflegten vierstöckigen Haus in einer ruhigen Seitenstraße am Rande der Altstadt parkte sie. Dass sie dabei eine Einfahrt blockierte, interessierte sie nicht. Zielstrebig lief sie auf die Haustür zu, schloss sie auf, rannte die Treppen hinauf bis in die oberste Etage und öffnete die Tür. Ich keuchte hinter ihr her.

»Voilà«, schrie sie gut gelaunt und lud mit ausgestrecktem Arm zum Eintreten ein.

»Was sollen wir hier?«

»Großer, heller Wohnraum, Parkett, Einbauküche, schau, das Bad mit Dusche und Whirlpool, zwei Zimmer und eine riesige Dachterrasse. Ach ja, selbstverständlich gehört ein Einstellplatz in der Tiefgarage dazu.«

Ich trat nach draußen auf die Terrasse, unter der sich der Stadtpark erstreckte. Die Wohnung war ein Traum.

»Kann ich mir die als getrennt Lebende denn leisten?«

»Kommt drauf an. Wir wollen diese Galeriewohnung verkaufen. Der Mieter ist letzten Monat ausgezogen, immer eine gute Gelegenheit, eine Immobilie abzustoßen.«

»Julia, ich habe kein Geld, um eine Wohnung zu kaufen.«

»Sollst du ja auch nicht. Was hältst du davon, wenn wir sie Jens anbieten?«

Das Reformhaus lag etwas versteckt in einer Seitengasse am Marktplatz. Mit deutlichen Wegweisern wäre der Kundenstamm sicher doppelt so groß gewesen. Auch die Einrichtung konnte einen Anstrich vertragen.

»Das ist meine Freundin Ina König«, stellte Julia mich dem Ehepaar Berger vor.

»Herzlich willkommen«, begrüßten mich die beiden und meinten es auch so. Frau Berger kochte gleich frischen Yogi-Tee und stellte Anisplätzchen bereit, während Herr Berger sich abmühte, die unteren abgeschabten Regale mit neuer Ware aufzufüllen.

»Sie sehen, es geht nicht mehr so, wie ich will«, entschuldigte sich der alte Herr, »mein Rheuma.«

»Lassen Sie doch, dafür bin ich ja jetzt da.« Energisch nahm Julia ihm die Ware aus der Hand und ordnete sie ein.

»Die Julia ist ein Engel«, lobte Frau Berger, »leider nur so selten da. Wir schaffen es kaum noch. Schon vor Jahren wollten mein Mann und ich mit der Arbeit aufhören, aber dies ist unser Lebenswerk und es fällt uns schwer, es aufzugeben.«

»Und wenn, dann nur in gute Hände, Julchen«, ergänzte ihr Mann. »Selbstverständlich gibt es Kaufinteressenten, doch wir wollen nicht, dass es zur Filiale eines Großhändlers wird. Dieser Laden soll sein Herz behalten.«

Es war rührend, wie die beiden Alten miteinander sprachen, wie sie sich berührten, sich zulächelten, wie sie sich gegenseitig die Arbeit abnehmen wollten, um den anderen zu schonen. Richtig wohl fühlte ich mich in ihrer Gesellschaft. Die zwei Stunden machten mir schonungslos klar, dass eine solche Beziehung zwischen Jens und mir niemals möglich gewesen wäre.

»Hätten Sie nicht auch Lust, bei uns zu arbeiten?«,

fragte mich Herr Berger plötzlich. »Vielleicht haben Sie ja sogar ganze Tage Zeit?« Julia und Frau Berger sahen mich erwartungsvoll an.

»Sehr gerne.« Spontan und völlig enthusiastisch sagte ich zu. Am liebsten hätte ich gleich einen Kittel angezogen.

»Wir stellen Sie aber nur unter einer Bedingung ein«, meinte Herr Berger ernst. Erschrocken sah ich ihn an. »Sie müssen uns versprechen, Ihren Computerkurs bis zum Ende zu besuchen.«

»Einverstanden«, lachte ich herzlich.

»Ich warte schon seit zwei Stunden auf dich. Was machst du denn ganzen Tag? Der Kühlschrank ist fast leer, meine T-Shirts nicht gewaschen ...«

»... und nicht knitterfrei gebügelt. Yvonne, du redest wie dein Vater.«

Schon seit Wochen benahm sie sich mir gegenüber wieder abweisend, aggressiv, stur und verletzend. Alle meine Bemühungen, ein vernünftiges Gespräch zu führen, schlugen fehl. Doch nicht nur ich bekam ihre Veränderung zu spüren, auch ihre ehemals beste Freundin Angie vergraulte sie auf unfaire Weise. Sie spannte ihr den Freund Fred aus, war nur einige Tage mit ihm zusammen und ließ ihn dann fallen wie eine heiße Kartoffel. Angie äußerte den Verdacht, dass Yvonne ihr nur zeigen wollte, dass alle Männer polygam seien. Dabei hatte sie ihren Fred doch wirklich geliebt.

Als ich Yvonne darauf ansprach, meinte sie nur, Fred sei ein Arschloch und Angie habe was Besseres verdient. Auf meine Frage, ob Angie das denn genau so sehe, zuckte sie nur die Achseln und ging in ihr Zimmer. Trotz ihrer Launen tat sie mir Leid. Sie fühlte sich zwischen Jens und mir hin- und hergerissen, wusste nicht, zu wem sie gehörte, mit wem sie sympathisieren sollte. Ihr blieb nicht verborgen, wie ihr Vater mich, ihre Mutter, demütigte. Doch selbst wenn sie glaubte, ich lief mit Scheuklappen durchs Leben, war dies kein Grund, sich so aufzuführen.

»Ich hatte eine Menge zu erledigen«, beantwortete ich ihre Frage kurz. Auf Rechenschaft konnte mein Töchterchen lange warten. »Du wolltest doch noch bis zum Wochenende bei Sandra bleiben?«

»Keine Lust mehr. Gruß und du sollst dich mal wieder melden. Was gibt's zu essen?«

Gute Frage, ich war mit Kurt verabredet, der kochen wollte.

»Wie wär's mit Spaghetti?«

»Nee, dann geh ich lieber Pizza essen.« Murrend schlurfte sie zum Telefon, verabredete sich mit einer mir unbekannten Frau namens Gitta, wechselte die Schuhe, schnürte ihren Rucksack und trottete zur Bushaltestelle.

Ich sah auf die Uhr, Kurt wartete, Zeit für die Verwandlung. Auf dem Weg ins Bad bemerkte ich, dass die Tür zu Yvonnes Zimmer offen stand. Ihr sonst so chaotischer Schreibtisch war leer, bis auf eine Fototasche mitten auf der Unterlage. Neugierig nahm ich die Bilder heraus, Yvonne am Strand, Yvonne mit Mutti am Strand, Yvonne mit Jens vor der Villa, Mutti und Frau von Lusky im Liegestuhl, Jens und Simone Brecht am Strand. Ich schluckte, verglich den Strand, das Datum auf den Bildern. Kein Zweifel. Ich blätterte weiter: Simone Brecht mit Mutti unter Palmen, Simone und Yvonne im Bikini, Jens und Simone im Kuss versunken.

Mit den Fotos in der Hand stolperte ich ins Schlafzimmer, wo ich mich aufs Bett warf. Hörte das denn nie auf? Meine eigene Mutter. Die Tränen flossen wie Bäche. Warum ließ sie mich ins offene Messer laufen? Was hatte ich ihr getan? Und niemand dachte bei seinen Intrigen daran, wie Yvonne sich fühlte, wenn sich alle über ihre dumme Mutter, deren Gene sie in sich trug, lustig machten. Meine Lust auf ein paar schöne Stunden mit Kurt waren verflogen, ich griff zum Telefon. Stopp.

»Seine Gesellschaft bringt dich auf andere Gedanken. Morgen ist auch noch ein Tag.«

Ich duschte ausgiebig, zog einen Seidenpullover und meine neue Jeans an, in der mein Po total knackig aussah. Die zweite Jeans meines Lebens. Die erste hatte mir Tante Hella geschenkt als ich zwölf war. Mein erster Geburtstag nach dem Tod meines Vaters und ich hatte mir nichts heftiger gewünscht als eine Jeans. Nachdem Mutti sich vehement weigerte, mir eine zu kaufen, machte Tante Hella kurzen Prozess. Es war das letzte Geschenk von ihr. Ich sah sie nie wieder. Sie blieb wie vom Erdboden verschluckt. Tante Hella. Wie oft hatte ich mir als Kind gewünscht, Vater würde sie heiraten und wir wären eine richtige Familie.

Die letzten Wochen hatten ordentlich an meinen Polstern gezerrt, nur noch siebenundsiebzig Kilo zeigte die Waage an. Erfreulich zwar, doch ich merkte auch, wie meine Kräfte schwanden. Ich nahm zu schnell ab, war leicht erschöpft und ein Nervenbündel. Ich musste vernünftig essen, musste auch in der Unruhe meine Ruhe finden. Gut, dass Kurt heute kochte.

Als er mich in die Arme nahm, vergaß ich die Ereignisse des Tages. Eine andere Welt, hier war ich nicht Ina König, die geplagte Hausfrau, Mutter und betrogene Ehefrau, sondern die begehrenswerte Geliebte. Meine Entscheidung, Kurt aus meinem wahren Leben herauszuhalten, erwies sich wieder einmal als richtig. Entspannung statt Verspannung, Appetit statt Appetitlosigkeit.

Kapitel 15

Es war ein eiskalter, sonniger Novembermorgen. Die Vorgärten in der Reihenhaussiedlung waren winzig und gepflegt, die Häuser weiß und sauber. Gut siebzig Kilometer lagen hinter mir. Trotz der Komfortheizung des Benz' glichen meine Hände glitschigen Eisstäben. Vor einem Eckhaus mit der Nummer fünfzehn hielt ich an, stieg aus, ging langsam auf die Haustür zu und klingelte. Sofort sprang die Tür auf und sie stürmte auf mich zu.

»Ina, Mädchen, ich freue mich so.«

Tante Hella umarmte mich fest, ihre dicken Tränen kullerten aus den klaren, blauen Augen über die hohlen, gerougten Wangen. Die ganze Frau vibrierte. Nichts, aber auch gar nichts hatte sie von ihrer alten Herzlichkeit verloren. Ich drückte mein Gesicht in ihren roten Kaschmirpullover, damit sie meine Tränen nicht sah. Wir gingen ins Wohnzimmer, ein großer heller Raum, mit Erlenholzmöbeln und einer Bücherwand, doppelt so groß, wie in meiner Erinnerung.

»Die Hella hält sich für gebildet«, hörte ich die hohe Stimme meiner Mutter.

»Hier wohne ich also, seit dreiundzwanzig Jahren«, lachte sie. »Wie du siehst, im Laufe der Zeit sammelt sich ganz schön was an, und ich bringe es einfach nicht fertig, alte Bücher und Schallplatten wegzuwerfen.« Sie legte ihren Arm um meine Schulter und drückte mich. »Du bist ja völlig durchgefroren. Komm mit in die Küche, ich koche uns einen schönen Vanilletee.«

Sie stellte Kandiszucker und Heidesandplätzchen auf den Tisch. »Die mochtest du früher immer so gerne, erinnerst du dich?«

»Und ob.« Ich nahm einen Keks. »Hm, selbstgebacken.«

»Dann schmecken sie immer noch am besten. Und nachher gibt es Grünkohl und Mettendchen, genau wie früher«, bestimmte sie.

»Wie früher«, sagte ich nachdenklich. Wir sahen uns an, schlürften Tee und hörten Mozart.

»Ich habe schon nicht mehr daran geglaubt, dass ich dich noch einmal sehe«, unterbrach sie die Stille. »Warum hast du dich nicht gemeldet, Ina? Warum hast du auf keinen meiner Briefe reagiert?«

»Welche Briefe?« Ich zog die Augenbrauen nach oben.

»Natürlich.« Sie klopfte mit der Faust gegen ihre Stirn. »Das hätte ich wissen müssen.«

»Du sprichst in Rätseln, Tante Hella.«

»Bitte sag einfach Hella.« Sie nahm meine Hand. »Glaubst du wirklich, ich wäre weggezogen, ohne mich von dir zu verabschieden? Du warst für mich wie eine Tochter. Leider durfte ich dich nicht mehr treffen, da habe ich dir geschrieben. Im ersten Jahr sieben oder acht Briefe, in den folgenden Jahren immer zwei: zu deinem Geburtstag und zu Weihnachten. Ich hoffte, du meldest dich. Den letzten Brief schrieb ich dir zu deinem neunzehnten Geburtstag, kurz darauf erfuhr ich von deiner Heirat, da gab ich auf.«

Einmal schreien, einmal vor Wut die ganze siebzig Kilometer entfernte Scheinwelt zertreten, die perfekte Fassade sprengen. Ich senkte den Kopf, Tropfen plätscherten in meine Teetasse.

»Ich habe keinen einzigen Brief bekommen«, würgte ich hervor. »Deine Adresse steht im Internet, Hella Sonne gibt es nur zwei Mal in Deutschland.«

»Ein Hoch auf die neue Technik«, bemerkte sie. »Auf sie ist tatsächlich mehr Verlass, als auf viele Menschen.«

Sie schaute mich offen an. »Bitte erzähl mir, wie es dir ergangen ist.«

Ich wählte die Kurzversion, nur meine Ehegeschichte führte ich etwas genauer aus, vor allem, weil sie immer wieder nachhakte.

»Du bist sicher, dass deine Mutter von dem Verhältnis weiß?«

»Die Fotos beweisen es.«

»Unglaublich«, murmelte Hella nachdenklich mit traurigen Augen. Die Falten in ihrem Gesicht wirkten plötzlich sehr tief, und ich rechnete nach, dass sie schon fast siebzig sein müsste.

»Unglaublich, wie sich alles wiederholt.«

»Was meinst du damit, Hella?«

»Ich glaube, es wird langsam Zeit, dass du die ganze Geschichte erfährst.« Sie richtete sich auf, nahm einen Schluck Tee. »Dein Vater und ich«, sie zögerte, blickte mir fest in die Augen, »wir waren mehr als Freunde, wir haben uns geliebt. Wann immer es möglich war, verbrachten wir Zeit miteinander. Und meist brachte er dich mit. Du liebtest wilde Spiele, hattest den Kopf voller Ideen und immer irgendwo am Körper Schrammen oder blaue Flecken. Du warst ein lebendiges, aufgewecktes und robustes Mädchen, außergewöhnlich selbstbewusst und mutig für eine Fünfjährige. Eines Tages gestand dein Vater deiner Mutter alles und bat sie um die Scheidung – und um dich. Was Gott zusammengefügt hat, soll der Mensch nicht trennen, zitierte deine Mutter.«

»Er hätte doch trotzdem gehen können?«

»So einfach war es früher nicht. Er erkundigte sich bei einem Anwalt. Nach damaliger Rechtsprechung beging Robert, also dein Vater, Ehebruch und konnte nur schuldig geschieden werden. Nie hätte er das Sorgerecht für dich bekommen. Dich nach der Scheidung vielleicht nie mehr sehen zu dürfen, dass hätte er nicht verkraftet. In seiner Verzweiflung schlug er deiner Mutter einen Kompromiss vor, den sie ohne zu zögern akzeptierte: Wir bleiben verheiratet, doch von Hella trenne ich mich nicht.«

Ich massierte meine pochenden Schläfen. Meinetwegen war Vati geblieben. Nur weil er mich nicht verlieren wollte, hatte er sich mit einem Kräfte zehrenden Doppelleben arrangiert. Der Druck in meiner Brust erschwerte das Atmen. Mutti hatte gewusst, dass sie nur eine unbedeutende Nebenrolle in Vatis Leben spielte. Die kleine Tochter als Konkurrentin. Das schrie doch geradezu nach Rache. Ich blickte Hella an.

»Wolltest du Vati denn nicht heiraten?«

»Sehr gerne sogar, doch es war nicht so wichtig. Mein erster Mann ist gut situiert gewesen, außerdem hatte ich meinen Beruf. Ich brauchte keinen Mann, um versorgt zu sein. Was für mich zählte war, mit deinem Vater zusammen zu sein. Wir liebten die gleichen Bücher, die gleiche Musik, die gleichen Urlaubsorte. Robert war mein Mann, mit oder ohne Trauschein. Wir waren uns nah, wir lebten zusammen, auch ohne gemeinsame Wohnung.«

Ich schluckte. »Was war mit Kindern?«

»Mein sehnlichster Wunsch. Leider konnte ich keine bekommen, und so warst du immer auch ein bisschen mein Kind.«

Die Selbstverständlichkeit, mit der sie erzählte, weckte den Trotz in mir. »Doch du bist gegangen. Man lässt seine Kinder nicht im Stich, Hella. Du hättest auch nach Vatis Tod in deinem Haus wohnen bleiben können.«

»Ja sicher, das hätte ich tun können.« Sie verschränkte die Arme vor der Brust, lehnte sich zurück. »Roberts Unfalltod traf nicht nur euch, er traf auch mich. Ich will weder ungerecht sein noch mich selbst bemitleiden. Doch es gab Tage, an denen wusste ich nicht weiter. Meine Trauer vor die Haustür zu tragen, stand mir als Geliebte und Schwester der Witwe nicht zu. Ich war damit allein. Und die Lücke, die dein Vater bei mir hinterließ, konnte niemand füllen, bis heute nicht. Etwas von Robert kehrte mit jedem deiner Besuche zurück. Doch die wurden seltener, bis deine Mutter mir jeden Kontakt zu dir untersagte. Der Auslöser: eine läppische Jeans. Vielleicht erinnerst du dich sogar daran. An dem Tag wusste ich, ich hatte euch beide verloren. Was sollte ich noch in der Stadt? Als eine Freundin einen Käufer für ihr Haus suchte, griff ich zu. Nun ist es mein Haus – und mein Zuhause.«

Sie stand auf und ging zum Herd. »Lass uns was essen, Ina. Du hast sicher Hunger.«

Der Grünkohl schmeckte köstlich. Das Aroma der geräucherten Würstchen überzog jedes Kohlblatt und nahm ihm den leicht bitteren Geschmack. Beim zweiten Nachschlag sah ich plötzlich Vati vor mir, wie er Hella den Arm streichelte, ihre roten Lippen küsste und flüsterte: »Dein Grünkohl ist der beste.«

»Entschuldige bitte, Hella, ich wollte dich wirklich nicht angreifen.«

Wie würde Simone Brecht in dreißig Jahren ihr Verhältnis zu Jens beschreiben? Hielt sie es so lange mit ihm aus, wie Hella mit meinem Vater? Acht Jahre? Bis jetzt hatte sie noch nicht einmal zwei geschafft. Wie dachte sie über mich, Jens Frau? Vielleicht existierte ich für sie gar nicht. Immerhin waren wir Fremde, im Gegensatz zu Hella und Mutti. Es gehörte schon eine ganze Portion … Ja, was gehörte denn dazu, Mut, Unverfrorenheit oder Liebe, wenn man mit dem Mann seiner Schwester …

»Hattest du Mutti gegenüber nie ein schlechtes Gewissen?«

Hella schien auf diese Frage vorbereitet zu sein. »Anfangs schon. Ich habe mich gegen meine Gefühle gewehrt, doch sie wurden stärker, je länger ich ihn kannte. Irgendwann sah ich gar keine anderen Männer mehr. Was ich für meine Schwester empfand, bezeichne ich heute als Mitleid. Mitleid deswegen, weil sie nicht erkannte, welch großzügigen, warmherzigen und intelligenten Mann sie wegstieß. Sie behandelte ihn wie ein Kind, regierte in ihrem Haus wie eine Herrin und sah nur sich und ihre Gesetze von Ordnung und Moral. Gesetze, die jede Liebe und Lust töteten.«

Ich hörte Muttis schrille Stimme, wenn Vati nach Hause kam. »Du bist ein schlechtes Vorbild für deine Kinder, Robert.« Auch mich herrschte sie an. »Sitz gerade! Schmatz nicht! Beim Essen wird nicht gelacht, Regina.« Ich erinnerte mich an einen ihrer Geburtstage. Vati brachte ihr Blumen mit und küsste sie. »Lass das, Robert, nicht vor dem Kind«, kreischte sie.

»Das Kind darf doch wissen, dass Küssen Spaß macht.«

Sie stemmte die Hände in ihre fleischigen Hüften und baute sich vor ihm auf. »Dir vielleicht, und jetzt lass mich kochen.« Vati presste die Lippen aufeinander, nahm seine Jacke und ging. An diesem Abend sah ich ihn nicht mehr. Mutti weinte und schimpfte, weil er sie an ihrem Geburtstag alleine ließ – genauso, wie sie es später mit mir machte.

Ich ging zum Fenster und blickte hinaus auf das Feld neben dem Haus. Weiter hinten schlummerte, umgeben von kahlen Eichen, ein marodes Gehöft. Hella folgte mir.

»Viele Bauern hier in der Gegend verlassen ihre Höfe, um in der Stadt zu arbeiten. Dieser dort drüben ist so einer. Andere werden umfunktioniert zu Reiterhöfen und Gästehäusern, so wie der weiter rechts. Seitdem geht es für den Besitzer wirtschaftlich steil bergauf. Ich organisiere dort hin und wieder einen Musikabend.«

»Wo du es dir natürlich nicht nehmen lässt, selbst am Flügel zu sitzen«, ergänzte ich lachend.

Sie nickte. »Hast du Lust auf einen Spaziergang?«

Untergehakt liefen wir über Feldwege, vorbei an dem verfallenen Bauernhof. Die Luft war klar; in der Ferne drehten sich die Flügel einer alten Windmühle. Ich blieb stehen. »Ich finde, du wohnst fantastisch, Hella. Hier kann ich richtig durchatmen.«

»Dann komm mich doch einfach öfter besuchen.« Sie zog ihren Schal fester und legte ihren Arm um meine Taille. »Übrigens finde ich es richtig, dass du deinen Mann verlassen willst. Er hat dich nicht verdient.«

Obwohl ich es längst wusste, bedeutete mir Hellas Bestätigung sehr viel.

»Ich wünsche dir einen Mann, der dich liebt und der dein Leben bereichert.«

»Ich will keinen Mann mehr.«

»Du bist jung. Wenn erst Gras über die Sache gewachsen ist, wirst du anders denken. Eines Tages steht er vor dir, dein Herz wird rasen und dein Verstand aussetzen. Er lässt dir keine Wahl. Und dann stellst du ihn mir vor, *deinen* Robert, ich bin ganz sicher. Glaub mir Ina, ein Leben ohne Liebe, ist wie eine Oper ohne Arien.«

»Was ist mit Mutti? Der geht es doch gut ohne Mann.«

»Sagt sie. Ihre wahren Gefühle kennt sie wahrscheinlich selbst nicht, zu träumen wagt sie nicht. Wenn sie in den Spiegel sieht, ist alles hinter einem perfekten Make-up und akkurater Kleidung versteckt. Deine Mutter ist eine arme Frau, Ina. Arm, weil sie nicht aus ihrer Haut kann. Mit deiner Trennung wirst du ihre mühsam und künstlich errichtete heile Welt angreifen, ihre Wertvorstellungen in Frage stellen.«

»Ihre Wertvorstellungen?«

»Von der Macht des Mannes und der Ohnmacht der

Frau. In ihren Augen besitzt Jens das Recht auf jede Frau, die er möchte. Dir als Frau steht jedoch nichts dergleichen zu, du bist die Untergebene, die Opfernde, die Dienende.«

»Ach Hella, wir leben doch nicht mehr im Mittelalter. Außerdem sind viele Jahre vergangen, in denen ihr keinen Kontakt hattet. Woher willst du wissen, dass sie so denkt?«

»Jede Mutter ist auch eine Tochter«, sagte sie leise und blieb stehen.

»Erinnerst du dich an deine Großmutter?«

»Ja sicher.«

»Dann weißt du auch, dass du ihr sehr ähnlich siehst, Ina.«

Ich begann zu zittern. Konnte es aus Muttis Sicht für eine Tochter überhaupt eine noch ungünstigere genetische Konstellation geben als meine? Hella nahm meinen Arm und erzählte weiter. »Deine Großmutter war eine dominante Frau, herrschsüchtig und unzufrieden, die streng nach den kirchlichen Gesetzen lebte und diese ihren Töchtern vermittelte. Während ich mich früh weigerte, ihre Ansichten zu akzeptieren und damit immer wieder Streit provozierte, war meine Schwester sehr empfänglich dafür. Kennst du Spitznamen deiner Mutter als junges Mädchen?«

Ich hörte die Choräle durch die hohle Kirche hallen, roch den Weihrauch, der nur Übelkeit hervorrief. Fast täglich schleifte sie mich in die Kirche, wöchentlich zwang sie mich zur Beichte, bei der ich nicht wusste, was ich erzählen sollte. Ich erfand die wildesten Grolltaten und log im Beichtstuhl, dass sich die Kreuze bogen. Erst nach Großmutters Tod ließ sie mich damit in Ruhe. »Die Heilige Johanna«, krächzte ich.

»Genau. Ich vermute, deine Mutter hatte nie eine reelle Chance, Ina.«

»Glaubst du, sie hat Vati geliebt?«

»Auf ihre Art schon. Nur ist das nicht die Art, wie eine Frau ihren Mann liebt.«

»Sie hat zwei Kinder bekommen.«

»Und das reichte ihr. Als dein Vater und ich uns näher kamen, hatte er bereits ein Jahr wie ein Mönch gelebt. Deine Mutter nahm immer mehr zu, hüllte sich in weite Kleider, Busen, Bauch, Beine, alles schien eins zu sein. Schon zwei Monate nach Roberts Tod sah sie bildschön aus, so wie vor ihrer Heirat.«

»Mutti hat sich die Fettschicht angefressen, um sich Vati fern zu halten, genau wie ich es tat, damit Jens mich nicht anfasste.« Mein Magen verwandelte sich in einen Vulkan, ich rannte hinter einen Busch, spuckte Heidesand, Grünkohl und Tee. Schon stand Hella hinter mir, hielt mich fest und reichte mir ein Taschentuch. Yvonne, schrie ich lautlos. Was hatte ich meiner Tochter vorgelebt?

»Arme Kleine, das nimmt dich total mit, nicht wahr? Vielleicht hätte ich nicht die ganze Geschichte in diese wenigen Stunden pressen dürfen.«

An Hellas Arm schwankte ich zurück und legte mich sofort auf die Ottomane im Wohnzimmer. Mein Kopf dröhnte. »War es Mutti wirklich egal, dass er eine Freundin hatte?«

»Ihr war egal, mit wem er schlief, Hauptsache nicht mit ihr.«

»Mir hat sie erzählt, frau müsse das eben über sich ergehen lassen.«

Hellas prüfender Blick ruhte auf meinem Gesicht. »Und? Lässt du es über dich ergehen?«

Ich wurde rot. »Jetzt nicht mehr.« Dann schlief ich ein.

Kapitel 16

»Hallo, Schwesterherz.« Sandra umarmte mich, sie roch dezent nach einem teuren Parfüm. Ihre dicken blonden Haare fielen locker auf die Schulter. Sie war noch genauso schön wie früher, nur etwas fraulicher, weicher. Über ein Jahr hatten wir uns nicht gesehen.

»Mensch, Ina, bist du schlank geworden. Du siehst toll aus, so ... so fit und aktiv!« Ihre Begeisterung klang ehrlich und freute mich. Trotzdem fühlte ich mich neben meiner Schwester immer noch wie ein plumpes Mauerblümchen. Wir setzten uns in die Küche, an den von mir liebevoll und reichlich gedeckten Frühstückstisch. Ich musste essen, wenn ich nicht zusammenbrechen wollte.

»Yvonne erzählte schon, dass du eine Diät machst, aber nicht, dass du so erfolgreich bist. Wie viel hast du abgenommen?«

»Dreißig Kilo.«

»Gigantisch, mit welcher Diät?«

»Ganz ohne! Stell dir vor Sandra, ich habe endlich keine Diät mehr gemacht. Und alles andere ist eine lange Geschichte.«

Sie nahm meine rundlichen Hände in ihre manikürten schmalen mit den langen weißlackierten Nägeln und drückte sie zärtlich. »Ich würde sie gerne hören, deine Geschichte.«

Sie sah mich offen an. Vielleicht war dieses unsere Chance. Ich berichtete vom Diät-Club, von Mutti, die die Schränke abgeschlossen hatte, von meinem Hunger und den Überfällen auf die Trüffelschokoladenvorräte bei Ärger, vom *Feel Well*, meinen Gesprächen mit Frau Schuster, meinen Erfahrungen mit mir selbst, dem Besuch bei

Tante Hella, nichts ließ ich aus, sie unterbrach mich in der ganzen Stunde nicht ein Mal.

»Ich hätte dich jederzeit unterstützt, wenn ich gewusst hätte, wie übel Mutti dir mitspielt«, meinte sie leise.

»Sandra, warum hat sie dich eigentlich nie so bevormundet?«

»Ich habe ihr keinen Grund gegeben. Ich war die Traumtochter schlechthin: brav, folgsam, gut aussehend.«

»Hast du dich nie mit ihr gestritten?«

»Es gab nichts, gegen das ich hätte angehen müssen. Ich hatte alles, brauchte ich etwas, so bekam ich es. In ihren Augen war ich o. k. Sie hatte eine Tochter erzogen, die als Frau eines erfolgreichen Politikers öffentliche Anerkennung genoss, die das erreicht hatte, was sie sich erträumt, aber nicht geschafft hatte.«

Sandras Selbstbewusstsein beeindruckte mich fast so stark wie ihre analytischen Fähigkeiten. Zu den schönen Dummchen, die sich einen reichen Mann angeln, um sich über ihn zu identifizieren, zählte sie weiß Gott nicht.

»Was wäre gewesen, wenn du deinen Mann nicht so früh kennen gelernt hättest?«

»Ich wusste früh, was ich wollte: Meine Ausbildung als Fotografin abschließen, einen Job und weg aus diesem Haus, weg aus diesem kleinbürgerlichen Mief, weg von Muttis Moralvorstellungen, bevor ich erstickte. Als ich Jürgen traf, suchte ich gerade eine Wohnung.«

»Du hast nie darüber gesprochen.«

»Ach Ina, wir waren doch nicht wie andere Schwestern. Wir befanden uns ständig im Wettstreit um den Funken mütterliche Zuwendung, der uns am Leben erhielt. Später hoffte ich auf engeren Kontakt zu dir, aber du hast mich immer abgewiesen.«

»Mutti besuchte mich regelmäßig. Ständig verglich sie uns und ich blieb nichts als die Niete. Sandra, ich hatte

Angst, dass du dieses Gefühl noch verstärkst, mir den Boden noch weiter unter den Füßen wegziehst.«

»Zukünftig sehen wir uns öfter, ja? Meine Kinder möchten schließlich auch ihre Tante kennen lernen. Unsere Marie sieht dir übrigens ziemlich ähnlich.«

»Dann wird es Zeit, euch zu besuchen.«

Ich bestrich eine Brötchenhälfte mit Butter und Marmelade und biss ab. Meine Mundhöhle schien ausgetrocknet, ich kaute und kaute, doch der Bissen wuchs zu einem dicken Klumpen. Sandra beobachtete mich.

»Geht mir genauso, wenn ich Sorgen habe.« Sie trank etwas Orangensaft. »Ich fürchte, mein Anliegen wird deine Stimmung nicht verbessern. Es geht um Yvonne. Sie gefällt mir nicht, ich mache mir ernsthafte Sorgen. Kürzlich hatten wir einen handfesten Krach, übrigens unseren ersten.«

Erstaunt sah ich sie an. Sandra war nicht der Typ für einen Streit.

»Was ist passiert?«

»Seit dem Vorfall überlege ich, wie ich es dir sagen soll.« Sie kaute verlegen auf ihrer Unterlippe herum, genau wie Yvonne es tat.

»Sag's einfach geradeheraus. Es gibt kaum etwas, das mich noch umhaut.«

Meine Schwester schielte verlegen an die Decke, spielte mit einer Haarsträhne, dann nahm sie einen Schluck Kaffee und atmete einmal durch.

»Es geht um den letzten Urlaub von Yvonne und Jens, den mit Mutti, auf Teneriffa.« Sie machte eine kurze Pause, nahm einen weiteren Schluck Kaffee. »Also, ich habe bei Yvonne Fotos gefunden.« Rührend, wie sie sich bemühte, mir die Wahrheit schonend beizubringen.

»Du hast die Fotos gesehen, auf denen Jens mit Simone Brecht abgebildet ist?«

»Du weißt es?« Erleichtert lehnte sie sich zurück.

»Von Simone Brecht weiß ich seit ein paar Wochen, das sie auf Teneriffa war und Mutti in die ganze Geschichte involviert ist, erst seit wenigen Tagen. Alle halten mich für ahnungslos. Bitte Sandra, so soll es auch bleiben. Aber du wolltest von Yvonne erzählen.«

»Als ich sie bat, mir die Sache zu erklären, bockte sie und meinte, es gehe mich nichts an. Dies sah ich völlig anders, zumal Mutti im Spiel war. Dieses Komplott gegen dich machte mich rasend. Yvonne beschimpfte mich als altmodische Ziege und lief weg.«

»Meine Veränderung macht sie orientierungslos. Einerseits will sie ihrem Vater nicht in den Rücken fallen, von dessen materieller Großzügigkeit sie seit Jahren profitiert, andererseits will sie mich unterstützen. Für einen Teenager, der sich selbst noch finden muss, eine enorme Belastung.«

»Wie soll das weitergehen?«

Für mich stand zu viel auf dem Spiel. Ich konnte Sandra nicht in meine Pläne einweihen. Heute jedenfalls nicht.

»Ich arbeite an einer Lösung. Wenn es soweit ist, erfährst du es ganz bestimmt.«

»Sag Bescheid, wenn ich dir helfen kann.«

Ohne nachzudenken nahm ich den Weg durch die Von-Cramer-Allee. Vor dem Haus Nummer fünfundzwanzig hielt ich einen Moment an. Obwohl mir die Hälfte des modernen Prachtbaus gehörte, wusste ich plötzlich, dass die andere Seite, die Villenseite, eher meinem Stil entsprach: beständiger, großzügiger, natürlicher. Lächelnd sah ich auf die Uhr am Armaturenbrett. Ich würde wieder einmal zu spät kommen.

Mein Herz klopfte, als ich vor dem *Feel Well* parkte.

Vorsichtig nahm ich den heißen Fischauflauf aus der Styroporkiste im Kofferraum und marschierte zum Eingang. Mit dem Fuß stieß ich die Tür auf. Aus der oberen Etage drangen Stimmen nach unten. Ich beeilte mich, nahm zwei Treppenstufen auf einmal.

»Na, heute nur fünf Minuten Verspätung?« Waltraud, die Pünktliche sah auf ihre Armbanduhr.

»Ich wollte, dass ihr so schnell wie möglich meinen berühmten Kabeljau mit Dillkruste probiert«, grinste ich und sah nacheinander in die Runde. Alle waren gekommen, sogar Biggi, die Studentin.

»Guten Abend, Frau König«, begrüßten mich Frau Schuster, Frau Klein und Frau Meinert wie aus einem Munde. Letztere nahm mir den Auflauf ab und stellte ihn auf den Tisch zu den Salaten, den Nudelgerichten und der Fleischplatte. Ich setzte mich zwischen Kerstin und Rita.

Lili rannte stumm aus dem Raum, um mit zwei Flaschen Sekt zurückzukommen. »Dann können wir ja endlich anstoßen«, rief sie und ließ nacheinander die Korken knallen. Waltraud nahm ihr eine Flasche ab und half ihr beim Einschenken.

»Ich freu mich auf einen schönen Abend.« Lili hob ihr Glas.

»Ihr seht aus, als hättet ihr noch weiter abgenommen«, stellte Kerstin fest.

»Ja, sicher. Sechs Kilo.«

»Acht Kilo.«

»Fünfeinhalb Kilo.«

»Und du?«, fragte ich Kerstin.

»Ach, nur knapp drei Kilo. Fünf hätte ich mindestens erwartet.«

»Das ist doch eine ganze Menge«, fand Frau Meinert. »Sie haben jetzt fast Ihr Ziel erreicht.«

»Ja, beinahe. Italiener kochen eben zu gut«, strahlte sie, »und feiern viel zu viele Familienfeste. Wenn das so weiter geht, bin ich froh, wenn ich mein Gewicht halte.«

»Apropos Feier«, erinnerte Lili. »Ihr kommt doch zu meiner Hochzeit?«

»Die lassen wir uns nicht entgehen«, bestimmte Rita. »Aber jetzt probiere ich den Fisch mit Dillkruste. Ich sterbe gleich vor Hunger.«

Ich legte jedem ein Stück auf den Teller.

»Das schmeckt fantastisch«, stellte Frau Meinert fest. »Wie haben Sie denn die Dillkruste gemacht?«

»Ich habe fein geschrotetes Getreide in Gemüsebrühe gekocht, mit etwas Sauerrahm, geriebenem Käse, Dill und Senf abgeschmeckt und den gedünsteten Kabeljau damit überbacken.« Der Stolz in meiner Stimme war unüberhörbar.

Wir probierten von allem etwas, bis die Schüsseln fast leer waren. Dabei ließen wir die Monate im *Feel Well* an uns vorbeiziehen, tauschten Erfahrungen aus, sammelten Tipps, und waren uns einig: Der Besuch war die richtige Entscheidung gewesen – auch wenn das Ergebnis bei manchem anders als erwartet ausgefallen war.

Als wir die letzte Flasche Wein geöffnet hatten, stand Frau Schuster auf und klopfte gegen ihr Glas. »Liebe *Feel Well*-Gäste«, rief sie. »Ich freue mich, dass Sie Frau Klein, Frau Meinert und mich zu Ihrem Treffen eingeladen haben. Und ich freue mich, dass Ihnen die Monate geholfen haben, Ihr Ziel zu erreichen beziehungsweise, ihm näher zu kommen. Sie wissen, dass Ihnen nicht nur unser Schwimmbad weiterhin zur Verfügung steht, sondern Sie sich mit allen Fragen jederzeit gerne an uns wenden dürfen. Wir würden uns freuen, wenn wir solche Abende wie heute öfter erleben könnten. Was halten Sie davon, wenn wir uns ab jetzt regelmäßig treffen, alle zwei oder drei

Monate? Wir drei würden gerne den nächsten Abend gestalten.«

Begeistert stimmten wir zu und legten gleich einen Termin fest.

»Ich freu mich schon jetzt«, sagte Rita laut.

»Ich auch«, bestätigte ich, »aber gegen ein Lebenszeichen von euch zwischendurch hätte ich auch nichts einzuwenden.«

Kapitel 17

»Er hat angebissen. Er kauft die Wohnung.« Julia jubelte, ich öffnete – selbstverständlich ohne schlechtes Gewissen – am helllichten Nachmittag eine Flasche von Jens' Schampus der Preisklasse achtundneunzig.

»Wird sie finanziert oder zahlt er cash?«

»Kann ich nicht genau sagen, aber er benimmt sich, als träfe Letzteres zu.«

Nun konnte ich endlich mein Organisationstalent unter Beweis stellen. Heimlich büffelte ich für die bevorstehende PC-Prüfung, jede noch freie Minute verbrachte ich in SB-Möbel-Häusern, froh über jeden Cent, den ich in den letzten Jahren heimlich beiseite geschafft hatte.

Kurt zeigte leider wenig Verständnis für meine Aktivitäten, über die ich nicht reden wollte. Der PC-Kurs reichte ihm als Grund für meinen Zeitmangel nicht aus. Wenn alles vorbei war, musste ich ein ernstes Wort mit ihm reden. Keinesfalls wollte ich von einer Beziehung in die nächste schlittern. Genau genommen lag es mir fern, in nächster Zeit überhaupt eine Beziehung einzugehen – man soll ja nie nie sagen! Aber die Sache mit Kurt Stamm sollte bleiben was sie war: eine reine Bettgeschichte.

Zwei Tage vor dem großen Ereignis, dem siebzehnten Hochzeitstag, wurde Jens Eigentümer der Galeriewohnung, was er mir souverän verschwieg. Selbst als ich ihn aus dem Haus gegenüber kommen sah und ihn fragte, was ihn denn zu einem Besuch bewegt habe, redete er sich mit »kleiner Plausch, hat sich zufällig ergeben« heraus. Ich sprach ihn sogar beim Frühstück ganz direkt an.

»Ich habe gehört, Immobilien seien die beste Kapitalanlage. Was denkst du, sollten wir nicht überlegen, eine Wohnung oder ein Haus zu kaufen?«

»Rede nicht von Dingen, die du nicht verstehst.«

»Stimmt es nicht?« Der naive Unterton gelang mir gut. Seine grauen Augen fixierten mich, wie so oft in den letzten Tagen, und wieder glaubte ich, darin Jagdfieber zu entdecken. Hoffentlich!

»Ich habe jetzt keine Zeit, dir die Kapitalanlagemöglichkeiten detailliert zu erklären. Kümmere dich lieber darum, dass Yvonne mittags was Vernünftiges zu essen bekommt. Neuerdings läuft in dieser Hinsicht nicht mehr viel, wie sie mir erzählte.« Sprachs, stopfte noch ein halbes Brötchen in seinen Schlund und erhob sich. »Bevor ich es vergesse, ich hätte gerne wieder *ordentlich* gebügelte Hemden.« Mit spitzen Fingern zeigte er auf eine winzige Falte am rechten Ärmel. »Bemüh dich Ina, dann könnte es zwischen uns bald wieder besser aussehen.« Seine Mundwinkel zuckten, bevor er völlig unerwartet seine Hand nach mir ausstreckte und leicht meine Wange tätschelte. Ich zuckte zusammen. Ein eiskalter Schauer überzog meinen Körper.

»Deine Hemden zu bügeln ist schlimmer als Prügel«, schrie ich ihm nach. Diesen Mann würde ich in keinster Weise vermissen.

Einen Tag vor dem großen Ereignis packte ich alle meine persönlichen Dinge in Kisten und transportierte sie zu Susa, wo ich sie vorübergehend unterstellte. Auch einige Haushaltsgegenstände, ausrangiertes Geschirr, Besteck, Blumenvasen sicherte ich. Der Rest passte in zwei Koffer.

Anschließend kaufte ich für das gemütliche Abendessen am Hochzeitstag ein. Schneller Krabbencocktail, Schweinemedaillons in Champagnerrahm, Kartoffelkroketten, Spargelspitzen, zum Dessert Vanilleeis mit heißen Himbeeren. Machte kaum Arbeit, ließ sich optimal vorbereiten und würde garantiert schmecken.

Und dann war es soweit. Eigens für diesen einmaligen Tag im Leben unserer Ehe hatte ich mir nach langwierigen Beratungen von Eva Groß – wie würde ich in einigen Kilo nur ohne sie zurechtkommen? – ein schmales Kleid aus Kaschmir-Seidenstrick zugelegt, tomatenrot und sündhaft teuer. Es schmiegte sich leicht um meine mit vierundsiebzig Kilo immer noch üppigen weiblichen Rundungen und ermöglichte, dank eines raffinierten spitzen Ausschnittes, einen tiefen Einblick in mein Dekolleté. Wenn ich mich etwas nach vorn beugte, brauchte mein Gegenüber nicht lange zu rätseln, welche Dessous sich unter diesem Power-Kleid verbargen. Die roten High-Heels gaben dem Dress den letzten Schliff. Make-up und Frisur zauberte Kerstin mit Hingabe.

Mein Noch-Ehegatte hielt sein Versprechen und tauchte pünktlich zu Hause auf. Für treue Dienste belohnte er mich sogar mit einem kleinen Rosenstrauß – Kurt hätte angesichts dieses mickrigen Gebindes laut gelacht. Selbstgefällig beobachtete er mich, wie ich die Beschäftigte spielte. Ich lief im Wohnzimmer hin und her, arrangierte das reizende Rosensträußchen, goss die Pflanzen, legte eine Decke auf den Tisch und schielte auf meine Armbanduhr, sehnlichst hoffend, die Erkenntnisse der Farbpsychologen, die Farbe Rot erhitze nach etwas zwanzig Minuten die Gemüter, mögen auch auf ihn zutreffen. Nach etwa einer Viertelstunde bemerkte ich ein lüsternes Blinzeln in den granit-grauen Augen. Aufrecht stelzte ich die Treppe hinauf ins Schlafzimmer, wo ich die Tür schloss, mich mit übereinander geschlagenen Beinen vor den Spiegel postierte, das Parfümfläschchen startbereit in der Hand. Keine zwei Minuten später öffnete er die Tür. Als sei es die Aufgabe meines Lebens, sprühte ich etwas Duftwasser hinters Ohrläppchen, richtete meine Haare und lächelte ihm im Spiegel zu. Er zögerte nicht lange. Schon fühlte ich seine heißen Hände von hinten auf der Schulter, fühlte, wie sie sich nach vorne arbeiteten und am Ausschnitt entlang glitten. Ich schloss die Augen. Ein Hoch auf die Farbwissenschaft!

»So erotisch hast du noch nie ausgesehen«, keuchte er heiser. Im Zweisekundentakt stieß er mir seinen heißen Atem ins Ohr, beleckte meinen Hals, eine Hand wanderte gierig durch den Ausschnitt zu meinen Brüsten.

»Du machst mich verrückt, du ... du ... Teufelsweib. Komm, zieh dich aus!« Er bebte am ganzen Körper.

»Langsam, langsam. So kenn ich dich ja gar nicht, du ... du ... du Tiger.«

Ich sprach es Teiger aus, dem Bild nach zu urteilen hatte sie es auch getan. Statt aufzuhorchen schien er nun vollends zu vergessen, wen er vor sich hatte. Die eine verschwitzte Hand schälte meine Brüste aus dem feuerroten BH, die andere versuchte, meine Schenkel auseinander zu drücken.

»Du kleine Schlampe«, röchelte er und biss mich ins Ohr, »ich reiß dir den Stofffetzen vom Leib.«

Bloß nicht, der Stofffetzen hatte so viel gekostet wie mein neuer Computer und gefiel mir ausgesprochen gut. Geschockt vergaß ich für eine Sekunde, die Muskeln anzuspannen, was er gleich ausnutzte, um mir seine Finger in den feuerroten Spitzenslip zu schieben. Sein Schweiß roch scharf und fremd. Bei jedem Atemzug fürchtete ich zu ersticken. Schluss jetzt, genug, ich hatte was ich wollte: Der zukünftige Bankdirektor kniete am siebzehnten Hochzeitstag vor seiner betrogenen Gattin und bettelte sie an.

Tja, mein Lieber, nun weißt du, was du zukünftig nicht haben wirst.

»Yvonne wartet unten auf uns.« Energisch machte ich mich frei.

»Fünf Minuten wird sie auch ohne uns auskommen.« Er drohte, vor Erregung zu platzen und keuchte wie nach einem Hundert-Meter-Sprint.

Ach, ganze fünf Minuten wollte der Super-Lover seiner Gattin schenken? Bildete er sich wirklich ein, in fünf Minuten eine tolle Leistung abliefern zu können? Wie gut, dass ich inzwischen Besseres gewohnt war.

»Ich kann mich aber jetzt nicht darauf konzentrieren.« Schnell sortierte ich meine Habseligkeiten in die roten Spitzenschalen, ordnete mein Kleid und ging hinaus, noch ehe er es begriffen hatte. Sollte er doch mit seiner Erektion machen, was er wollte, nur nicht mit mir.

Zufrieden betrachtete ich mein Werk: ein mit dem besten Geschirr gedeckter Tisch für drei Personen, Blumen, Kerzen, Servietten, polierte Gläser. Yvonne hantierte in der Küche und ich versuchte, mich mit der Fernsehzeitschrift abzulenken. Schon ein merkwürdiges Gefühl, in einigen Minuten alles hier zurückzulassen. Siebzehn Jahre war es mein Zuhause gewesen und es trug meine Handschrift. Ich verließ einen sicheren Ort, tauschte ein unbefriedigendes Leben gegen ein hoffentlich erfüllteres. Jetzt nur keine Sentimentalität. Wie sagte Mark Twain: »Trenne dich nie von deinen Illusionen! Wenn sie verschwunden sind, wirst du weiter existieren, aber aufgehört haben zu leben.«

Ab und zu kontrollierte ich mein Gesicht, um erleichtert festzustellen, dass von meiner inneren Anspannung nichts nach außen drang. Jens war inzwischen wieder etwas abgekühlt und saß mit einem Whiskey im Fernsehsessel, mich stumm beobachtend. Pünktlich um neunzehnuhrdreißig schellte es. Ich schmiss die Zeitschrift aufs Sofa, raste zur Tür und öffnete sie langsam.

»Frau Brecht, wie schön, dass Sie pünktlich sind.« Simone im tief dekolletierten kleinen Schwarzen wurde erst blass, dann rot. Mütterlich ergriff ich ihre kalte Hand. »Bitte kommen Sie, Jens erwartet Sie schon.« Zögernd folgte sie mir ins Esszimmer, wo Jens und Yvonne inzwischen am Tisch saßen und auf die Bedienung warteten. Yvonne, die gerade mit ihrer Gabel spielte, ließ diese auf ihren Krabbencocktail fallen, wo sie aber nicht blieb, sondern inklusive einer aufgespießten Krabbe auf ihrem hübschen blauen Kleid zur Ruhe kam. Fassungslos starrte Jens abwechselnd auf Simone, auf mich und den Drei-Personen-Tisch.

»Bitte setzen Sie sich doch«, forderte ich die stumme Simone auf, und bot ihr meinen Platz an.

»Ma, das ist das Allerletzte.« Mein Töchterchen fand als Erste ihre Sprache wieder.

»Da hast du Recht, mein Schatz. Es ist das Allerletzte, was ich in diesem Hause getan habe.« Meine Stimme klang fest und sicher. »Auf mich müsst ihr nämlich heute und in Zukunft leider verzichten. Im Küchenschrank liegt die Adresse einer Haushaltshilfe – die sicher auch faltenfrei bügeln kann, Jens. Und Yvonne, du weißt ja in der Küche Bescheid. Kümmere dich bitte um alles. Einen schönen Abend zusammen.«

Als ich meine Umhängetasche von der Garderobe nahm, rauschte mein Noch-Göttergatte mit hochrotem Kopf auf mich zu. »Wenn du jetzt gehst, brauchst du gar nicht erst wiederkommen.«

»Hab ich auch nicht vor. Morgen bekommst du einen Brief von meinem Anwalt, der alles Weitere mit dir besprechen wird.«

Seine Mundwinkel zuckten nicht mehr als er zischte: »Glaub ja nicht, dass *ich* dein Hotelzimmer bezahle.«

Na, na, er versuchte doch nicht etwa, mir den Geldhahn zuzudrehen?

»Ich habe heute die Galeriewohnung in der Innenstadt bezogen. Schon mal was von Zugewinn gehört?«

Das saß. Bleich geworden schleppte er sich ins Esszimmer zurück.

Dieser Auftritt war filmreif, Ina. Nun freu dich auf einen ruhigen Hochzeitstag in deiner eigenen Wohnung.

Schon von weitem sah ich das Licht, im Treppenhaus drangen Stimmen von oben nach unten. In Erwartung einer fast leeren Bleibe – die Möbel sollten erst morgen geliefert werden – schloss ich auf. Kerstin, Lili und Paul, Rita, Susa, Julia und Felix saßen auf einem nagelneuen, wunderschönen rostroten Nepal-Teppich im Wohnzimmer, am Fenster stand ein runder Esstisch aus Kiefernholz und vier Stühle. Sandra und Jürgen schleppten eine nagelneue Flurgarderobe aus gelaugter Kiefer sowie einige Berberteppiche die Treppe herauf.

»Geh mal in die Küche«, forderten mich Kerstin und Rita auf. Ich war sprachlos, die Arbeitsfläche stand voll mit hauchdünnen Gläsern. Die Sektkelche weihten wir gleich ein. Jens' Schampus war gerade gut genug dafür. Zwei Kisten hatte ich mitgenommen, eine für heute und eine für später, für eine andere Gelegenheit.

Wenn mir das vor einem Jahr jemand prognostiziert hätte, den hätte ich glatt für verrückt gehalten. What a difference a day makes …! Gestern noch Ehefrau im Einfamilienhaus, heute getrennt lebend in einer Eigentumswohnung. Wie leicht und stark ich mich fühlte. Mal sehen, vielleicht schlug der Anwalt ja noch etwas von Jens' Barvermögen für mich heraus. Falls Yvonne in einigen Tagen ihr Zimmer hier beziehen würde, was ich sehnlichst hoffte, konnte ich es gut gebrauchen, immerhin verdiente ich bei Bergers kein Vermögen und Yvonne stellte hohe Ansprüche. Doch auch ohne Extra-Bares würden wir klarkommen. Schließlich war ihr Vater unterhaltspflichtig und in einem Jahr bekam ich meinen Anteil aus dem Familienvermögen, was zwar nicht für ein Luxusleben ohne Arbeit ausreichte, aber immerhin einen echten Neuanfang ermöglichte. Arbeiten wollte ich sowieso, mich ausprobieren, lernen, etwas Wichtiges tun.

Selbst wenn Yvonne noch einige Zeit bei Jens wohnen blieb, um mein neues Leben zunächst aus sicherer Distanz zu beobachten, *dass* sie zu mir ziehen würde, stand für mich fest – spätestens, wenn ihr hypereifersüchtiger Vater sie mit einem Freund erwischte.

»Prost, Ina. Auf dich und die Zukunft.« Julia hob ihr Glas.

»Auf dich«, riefen die anderen.

Danksagung

Ein herzliches Dankeschön allen, die mich auf dem Weg vom Manuskript zum Buch unterstützt haben.

Besonders danke ich Silke Weniger und Gerlinde Moorkamp von der Literarischen Agentur Silke Weniger für die engagierte und kompetente Beratung und Begleitung sowie für die vertrauensvolle Zusammenarbeit.

Anja Kampen

Glanz & Gloria

oder Wenn zwei Frauen aus Rache eine Firma gründen. Roman. 224 Seiten. Serie Piper

Nina und Gloria kennen sich nur flüchtig und wissen nicht, dass sie beide mit demselben Mann schlafen, ihrem Chef. Bis sie auf der Bambi-Verleihung feststellen, dass Torsten, das Prachtexemplar von Mann, noch eine dritte Frau im Rennen hat. Das lassen sich weder Nina noch Gloria bieten und erteilen ihm an dem Abend eine gehörige Abfuhr. Am nächsten Morgen beschließen sie, Torsten mitsamt seiner Firma in den Boden zu stampfen. Sie gründen eine Konkurrenzfirma und nennen sie »Glanz & Gloria«. Es gibt viel zu tun: Businessplan erstellen, Büroräume mieten, Firmenkonto eröffnen ... Die beiden werden ein perfektes Team, vergessen aber darüber die Liebe nicht. Ein kompetenter und flotter Roman über zwei Frauen, die sich selbstständig machen, erfolgreich durchstarten und den Männern zeigen, wie frau das macht.

05/1700/01/L

Wiebke Lorenz

Was? Wäre? Wenn?

Roman. 285 Seiten. Serie Piper

Was wäre, wenn ... man sein Leben von vorn beginnen und manche Dinge einfach ungeschehen machen könnte? Charlotta würde dazu jede Menge einfallen: das geschmissene Studium, zahllose Affären und wilde Partynächte. Während sie sich durchs Leben jobbt, sind ihre Eltern immer noch der Meinung, sie stehe kurz vor dem BWL-Diplom. Bei einer geheimnisvollen »Personalberatung« bekommt Charly ein unglaubliches Angebot: Sie kann alle mißlungenen und peinlichen Ereignisse aus ihrem Leben löschen, als wären sie nie passiert ... Ein ironischer und temporeicher Roman über die Kunst, im richtigen Moment die richtige Entscheidung zu treffen – und über die Suche nach dem Glück.

05/1699/01/R

Edda Helmke

Und dienstags immer Elternfrühstück

Roman. 255 Seiten. Serie Piper

Zu ihrem fünfunddreißigsten Geburtstag bekommt Johanna Seidel-Krollmann von ihren besten Freundinnen ein Streßbewältigungs-Seminar geschenkt. Denn ihren Mann Dany, einen vielbeschäftigten Fotografen, kriegt sie kaum noch zu Gesicht. Und Johannas Mutterglück hat wenig mit Erholung zu tun: Lotta-Paulina (5) und Niklas (3) halten sie gehörig auf Trab. Außerdem haben die Umsätze ihrer kleinen Buchhandlung gerade einen neuen Tiefpunkt erreicht. Als Johanna wieder einmal mehr als genug hat von Kinderparty, Montessori-Diplom und Streichelzoo, taucht der alleinerziehende Matts mit seinem wonnigen Sohn Malte in der Kindertagesstätte auf …
Edda Helmkes Roman ist erfrischend und tröstlich wie ein Gespräch mit der besten Freundin.

05/1574/01/L

Nicole Amrein

So richtig glücklich

Ein Roman für starke Frauen. 218 Seiten. Serie Piper

Nie hätte sie geglaubt, daß Schokolade so berühmt machen kann, war sie doch eher damit beschäftigt, ihre Pfunde in den Griff zu kriegen. Aber Dr. Böckenkrüger hat sie gefeuert, und mit Gallus, ihrem Lebensabschnittsbegleiter aus der Schweiz, war einfach nichts mehr los. So kommt sie wie die sprichwörtliche Jungfrau zu einem neuen Leben – und wird zum Star im Kampf eines Schweizer Fabrikanten gegen den Rest der Schokoladenwelt. Was sie mit Bravour meistert – mit im Handgepäck der schwule Werbefachmann Henry, der sie erst berühmt und dann auch noch so richtig glücklich macht …

05/1522/01/R

SERIE PIPER

Franziska Stalmann

Annas Mann

Roman. 192 Seiten. Serie Piper

Annas geliebter Mann stirbt bei einem Autounfall. Für Anna geht die Welt unter. Sie sucht Zuflucht in Jochens Ermittlungsbüro und findet Hinweise, dass sein Tod kein Unfall war, sondern Mord. Naiv und unerfahren beginnt sie zu ermitteln. Dabei trifft sie auf Andreas, in dessen Bett sie Jochen für eine Weile vergessen kann. Hin und her gerissen zwischen neuer Leidenschaft und alter Liebe, ermittelt sie weiter, bis sie in einen unheimlichen Irrgarten aus Spurensuche und Bedrohung gerät … Franziska Stalmanns neuer Roman besticht durch Wärme, Ironie, Spannung und den schwebenden Ton, in dem sie vom Verlust einer großen Liebe erzählt und davon, wie Anna den Boden unter den Füßen zurück gewinnt.

Von der Autorin des Bestsellers »Champagner und Kamillentee«

05/1503/02/L

Stella Duffy

Herzlos – ein fieses Märchen vom ewigen Glück

Roman. Aus dem Englischen von Christine Strüh. 288 Seiten. Serie Piper

Prinzessin Cushla, ohne jeden Makel, aber leider auch ohne Herz, macht sich aus ihrem fernen und doch erstaunlich nahen Märchenland auf den Weg in die Menschenwelt. Dort gefällt es ihr auch – wäre da nicht das alberne Harmoniegetue all der Verliebten, Verlobten und Vermählten. Wie ein Chamäleon kann sich Cushla verwandeln und die geheimen Phantasien ihrer Opfer verkörpern. Und in immer neuer Gestalt sät sie Zwietracht und Eifersucht und versucht eine Liebesbeziehung nach der anderen zu zerstören …

»Ein Buch von der gemeinen Sorte – selten sind Menschen so fies aufs Kreuz gelegt worden. Und selten hat Schadenfreude so viel Spaß gemacht. Dieses Buch werden Sie mögen, wenn Sie Liebesromane satt haben.«
Max

05/1471/02/R

Karin Scholten

Und dann wirst du wach

Roman. 224 Seiten. Serie Piper

Gibt es so etwas? Eine Art psychische Schlafkrankheit, die einen jahrelang in einer Welt leben läßt, die es so gar nicht gibt? Und dann wird man wach und ist blaß und reist mit einem Sarg nach Hause zurück. Carla jedenfalls ergeht es so – sie ist Mutter der aufgeweckten zehnjährigen Julia, verheiratet mit einem erfolgreichen Anwalt und auf dem besten Weg, Karriere zu machen. Nur in ihrer Ehe kriselt es seit längerem, und das kann sie gerade jetzt nicht gebrauchen. Carla plant, ihre angeschlagene Ehe während des Weihnachtsurlaubs auf der Antillen-Insel Curaçao in Ordnung zu bringen. Sie hat sich gut vorbereitet. Doch auf Curaçao begegnet sie Ev. Auch Ev hat einen Plan, und der hat mehr mit Carla zu tun, als diese ahnen kann ... Ein Roman über die lähmende Macht des Vertrauten und die Kraft des Erwachens.

05/1470/01/L

Gaby Hauptmann

Hengstparade

Roman. 315 Seiten. Serie Piper

Karin befürchtet das Schlimmste, als sich ihr frischgebackener Lover Harry für eine Woche auf einen idyllischen Reiterhof verabschiedet. Harry, der schwarzgelockte Charmeur. Da gibt es nur eins: Hella, ihre Mutter, muß ein Auge auf ihn haben. Aber das einladende Ambiente und der Duft nach Leder und würzigem Heu scheinen auch bei Hella nicht ohne Wirkung zu bleiben: Als sie sich gerade Hals über Kopf verliebt hat, geschieht auf dem Hof aus heiterem Himmel ein merkwürdiger Unfall. Grund genug für Karin, dort endlich nach dem Rechten zu sehen ... Mit großartigem Humor und einer Prise Erotik entführt Gaby Hauptmann uns in ein ganz besonderes Ferienidyll. Und nichts ist anregender als eine bewegte Woche im Grünen!

05/1625/01/R